人类能够创建文明，
很重要的一个原因是因
为能够想象出现实中
不存在的东西，让我
们珍惜这种能力。

刘慈欣

祖籍河南，长于山西，高级工程师，中国作家协会会员，中国科普作家协会会员，中国科幻代表人物，亚洲首位世界科幻大奖雨果奖得主。

自1999年处女作《鲸歌》问世以来，刘慈欣已发表短篇科幻小说三十余篇、出版长篇科幻小说六部，十次荣获中国科幻最高奖银河奖。他的长篇代表作“三体”三部曲被普遍认为是中国科幻文学的里程碑，将中国科幻推升到了世界高度。

中国科幻基石丛书
主编 姚海军

刘慈欣文集

4

球状闪电

刘慈欣

著

重庆出版集团 重庆出版社

写在“基石”之前

姚海军

“基石”是个平实的词，不够“炫”，却能够准确传达我们对构建中的中国科幻繁华巨厦的情感与信心，因此，我们用它来作为这套原创丛书的名字。

最近十年，是科幻创作飞速发展的十年。王晋康、刘慈欣、何夕、韩松等一大批科幻作家发表了大量深受读者喜爱、极具开拓与探索价值的科幻佳作。科幻文学的龙头期刊更是从一本传统的《科幻世界》，发展壮大成为涵盖各个读者层的系列刊物。与此同时，科幻文学的市场环境也有了改善，省会级城市的大型书店里终于有了属于科幻的领地。

仍然有人经常问及中国科幻与美国科幻的差距，但现在的答案已与十年前不同。在很多作品上（它们不再是那种毫无文学技巧与色彩、想象力拘谨的幼稚故事），这种比较已经变成了人家的牛排之于我们的土豆牛肉。差距是明显的——更准确地说，应该是“差别”——却已经无法再为它们排个名次。口味问题有了实际意义，这正是我们的科幻走向成熟的标志。

与美国科幻的差距，实际上是市场化程度的差距。美国科幻从期刊到图书到影视再到游戏和玩具，已经形成了一条完整的产业链，动力十足；而我们的图书出版却仍然处于这样一种局面：读者的阅读需求不能满足的同时，出版者却感叹于科幻书那区区几千册的销量。结果，我们基本上只有为热爱而创作的科幻作家，鲜有为版税而创作的科幻作家。这不是有责任心的出版人所乐于看到的现状。

科幻世界作为我国最有影响力的专业科幻出版机构，一直致力于对中国科幻的全方位推动。科幻图书出版是其中的重点之一。中国科幻需要长远眼光，需要一种务实精神，需要引入更市场化的手段，因而我们着眼于远景，而着手之处则在于一块块“基石”。

需要特别说明的是，对于基石，我们并没有什么限定。因为，要建一座大厦需要各种各样的石料。

对于那样一座大厦，我们满怀期待。

本书中对球状闪电特性和行为的描写
均以真实历史记录为依据

目录

序　曲

今天是我的生日，直到晚上爸爸妈妈点上了生日蛋糕的蜡烛，我们三个围着十四个小火苗坐下来，我才想起这事。

这是个雷雨之夜，整个宇宙似乎是由密集的闪电和我们的小屋组成。当那蓝色的电光闪起时，窗外的雨珠在一瞬间看得清清楚楚，那雨珠似乎凝固了，像密密地挂在天地间的一串串晶莹的水晶。这时我的脑海中就有一个闪念：世界要是那样的也很有意思，你每天一出门，就在那水晶的密帘中走路，它们在你周围发出丁零丁零的响声，只是，这样玲珑剔透的世界，如何经得住那暴烈的雷电呢……世界在我的眼中总和在别人眼中不一样，我总是努力使世界变形，这是我长这么大对自己唯一的认识。

暴雨是从傍晚开始的，自那以后闪电和雷声越来越密，开始，每当一道闪电过后，我脑海中一边回忆着刚才窗外那转瞬即逝的水晶世界，一边绷紧头皮等待着那一声炸雷，但现在，闪电太密集了，我已分不出哪声雷属于哪个闪电了。

在这狂暴的雷雨之夜最能体会出家的珍贵，想象着外面那恐怖危险的世界，家的温暖怀抱让人陶醉。这时，你会深深同情外面大自然中那些在暴雨和雷电下发抖的没有家的生灵，你想打开窗子让它们飞进来，但你又不敢这么做，外面的世界太可怕，你不敢让一丝外面的恐怖气息进入到家的温暖的空间里来。

“人生啊，人生这东西……”爸爸一口气喝干了一大杯酒，眼睛直勾勾地看着那一簇小火苗说，“变幻莫测，一切都是概率和机遇，就像在一条小溪中漂着的一根小树枝，让一块小石头绊住了，或让一个小漩涡圈住了……”

“孩子还小，听不懂这些。”妈妈说。

“他不小了！”爸爸说，“他已到了可以知道人生真相的时候了！”

“你自己好像知道似的。”妈妈带着嘲讽的笑说。

“我知道，当然知道！”爸爸又干了半杯酒，然后转向我，“其实，儿子，过一个美妙的人生并不难，听爸爸教你：你选一个公认的世界难题，最好是只用一张纸和一支铅笔的数学难题，比如哥德巴赫猜想或费尔马大定理什么的，或连纸笔都不要的纯自然哲学难题，比如宇宙的本源之类，投入全部身心钻研，只问耕耘不问收获，不知不觉的专注中，一辈子也就过去了。人们常说的寄托，也就是这么回事。或是相反，把挣钱作为唯一的目标，所有的时间都想着怎么挣，也不用问挣来干什么用，到死的时候像葛朗台一样抱着一堆金币说：啊，真暖和啊……所以，美妙人生的关键在于你能迷上什么东西。比如我——”爸爸指指房间里到处摆放着的那些小幅水彩画，它们的技法都很传统，画得中规中矩，从中看不出什么灵气来。这些画映着窗外的电光,像一群闪动的屏幕,“我迷上了画画,虽然知道自己成不了凡·高。”

“是啊,理想主义者和玩世不恭的人都觉得对方很可怜,可他们实际都很幸运。”妈妈若有所思地说。

平时成天忙碌的爸爸妈妈这时都变成了哲学家,倒好像这是他们在过生日。

“妈,别动!”我说着,从妈妈看上去乌黑浓密的头发中拔出一根白头发,只白了一半,另一半还是黑的。

爸爸拿着那根头发对着灯看了看,闪电中,它像灯丝似的发出光来。“据我所知,这是你妈妈有生以来长出的第一根白发,至少是第一次发现。”

“干什么吗你?! 拔一根要长七根的!”妈妈把头发甩开,恼怒地说。

“唉,这就是人生了。”爸爸说,他指着蛋糕上的蜡烛,“想想你拿着这么一根小蜡烛,放到戈壁滩上去点燃它,也许当时没风,真让你点着了,然后你离开,远远地你看着那火苗有什么感觉? 孩子,这就是生命和人生,脆弱而飘忽不定,经不起一丝微风。”

我们三个都默默无语地看着那一簇小火苗,看着它们在从窗外射入的冰冷的青色电光中颤抖,像是看着我们精心培育的一窝小生命。

窗外又一阵剧烈闪电。

这时它来了,是穿墙进来的,它从墙上那幅希腊众神狂欢的油画旁出现,仿佛是来自画中的一个幽灵。它有篮球大小,发着朦胧的红光。它在我们的头顶上轻盈地飘动着,身后拖着一条发出暗红色光芒的尾迹,它的飞行路线变幻不定,那尾迹在我们上方划出了一条令人迷惑的复杂曲线。它在飘动时发出一种啸叫,那啸叫低沉中透着尖利,让人想到在太古的荒原上,一个鬼魂在吹着埙。

妈妈惊恐地用双手抓住爸爸,我恨她这个动作恨了一辈子,如果她没那样做,我以后可能至少还有一个亲人。

它继续飘着,仿佛在寻找着什么,终于它找到了。它悬停在爸爸头顶上半米处,啸叫声变得低沉,断断续续,仿佛是冷笑。

这时我可以看到它的内部,那半透明的红色辉光似乎有无限深,从那不见底的光雾的深渊中,不断地有大群蓝色的小星星飞出来,像是太空中一个以超光速飞行的灵魂所看到的星空。

后来知道,它的内部能量密度高达每立方厘米两万至三万焦耳,而即使是TNT炸药的能量密度也不过每立方厘米两千焦耳。虽然它的内部温度高达一万多度,表面却是冷凉的。

爸爸向上伸出手,他显然并不是去摸它,而是想护住自己的头部。当他的手伸到最高点时,似乎产生了一种吸力,把它吸到手上,就像一片叶子的细尖吸下了一滴露珠。

一道炫目的白炽,一声巨响,仿佛世界在身边爆炸。

当眼睛因强光造成的暗雾散去后,我看到了将伴随我一生的景象:像在图像处理软件的色彩模式中选了黑白一样,爸爸和妈妈的身体瞬间变成了黑白两色的,更确切地说是灰白色,黑色是灯光在皱褶处照出的阴影。那是一种大理石的颜色。爸爸的手仍旧向上举着,妈妈仍旧倾身用双手抓着爸爸的另一只手臂,在这两尊雕像的面容上,那两双已石化的眼睛仍旧栩栩如生。

空气中有一种怪异的气味,后来我知道那是臭氧的气味。

“爸!”我喊了一声。没有回答。

“妈!”我又喊了一声。没有回答。

我向那两尊雕像靠过去,这是我一生中最恐惧的时刻。我以前经历过的恐惧大多在梦中,在噩梦的世界中我之所以没有精神崩溃,是因为我的一个潜意识在梦中仍醒着,一个声音在我意识最偏远的角落对我喊:这是梦。我现在也在心里拼命地冲自己这样喊,这是支撑我走过去的唯一动力。我伸出颤抖的手,去触碰爸爸的身体,当我的手接触到他肩部那灰白色的表面时,感觉像是穿透了一层极薄极脆的薄壳。我听到了轻微的噼啪声,像是严冬时倒入开水的玻璃杯的爆裂声,两尊雕像在我眼前坍塌下去,像一场微型的雪崩。

地毯上出现了两堆白灰,除此之外什么都没有了。

但他们坐过的木凳还在那里,上面也落了一层灰。我拂去上面的灰,看到它的表面完好无损,而且摸上去是冰凉凉的。我知道,在火葬场的炉子中,要把人体完全化为灰烬,要在两千度的高温下烧三十分钟,所以这是梦。

我茫然四顾,看到有烟从书架中冒出来,有玻璃门的书架中充满了白烟。我走过去拉开书架的门,白烟散尽,我看到里面的书约有三分之一变成灰烬,颜色同地毯上那两堆灰一样,但书架没有任何烧过的痕迹,这是梦。

我看到一股蒸汽从半开的冰箱中冒出,走过去拉开冰箱门,发现里面的一只生冻鸡已变成熟的,发出一股香味,还有那些生对虾和生鱼,都熟了,但冰箱完好无损,正发出压缩机启动时的声响,这是梦。

我身上有些异样的感觉,拉开夹克,一片灰烬从我的身上散落下来,我里面穿的背心被烧成了灰，外面的夹克好好的，我刚才更没感觉到什么。我翻夹克的口袋，手被狠狠烫了一下，拿出来一看，装在里面的掌上机已变成一团熔化塑料。这的确是梦，好奇妙的梦啊！

我木然地坐回我的位子上，我看不到桌子对面地毯上那两小堆灰，但知道它们在那儿。外面的雷声弱了，闪电少了，后来雨停了，再后来月亮从云缝中探出来，把一抹神秘的银光投进窗。我仍木然地坐在那儿，一动不动，这时在我的意识中世界已不存在，我悬浮在无际的虚空中。不知过了多长时间，窗外的朝阳唤醒了我，我木然地站起身，拿起书包去上学，我要摸索着找书包，摸索着打开门，因为我的两眼一直木然地看着无限远方……

当一个星期后我的精神基本恢复正常时，记起来的第一件事就是那夜是我的生日之夜，但那个蛋糕上应该只插一根蜡烛，哦不，一根都不插，那是我的新生之夜，以后的我再也不是以前那个我了。

像爸爸在生命的最后时刻说的那样，我迷上了一样东西，我要去经历他所说的美妙人生了。

上篇

大学

主要课程：高等数学、理论力学、流体力学、计算机原理及应用、计算机语言及程序设计、动力气象、天气学原理、中国天气、统计预报、中长期天气预报、数值预报等；

选修课有：大气环流、天气学诊断分析、暴雨与中尺度天气、雷暴预测及避防、热带天气、气候变化与短期气候预测、雷达气象和卫星气象、空气污染与城市气候、高原天气、大气海洋相互作用等。

五天前，我处理了家里的所有东西，到这座千里之外的南方城市来上大学。当我最后一次关上已经空荡荡的家门时，知道自己把童年和青春永远留在那里了，以后的我，将是单纯追寻一个目标的机器。

看着这份将占据我四年大学生活的课程清单，我多少有些失望。里面大多数的东西是我不需要的，而有些我最需要的东西，比如电磁学和等离子体物理之类的课程，又没有。我知道自己可能报错了专业，应该报物理专业而不是大气科学专业。

以后，我一头扎进了图书馆，把几乎所有的时间都花在数学、电磁学、流体力学和等离子体物理上，只有当有涉及这些内容的课时我才去听，其他的课一般都不去。丰富多彩的大学生活与我无关，我也不感兴趣。我每天夜里都在一两点才回到宿舍，听着某个室友在梦中喃喃地念着女朋友的名字，这才意识到还有另一种生活。

有一天晚上，十二点已过，我从那本厚厚的《偏微分方程》上抬起头来，以为这间专为夜读的学生开的阅览室中又是只剩我一人了，但看到桌对面坐着一个本班叫戴琳的漂亮女生，她面前没有书，只是用双手撑着脑袋看着我。即使对她的那一大堆追求者来说，这目光也不会让他们陶醉，那是一种在己方阵营中发现间谍的目光，一种看异类的目光，我不知道她已这样看了我多长时间。

“你这人很特别，看得出来，你不是书呆子，你的目的性很强。”她说。

“嗯？你们没有目的吗？”我随口问，也许，我是在班上唯一没同她说过话的男生。

“我们的目的是泛泛的，而你，你肯定在找什么很具体的东西！”

“你看人很准。”我冷冷地说，同时收拾书站起身。我是唯一不需时时对她表现自己的人，所以有一种优越感。

“你在找什么？”当我走到门口时，她在后面喊。

“你不会感兴趣的。”我头也不回地走了。

在外面宁静的秋夜中，我看着满天繁星，空中似乎传来了爸爸的声音：“美妙人生的关键在于你能迷上什么东西。”我现在真正体会到他这话的正确，我现在的人生好比一颗疾飞的炮弹，除了对到达目标时那一声爆炸的渴望之外什么都没有。这个目标完全是非功利的，达到它就意味着生活的完结，我不知道为什么要去那儿，我只是想去，这就够了，这是人类最本源的冲动。很奇怪的，到现在为止，我一次都没有去查过它的资料。我和它，像两个要用一生时间准备一场决斗的骑士，当我没准备好的时候，既不去见它也不去想它。

转眼三个学期过去了，这段时间在我的感觉中很连续，并没有被假期打断，无家可归的我所有的假期都在学校里度过。一个人住在空旷的宿舍楼中，我丝毫没有孤独感，只有在除夕之夜，听着外面的鞭炮声，我才多少想到了它出现之前的生活，那生活已恍若隔世。这几夜，在停了暖气的宿舍中，寒冷使我的梦格外生动，我本以为这一夜爸爸妈妈会在梦中出现，但他们没有来。记得有一个印度传说，说一个国王所深爱的王妃死去，国王决定为她建造一座前所未有的豪华陵墓，他为这座陵墓耗尽了大半生的心血，当陵墓完工时，他看到正中放着的王妃的棺木，说：这东西放在这儿多不协调，把它搬走。

在我的心中，爸爸妈妈已远去了，现在占据了全部位置的是它。

但接下来的事情，使我自己那本已很简单的世界又复杂起来。

异象之一

大二的暑假，我回了一趟家，是为了把那套旧房子租出去，以解决我以后的学杂费。

回到家时天已经黑了，我摸索着开了锁推门进去，开灯后看到了那熟悉的一切。那张曾在那个雷雨之夜放过生日蛋糕的桌子仍摆在屋正中，那三把椅子也仍在桌边放着，仿佛我昨天才离开。我在沙发上疲惫地坐下，打量着自己的家，感觉有什么地方不对，这种感觉开始很模糊，后来却越来越明显，好像迷雾的航程中时隐时现的暗礁，让我不得不正视它，终于，我找到了这感觉的源泉：

仿佛昨天才离开。

我仔细看看桌面，上面有一层薄薄的灰尘，但相对于我离去的这两年时间，这灰尘确实太薄了些。

我一脸的汗水和尘土，就走进卫生间去洗脸。打开灯后，看到了镜子中清晰的自己，是的，太清晰了，镜子不应该这么干净的。清楚地记得小学时的一个暑假，我和父母一起外出旅游，只走了一个星期，回来后我就用手指在镜面的灰尘上画出一个小人儿来，现在我又用手指在镜面上画了几下，什么都没画出来。

我拧开水龙头，关了两年的铁管龙头，流出的应是充满铁锈的浑水，但现在流出的水十分清亮。

洗完脸回到客厅，我又注意到了另外一件事：两年前我最后离开时，关门前匆匆看了屋里一眼，怕忘了什么，看到桌上放着我的一个玻璃杯，就想回去把杯子倒扣过来以免落进灰尘，但肩上背着行李包，再进门有些费劲，就打消了这个念头，这个细节我记得很清楚。

但现在，桌上的那个杯子是倒扣着的！

这时，邻居们看到灯光走了进来，都向我说起对一名上大学的孤儿该说的亲切温暖的话，并许诺为我代办房屋出租的事宜，如果将来毕业后不能回来，还负责为我将这套房卖个好价钱。

“这里的环境好像比我走时干净了许多。”谈到这两年的变化时，我随口说了一句。

“干净了？你什么眼神啊！靠酒厂那边的那个火电厂在去年投产发电了，现在的烟尘比你走时多了一倍！嘿，现在还有能变干净的地方？”

我看看那只有薄薄灰尘的桌面，没说什么，但当他们告辞时，还是忍不住问了一句他们中是否谁有我家的家门钥匙。邻居们惊奇地互相看看，都肯定地说没有，我相信他们，因为家门共有五把钥匙，现在完好的还剩三把，我两年前离开时都带走了，有一把现在我带着，另外两把留在我远方的大学宿舍中。

邻居们走后我又检查了所有的窗户，都牢牢地关着，没有被破坏的痕迹。

还有另外两把家门钥匙，是我父母带着的。但是，在那个夜里，它们都被熔化了。我不可能忘记自己是怎样从父母的骨灰堆中找出那两块形状不规则的金属，那是熔化后又凝结的两串钥匙，它们现在也放在我那千里之外的宿舍中，作为对那种不可思议的能量的纪念。

我坐了一会儿，开始收拾东西，这些东西是在房间出租后准备寄存到别处或带走的。我首先收拾的是父亲的那些水彩画，它们是这个房间里为数不多的我真正想保留的东西。我首先把墙上挂着的那几幅取下来，接着取出放在柜子中的，我尽可能地把所有的画都找出来，把它们一起装进纸箱。最后看到书架的底层还有一幅，由于它画面朝下放着，所以刚才没注意到。把这幅画放进箱子前我瞟了一眼画面，目光立刻被钉死在上面。

这是一幅风景画，画的是在我家门口看到的景物。这周围的景色平淡乏味，几幢灰暗的四层旧楼房，几排白杨，因落满灰尘而显得没什么生气……作为一名三流业余画家的父亲是很懒的，他很少外出写生，只是乐此不疲地画着周围这些灰蒙蒙的景色，还说什么没有平淡的景色，只有平庸的画家。而他就是一个这样的画家，这些平淡的景色经过他那没有灵气的画笔的临摹，更添了一层呆板，倒真是这灰暗的北方城市日常生活的写照。我现在手里拿着的就是这样一幅画，与箱子里许多张类似的画一样，没什么特别引人之处。

但我注意到画中有一样东西，那是一座水塔，与周围的旧楼相比它的色彩稍微艳丽了一些，像一朵高大的喇叭花。这本来也没有什么特别之处，外面，那座水塔确实存在，我抬头看看窗外，看到它那高高的塔身在城市的灯光前呈一个漆黑的剪影。

只是，这座水塔是在我考上大学之后才建成的，我两年前离开时，塔身只在脚手架中建了一半。

我浑身颤抖了一下，手中的画掉在地上。在这盛夏之夜，似乎有一股寒气充满了这个家。

我把那幅画塞进纸箱，把箱子严严地盖好，转身去收拾其他东西。我努力把注意力集中在正在干的事上，但我的思想仿佛是一根用细丝悬吊着的铁针，而那个纸箱子是一块强磁铁，我可以努力将针转向其他方向，但只要这种努力一松懈，针立刻又被吸回那个方向。外面下雨了，雨滴打在窗玻璃上发出轻响，我总觉得这响声是从那个箱子中发出的……最后，实在忍受不了，我快步走向纸箱，将它打开来，把那幅画拿出来，小心地将画面朝下拿着它走向卫生间，掏出打火机从一角点燃了它。当画烧到三分之一时，我忍不住又将它翻了过来，画面上的那座水塔更加栩栩如生，仿佛要从画纸上凸现出来。我看着火焰吞没了它，画出它的水彩被烧焦了，火苗呈现一种怪异而妖艳的色彩。我把将要烧尽的画扔进盥洗池，看着它烧完，然后打开水龙头，将灰烬冲走。关上水龙头后，我的目光落到了盥洗池的池沿上，看到了刚才洗脸时没注意的东西。

几根头发，很长的头发。

那是几根白发，有的全白，与池面几乎融为一体；有的则白了一半，正是那些黑的部分使我看到了它们。这不可能是我两年前留下的，我从来没有过这么长的头发，更没有白发。我轻轻拿起其中一根半黑半白的长发。

……拔一根长七根……

我将头发扔掉，仿佛它烫手似的。那根头发在空气中慢慢飘落，竟拖着一道尾迹，那尾迹是由许多头发自身的转瞬即逝的映像组成，就好像我的视觉暂留时间延长了许多似的。这根头发并没有落回池沿上，它只落了一半的高度就在半空中消失了。我再看池沿上其他头发，它们也都消失得无影无踪了。

我把脑袋放到水龙头下冲了好长时间，然后木然地回到客厅，坐在沙发上，听着外面的雨声。雨已经下得很大了，是一场暴雨，但没有雷声和闪电。雨打在窗上，听上去像一个人或许多人的低语，仿佛在提醒我什么。听久了，我渐渐想象出了那低语的内容，它一遍遍地重复着，听起来越来越真实：

“那天有雷，那天有雷，那天有雷，那天有雷，那天有雷……”

我再次在一个暴雨之夜在家里一直坐到天亮，然后再次木然地离开了家，我知道自己把什么东西永远留在这里，也知道自己永远不会再回来了。

球状闪电

我必须要面对它了，因为开学后，大气电学专业的课程就要开始了。

讲大气电学的是一名叫张彬的副教授，这人五十岁左右，个子不高不矮，眼镜不薄不厚，讲话声音不高不低，课讲得不好不坏，总之，是那种最一般的人，他唯一与众不同的地方是腿有些瘸，但不注意就看不出来。

这天下午下课后，阶梯教室中只剩我和张彬两人，他在讲台上收拾东西，没有注意到我。时值深秋，夕阳把几缕金色的光投进来，窗台上落了一层金黄色的落叶，内心一向冷漠的我突然意识到，这是作诗的季节了。

我站起来走到讲台前，“张老师，我想请教个问题，与今天的课无关。”

张彬抬头看了我一眼，点了点头，又低头收拾东西。

“关于球状闪电，您能告诉我些什么？”我说出了那个一直深埋在心中但从未说出口的的词。

张彬的手停止了动作，抬起头，但没看我，而是看着窗外的夕阳，仿佛那就是我指的东西。“你想知道些什么？”过了几秒钟他才问。

“关于它的一切。”我说。

张彬一动不动地直视着夕阳，任阳光直射到脸上，这时阳光仍然很亮，他就不觉得刺眼吗？

“比如，它的历史记录。”我不得不问得更详细些。

“在欧洲，它在中世纪就有记载；在中国，比较详细的记载是明代的张居正写下的。但直到1837年才有了第一次正规的科学记载，作为一种自然现象，它在最近四十年才为科学界所接受。”

“那么，关于它的理论呢？”

“有很多种。”张彬简单地说了一句后又不吱声了。他把目光从夕阳上收回来，但没有接着收拾东西，像在深思着什么。

“最传统的理论是什么？”

“认为它是一种涡旋状高温等离子体，由于内部高速旋转造成的离心力与外部大气压力达到平衡，因而维持了较长时间的稳定性。”

“还有吗？”

“还有人认为它是高温混合气体之间的化学反应，从而维持了能量的稳定。”

“您能告诉我更多一些吗？”我说。向他提问，如同费力地推着一个沉重的石碾子，推一下才动一下。

“还有微波激射－孤立子理论，认为球状闪电是由体积约为若干立方米的大气微波激射所引起的。微波激射相当于能量低得多的激光，在空气体积很大时，微波激射会产生局部电场即孤立子，从而导致看得见的球状闪电。”

“那么最新的理论呢？”

“也有很多，比较受到注意的是新西兰坎特伯雷大学的亚伯拉罕森和迪尼斯的理论，认为球状闪电主要是由微型含硅颗粒组成的网络球体燃烧形成。其他的五花八门，甚至有人认为它是空气中的常温核聚变。”

张彬停了一下，终于说出了更多的内容：“在国内，中科院大气所有人提出了大气中等离子体的理论,从电磁流体力学方程出发,引入旋涡-孤立子谐振腔模型,在适当温度场边界条件下,通过数值求解方程,从理论上得到了大气中等离子体涡团-火球的解以及它存在的必要和充分条件。”

“您认为这些理论怎么样?”

张彬缓缓地摇了摇头,“要证明这些理论的正确,只有在实验室中产生出球状闪电,但至今没人能成功。”

“在国内,目击球状闪电的案例有多少?”

“不少,有上千份吧。其中最著名的是1998年中央电视台拍摄的长江抗洪纪录片中,无意间清晰地摄下了一个球状闪电。”

“张老师,最后一个问题:在国内大气物理学界,有亲眼看见过它的人吗?”

张彬又抬头看窗外的夕阳:“有。”

“什么时间?”

“1962年7月。”

“什么地方?”

“泰山玉皇顶。”

“您知道这人现在在哪儿吗?”

张彬摇了摇头,抬腕看了看表,“你该去食堂打饭了。”说完拿起他的东西径自朝外走去。

我追上了他,把这么多年来自己心中的问题全部倾泻出来,“张老师,您能够想象有这么一种东西,以一团火球的形式毫不困难地穿过墙壁,在空气中飞行时你感觉不到它的一点热量,却能瞬间把人烧成灰?

有记载它曾把睡在被窝里的一对夫妻烧成灰,被子上却连一道焦痕都没留下!您能想象它进入冰箱,瞬间使里面的所有冷冻食品都变成冒热气的熟食,而冰箱本身还在不受任何影响地运转?您能想象它把您的贴身衬衣烧焦,而您竟没有感觉?您说的那些理论能解释这一切吗?"

"我说过那些理论都不成立。"张彬说,他没有停步。

"那么,我们越出大气物理学的范围,您认为现今的整个物理学,甚至整个科学能解释这现象吗?您就丝毫不感到好奇?看到您这样,我真比见到球状闪电还吃惊!"

张彬停下了脚步,转过身来第一次正视我,"你见过球状闪电?"

"……我只是比喻。"

我无法把内心最深处的秘密告诉眼前这个麻木的人,这种对大自然那深邃神秘的麻木充斥着整个社会,对科学来说早就是一种公害。如果这种人在学术界少一些,人类现在说不定已飞抵人马座了!

张彬说:"大气物理学是一门很实用的科学,球状闪电是一种极其罕见的现象,在国际建筑物防雷标准IEC/TC－81,以及我国1993年颁布的《建筑物防雷设计规范》中,都没有考虑到它,所以,在这东西上花太多的精力,意义不大。"

和这种人真没什么太多的话好讲,我谢过他转身走人。要知道,他能承认球状闪电的存在,已经是一大进步了!直到1963年,科学界才正式认同这种闪电的存在,这之前,所有的目击报告都被断定为幻觉。这一年的一天,美国肯特大学电磁学教授罗格·杰尼逊在纽约的一个机场亲眼看到了一个球状闪电,那个直径约二十厘米的火球穿墙进入一个机库,穿过了机库中一架飞机的机身,又穿墙飞出机库消失了。

当天晚上，我首次在google[1]主页上键入“ball lightning”主题词搜索，不抱太大希望，但搜索结果中的网页竟达四万多，我第一次感觉到，自己准备为之付出全部生命的东西，全人类也在关注着。

又一个新学期开始了，炎热的夏天到来了。夏天对我的意义多了一层：雷雨将出现，这使我感觉自己离它更近些。

这天张彬突然来找我，他给我们上的课在上学期就已结束，我几乎把他忘了。

他对我说：“小陈，我听说你父母都不在了，经济情况比较困难。今年暑假，我有一个项目缺一个助手，你能来吗？”

我问是什么项目。

“是对云南省一条设计中的铁路进行防雷设施的参数论证，另外还有一个目的：在国家正在制定中的新防雷设计规范中，计划把以前全国通用的0.015的落雷密度系数改为依各地区的情况分别制定，我们是去做云南地区的观测工作。”

我答应了他。我的经济虽不宽裕，但还过得去，答应去是因为这是我第一次有机会实际接触雷电研究。

课题组有十几个人，分成五个小组，分布在很广的范围内，相互之间相隔几百公里。我所在的这一组除了司机和实验工，正式成员只有三个人：我、张彬和他的一个叫赵雨的研究生。到达研究地域后，我们住在一个县级气象站里。

第二天早上，天气很好，将开始第一天的野外作业。当我们从那间

①著名互联网搜索引擎。

当作临时仓库的小房中向车上搬仪器设备时,我问张彬:“张老师,目前对雷电内部结构的探测有什么好办法吗?”

张彬目光敏锐地看了我一眼,他显然知道我在想什么,“从目前国内工程建设的需要来看,对雷电的物理结构研究不是首要任务,当务之急是对它的大面积统计研究。”每当我的提问涉及球状闪电,哪怕是像这次这样远远地涉及,他都避而不答,看来这人对没有实用价值的研究真是深恶痛绝。

倒是赵雨回答了我的问题:“手段不多,目前连闪电的电压都无法直接测定,只能通过测定其电流值来间接推算。至于研究雷电物理结构最常用的仪器,就是这东西,”他指了指仓库一角放着的一堆管状物,“这叫磁钢记录仪,是记录雷电电流的幅值和极性用的,它是用具有较高剩磁的物质制造的,在它中部的导线接闪时,就可根据雷电电流产生的磁场在记录仪中形成的剩磁,来计算雷电流的强度和极性。这是60Si2Mn型,还有塑料管型、刀片芯型和铁粉型等。”

“我们这次要用到它吗?”

“当然,要不带来干什么?不过那要到后面了。”

第一阶段的任务是在观测区域安装雷电定位系统,这种系统通过大量散布的雷电传感器把信号集中到计算机中,可对特定区域的落雷数量、频度和分布进行自动统计。这实际上是一个只会计数和定位的系统,不涉及雷电的物理参数,所以我不感兴趣。主要的工作是在野外安装传感器,这是一项辛苦活儿。运气好还可以把传感器装到电线杆或高压线塔上,但大部分情况还要自己竖杆子。几天下来,实验工们都连连叫苦了。

赵雨是一个对什么都提不起兴趣的人,对自己的专业尤其如此,在工作上能拖就拖,能赖则赖。他开始还对周围热带雨林的风光赞叹不已,后来新鲜劲过了,便显得没精打采。但他是一个容易相处的人,我们也很谈得来。

每天晚上回到县城,张彬总是在房间里埋头整理当天的资料,而赵雨有机会就溜,拉着我到县城里那条古朴的小街上去喝酒。那条街常常没电,古老的木屋在烛光中时隐时现,使我们回到了那没有大气物理学和其他物理学,甚至没有科学的时代,一时忘记了现实。这天我们坐在一家小酒店的烛光中,醉意朦胧,赵雨对我说:

"如果这雨林深处的人们见过你的球状闪电,他们一定能给出一个完美的解释。"

我说:"我问当地人,他们早就见过,也早就解释了:那是鬼魂的灯笼。"

"这不就行了?"赵雨手一摊说,"很完美的,那些等离子体啦孤立子-谐振腔啦能告诉你的东西也不见得比这个学说多。现代化就是复杂化,我不喜欢复杂化。"

我哼了一声,"像你这号人,这样的工作态度,也就张教授这样的导师能容你。"

"别提张彬,"赵雨醉醺醺地挥挥手,"他是这种人:如果一个钥匙掉到地上,他不会循着刚才发出响声的方向去找,而是找来一把尺子和一支粉笔,把整个屋子的地板打上方格,然后一格一格挨着找……"

我们都埋头笑了起来。

"他这种人只会干那些将来注定要全让机器干的活儿,创新和想象力对他们来说没有意义，在学术上他们用所谓的严谨和严肃来掩盖自己的贫乏和平庸，你也看到了，大学里充斥着这号人。不过话说回来，时间长了，一格一格总能找到些东西，所以这些人在专业上也混得不错。”

“那张彬找到些什么？”

“他好像主持研制过一种高压线上用的防雷涂料，仅从防雷来说效果还不错，使用这种涂料的高压线路可以省去最上方的那根随线路走的避雷线，但那涂料成本太高，如果大规模使用算下来成本比传统的避雷线还高，所以最终也没有实用价值，就为他赚来几篇论文和一个省级科技成果二等奖。至于别的，他好像也没什么了。”

项目最后进展到我所盼望的测量雷电物理参数的阶段。我们到野外去安装大量的磁钢记录仪和接闪天线，每场雷暴过后，再去把已接闪的磁钢仪取回来记录数据，这时要十分小心，不能震动，不能接近输电线和其他磁场源，以免磁钢仪中的剩磁被扰动影响精度。再用磁场强度计（主体是一个指南针，通过其指针偏转角度来测定磁场强度和极性）读出数据后，还要用去磁机给每个磁钢仪去磁，然后再把它们装回原位以准备下一次接闪。

这一阶段的具体工作干起来同样枯燥艰苦，但我兴致很高，这毕竟是我第一次亲自对雷电进行定量测量。赵雨这小子看到了这一点，干起活来更加偷懒，张彬不在场时干脆把全部工作推给我，自个儿到旁边小河中钓鱼去了。

磁钢记录仪测得的闪电电流一般在一万安培左右，最大的一次达十万安培，由此可推算闪电中的电压达十亿伏！

“在这样极端的物理条件下,你想会产生什么东西?”我问赵雨。

赵雨不以为然地说:“能产生什么?核爆炸和高能加速器中的能量比这大得多,也没产生出你想象的那种东西嘛。大气物理学是一门很平常的学问,你偏要把它神秘化。我这人同你相反,习惯于把神圣的东西平凡化。”他说着,感慨地看着气象站周围那墨绿色的热带雨林,“老兄,你去追逐那神秘的火球吧,我可要去享受平凡人生了。”

他的研究生学业已接近尾声,不想再读博士了。

回到学院后继续上课,在课余和假期又参与了张彬的几个项目,他的循规蹈矩有时让我厌烦,但除此之外,他为人随和,且实践经验丰富,更重要的是他从事的专业距我的追求最近。

由于以上原因,毕业时我考取了张彬的研究生。

正如我预料的那样,张彬坚决反对我把球状闪电作为硕士论文的课题。在别的事情上他都很随和,包括容忍像赵雨这样的懒学生,但在这件事上却毫不通融。

“年轻人不应热衷于一些虚无缥缈的东西。”他说。

“球状闪电是科学界公认的客观存在,怎么是虚无缥缈的呢?”

“我还是那句话:连国际标准和国家规程都不考虑的东西有什么意义?你在读本科时用学习基础科学的方法学习自己的专业,知识面宽而浅,读研究生时可不能这样。”

“可张老师,大气物理学基本上已经是一门基础学科了,除了工程学意义外,它还肩负着认识世界的任务。”

“但在我国,为经济建设服务是首要的。”

“就算如此，如果黄岛油库的防雷措施中考虑了球状闪电，1989年的那场灾难也许就能避免。”

“1989年黄岛大火的成因只是一种猜测，球状闪电的研究本身，猜测的成分更多。你今后做学问时一定要避免这种有害因素。”

……

在这个话题上我们谈不下去，我是准备把一生献给那个追求的，所以两年的研究生做什么题目倒也不是很重要。于是我顺从了张彬的意思，搞了一个计算机中心防雷系统的项目。

两年后，研究生的学业顺利而平淡地结束了。

平心而论，这两年我从张彬那里还是学到不少东西，他在技术上的严谨、熟练的实验技能和丰富的工程经验都使我受益匪浅。但我所需要的核心的东西从他那里是得不到的，这我两年前就知道。

我对张彬的个人生活也有了不多的了解：他妻子早年去世，没有孩子，多年来一直一个人生活，平时社会交往也很少。这种单调的生活与我倒有些类似之处，但我觉得，过这种生活的前提是要有一种压倒一切的追求，用爸爸的话说叫“迷上什么东西”，用六年前图书馆中那个漂亮女孩的话说叫“有目的”。张彬既没迷上什么东西也没什么目的，他刻板地从事着那些索然无味的应用研究项目，只把它们当作工作而非乐趣，也以同样刻板的态度看待名利之类的东西。要真是这样的话，那生活更像是一种折磨了，由此我对他生出了些许同情。

我并不认为自己已经准备好去探索那个谜，相反，过去六年所学的一切，只是使我更深地体会到自己在它面前的软弱无力。在开始时，我的主要精力放在物理学上，但后来发现，整个物理学就是一个大谜，走到它的尽头，连整个世界是否存在都成了问题。而假如承认球状闪电并非一种超自然现象，那么理解它所涉及的物理学层次应该是较低的：在电磁学上有麦克斯韦方程，在流体力学上有斯托克斯方程就可以了（后来才知道，当初我的想法是何等的浅薄和幼稚）。但同球状闪电相比，电磁学和流体力学中目前所有的已知结构都是很简单的，如果球状闪电在遵守电磁学和流体力学基本定律的情况下，形成这种自稳定自平衡的复杂结构，那它的数学描述一定是极其复杂的。就像黑白两子和简洁的规则构成世界上最复杂的围棋一样。

所以现在我认为我所需要的，第一是数学，第二是数学，第三还是数学。要解开球状闪电之谜，复杂的数学工具是必不可少的。但各种数学工具如脱缰的野马一般难以掌握，尽管张彬认为我的数学能力已远远超出了研究大气物理学的常规需要，可我知道离研究球状闪电还差得很远。一接触到复杂的电磁和流体结构，数学描述就变得面目狰狞起来，怪异的偏微方程像一道道绞索，烦琐的矩阵如插满利刃的陷阱。

我知道在真正的探索开始之前，自己还有太多要学的，我不能立刻离开大学这个环境，所以我决定读博士。

我的博士生导师名叫高波，牌子很硬，是麻省理工的博士。他与张彬正好是两个极端。这人首先吸引我注意的是他那个外号：火球。后来知道这外号与球状闪电没有什么关系，可能是源于他那活跃的思维和有活力的性格。当我提出把球状闪电作为博士课题时，他爽快地答应了，倒是我反而心生顾虑：因为这项研究在试验上要求有大型雷电模拟装置，这种装置国内只有一套，当然也轮不到我用，但高波不以为然。

“听着，你需要的只是一支铅笔一张纸，你要做的就是构筑出一个球状闪电的数学模型，这应该是一个自洽的模型，在理论上要有独创性，在数学上要完美精致，在计算机上要玩得转，你就当自己在做一个理论艺术品。”

我不由得说出自己的担心：“一个完全甩开实验的东西，在我们这里能被接受吗？”

高波一摆手，说道：“黑洞能被接受吗？在至今没有其存在的直接证据的情况下，你看看天体物理学界已把它的理论发展到了何等地步，有多少人靠它吃饭？球状闪电至少是确实存在的！不要怕，如果达到我上面的要求，而论文还通不过，我就辞职，与你一起从这个大学滚蛋！”

比起张彬来，我觉得他在另一个极端上又走得太远了——我追求的不是理论艺术品——不过，做高波的学生确实让我感到愉快。

我决定在开学前的假期里回家乡一次，看看一直帮助我的老邻居们，我意识到以后可能很少有机会回去了。

火车到达泰安站时，我心中一动，想起了张彬所说的有大气物理学工作者在玉皇顶目击球状闪电的话，于是中途在这里下了车，去登泰山。

林云之一

我坐汽车到中天门，本想坐索道上山顶，但看到那长长的一排队伍，就徒步向上登去。这时山上雾很浓，两边的丛林都呈一片模糊的黑影，向上延伸一小段距离就消失在白雾中。在近处，过去各个时代的石刻不断地显现又隐去。

自从随张彬到过云南之后，每当置身于大自然中，我总是有一种挫败感。看着这活生生的自然界，以令人难以想象的复杂和变幻显示着它的神秘，很难想象它能被人类那几道纤细的方程式束缚住。每到这时我就会想起爱因斯坦晚年的一句话："窗外的每一片树叶，都使人类的科学显得那么幼稚无力。"

但这种挫败感很快被身体的疲劳所代替，看着前面在雾中不断延伸的石阶，南天门似乎远在大气层之上。

就在这时我第一次见到了她。她之所以引起我的注意是因为与周围其他人的对比。在路上，不断地看到有一对对的情侣，都是女的筋疲力尽地坐在石阶上，男的则喘着气站在边上试图劝女伴继续走。每当我超过一个人，或偶尔有人超过我时，都能听到对方急促的喘息声。我尽力跟着一个挑夫，他那古铜色的宽阔后背给了我继续攀登的力量。这时一个白色的身影轻盈地超过了我和挑夫，这姑娘穿着一件白衬衣和一条白色的牛仔裤，像一道浓缩的白雾。在这缓缓移动的人流中，她的攀登速度快得引人注目。她的脚步轻快跳跃，没有一点儿沉重感，当她经过我身边时，也没有听到喘息声。她回头看了一眼，不是看我，是看那个挑夫，她的表情宁静，看不出一丝疲劳感，苗条的身体似乎没有重量一般，在这累人的山路上攀登，对她来说如同在林荫道上悠闲地散步一样。时间不长，她的身影就消失在白雾中。

当我终于到达南天门时，看到这里已高出云海之上，太阳正从西边落下去，把云海染红了一大片。

我拖着沉重的步子来到玉皇顶气象站，站里的人得知我的身份和来历时似乎觉得很平常，在这个著名的气象站中，不断地有来此搞各种观测的大气科学工作者。他们告诉我站长有事下山了,就把我介绍给副站长,见面时我们都惊喜地叫了起来,副站长竟是赵雨。

从我们那次云南之行到现在,已有三年多。当问到他怎么会到这个奇怪的地方来时,赵雨说:“我来这儿是图清静,下面的世界太他妈麻烦了!”

“那你还不如到岱庙去当道士。”

“那地方现在也不清静。你呢? 还在追逐那个幽灵?”

我把来意向他说明。

他摇摇头说:“1962年,太早了,到现在站里已经换了好几茬人,怕没人知道这事了。”

我说:“无所谓,我想了解这事儿,是因为它是国内第一起大气物理学工作者目击球状闪电的案例。其实这也没太大的意义,我上山来也是为了散散心,说不定还能遇到一场雷雨,除了武当山的金顶,这儿是观雷最好的地方了。”

“谁吃饱了撑的观雷! 我看你真是走火入魔了! 在这儿,雷雨天可是避之不及,不过你要真想看,多住几天,说不定能遇上。”

赵雨把我领到他的宿舍中,这时已到吃饭时间,他打电话让食堂的人拿来了不少吃的,有又薄又脆的泰山煎饼,酒杯那么粗的大葱,还有一瓶泰山大曲。

赵雨对送东西来的老炊事员道谢,当那老头转身要走,赵雨突然想起了什么,问他:“王师傅,您是从什么时候开始到站上干的?”

“我可是1960年就在这食堂干了,那时是困难时期,那时可还没有你呢,赵站长。”

赵雨和我惊喜地相视而笑。

我急切地问:“那您见过球状闪电吗?”

“你是说……滚地雷吧?”

“对！民间是这么叫!”

“当然见过,这四十年,见过三四次呢!”

赵雨又拿出了一个杯子,我们热情地请老王入座,我边给他倒酒边问:“1962年的那次记得吗?”

“你别说,还就那次记得清,那次伤了人嘛!”

老王开始讲述:“那是在7月底,好像是下午七点多,本来那个时节的那个时候天还大亮着,但那天云那个厚啊,不点灯什么也看不着了。雨下得跟泼水似的,人站在雨里能给你闷死！雷一个接一个,中间都没空档的……”

“那可能是锋面过境时的雷暴天气。”赵雨向我补充道。

“我听到一声炸雷,打雷前的那道闪电真亮,我在屋里眼睛都给照花了。这时就听外面喊有人受伤了,就跑出去救那受伤的人。当时站里来了四个人在这儿搞科研观测,就是他们中的一个人让雷击伤了。我从大雨里把那人拖进屋里,那人的腿上冒着烟,雨水一浇吱吱响,但神志还清楚。就在这时那滚地雷进来了,是从西窗进来的,当时那窗可是关着的！那东西有……有这张煎饼大小吧,血红血红的,把整屋子照得都是红光。它就在屋里飘,就像这么快……”他一只手把酒杯举在半空比画着,“飘啊飘的,我当时像见了鬼,吓得说不出话来,倒是人家那几个搞科学的不慌,让我们不要碰那东西。那东西飘了一会儿,高的时候到了屋顶上,低的时候从床上划过去,好在没碰着人,最后就钻进了烟囱口,刚钻进去就轰的一声炸了。这么多年在这山顶上我什么样的雷没听过,可到现在还真不记得再有那么响的声音,震得我耳朵好几天嗡嗡的,左耳朵落下了毛病,现在都耳背。当时屋里的油灯给震灭了,玻璃灯罩和暖瓶胆都给震成碎片,床单上留下了一条焦印子。后来出去看,屋顶的烟囱都给炸塌了!"

"那四个搞观测的人是从什么地方来的?"

"不知道。"

"他们的姓名还记得吗?"

"唉,这么多年了……只记得那个受伤的人,是我和站里的两个人把他背下山送医院的,他很年轻,好像当时还是个大学生。他的一条腿给烧得不成样子,当时泰安医院条件也不行,又送到济南,唉,肯定落下残疾了。那人好像姓张,叫张什么……什么夫。"

赵雨把酒杯猛地蹾到桌子上,"张赫夫?"

"对对,就是这个名字。我在泰安医院还照顾了他两天,走后他还来了封信谢我,那信好像是从北京来的。后来就断了消息,现在也不知在哪儿。"

赵雨对老王说:"在南京,在我的母校当教授,是我们俩的研究生导师。"

"什么?"我手中的酒杯差点儿掉下去。

"张彬以前叫过这个名字,'文革'中改的,因为让人想起赫鲁晓夫。"

我和赵雨好长时间不说话,还是老王打破了沉默,"这也不算太巧,你们都是干这一行的嘛。那是个挺不错的后生,腿疼得咬破了嘴唇还靠在床上看书。我让他歇会儿,他说从现在起他就要抓紧时间,因为他这辈子已经有了目标,刚有的,他要研究那个东西,还要制造出它来。”

“研究制造什么?”我问。

“滚地雷呀!就是你们说的球状闪电。”

我和赵雨呆呆地对视着。

老王没有觉察到我们的表情,继续说下去:“他说要用一辈子的时间去研究那东西,看得出来,在山顶上见到滚地雷他就迷上它了。人就是这样,有时不知怎的就迷上了一个东西,你这一辈子都甩不了它。就说我,二十年前的一天做饭取柴火时,扒拉出一个树根,正要扔进火里,觉得它很像只老虎的样子,就打磨打磨摆在那里,还真好看,从那以后我就迷上了根雕,就为这,我退休了还留在山上。”

我这才发现赵雨的房间里确实有大大小小不少根雕,他向我介绍这都是老王的作品。

以后我们再也没有谈到过张彬,虽然我们心里都想着这事,但这事给我俩的震撼用语言很难说清楚。

吃完饭后,赵雨领着我在夜色中的气象站里转了转。当我们走过他们那个小小的招待所的唯一一个亮着灯的窗户时,我惊奇地停住了脚步,看到了房间里那个白衣姑娘,里面就她一个人,两张床上和桌子上铺满了翻开的书籍和图纸,而她则在屋中来回踱着步,像在思考什么。

“嗨,礼貌些,别往人家的窗子里偷看。”赵雨从后面推了我一把。

“我在上来的路上见到过她。”我解释说。

“她是来这里联系雷电观测的,来前省气象厅打了招呼,但没说是哪儿的,肯定是个很大的单位,他们计划用直升机向山顶运设备呢。”

没想到第二天下午就遇上了雷雨。山顶上雷暴的震撼力是山下无法相比的，这时的泰山好像是地球的避雷针，仿佛把宇宙间所有的闪电都吸引过来了。屋顶上闪着电火花，让你浑身一阵阵麻木。这里的闪电与雷声之间几乎没有间隔，那一声声巨响震撼着你的每一个细胞，你感到脚下的泰山被炸得粉碎了，灵魂也被震出了躯壳，恐惧地飘荡在一道道雪亮的闪电之间无处躲避……

我看到了那个姑娘，她站在走廊外侧，任凭狂风吹散她的短发，那苗条得看上去有些柔弱的身躯，面对着黑色浓云中闪电的巨网，在惊心动魄的雷声中一动不动，构成了一幅令人难忘的画面。

“你最好往里站站，那里不安全，再说都淋湿了！”我在后面对她喊。

她从对雷电的陶醉中回过神来，向后退了两步。

“谢谢，”她扭头看了我一眼，动人地一笑，“你可能不相信，只有这时，我才感到片刻的安静。”

很奇怪，在这密集的雷声中，你说话必须大声喊别人才能听清，然而她只是轻轻地说出口，那轻柔的话音却奇迹般地穿透这声声巨响，我听得很清楚。现在这个神奇的姑娘对我的吸引力已超过了雷电。

“你这人很特别。”我说出了心里话。

“听说你是搞大气电学专业的？”她没有回应我的话。

这时雷声弱了下来，我们可以从容地谈话了。我问她：“你们要在这里观测雷电？”从赵雨那里我感觉到她的来头似乎不便提及，于是就这样说。

“是的。”

“侧重于哪些方面?”

“雷电的生成过程。我并不想贬低你的专业,但现在的大气物理学界连雷雨云成电这样最基本的问题都众说纷纭,甚至连避雷针是怎样起作用的都搞不清呢。”

我马上知道,即使她不是搞大气物理的,在这方面也有相当的涉猎。雷雨云成电原理正如她所说的还没有一个令人满意的理论,至于避雷针的防雷原理这样似乎连小学生都能回答的问题,从理论上也真是没搞清楚——近年来通过对避雷针金属尖端放电电量的精确计算,得知其远不能中和雷雨云中积累的电荷。

“那你们的研究很基础了。”

“最终目的是很实用的。”

“研究雷电生成过程……人工消雷吗?”

“不,人工造雷。”

“造……雷? 干什么?”

她嫣然一笑,“猜猜?”

“利用闪电制造氮肥?”

她摇摇头。

“用闪电修补臭氧空洞?”

她又摇摇头。

“把雷电作为一种新能源?”

她还是摇摇头。

“呵,总不能作为能源吧,造雷耗能更多。那么只剩下一种可能了——”我想开个玩笑,“用雷电杀人?”

她点点头。

我哈哈一笑说:“那你们得解决瞄准问题,闪电的路径是一种很随机的折线。”

她轻轻叹了一口气,“那是以后考虑的事,现在连雷电的生成问题还没解决,我们对雷雨云生成的雷电不感兴趣,关键是生成晴天也能出现的那种罕见的干闪电,但现在观测到它们都很困难……你怎么了?”

“你是当真的?”我目瞪口呆地说。

“当然!我们预测,这项研究将来最有价值的应用是建立起一个高效率的防空系统,在城市或其他保护目标上空生成一个广阔的雷电场,敌人的攻击飞行器一进入这个雷电场就引发放电,在这种情况下你刚才所说的瞄准问题并不重要。当然,如果把大地作为雷电场的另一极的话,也可打击地面目标,不过这样问题就更多了……其实我们只是进行可行性研究,提出概念,再在最基础的研究方面找找感觉。如果真的可行,具体的实现还要靠你们这些更专业的机构。”

我松了一口气,“你是军人?”

她自我介绍叫林云,是国防科技大学的博士研究生,专业是防空武器系统。

雷雨停了,夕阳从云缝中射出万道金光。

“呀,你看世界多新鲜,好像是从刚才的雷雨中新出生的呢!”林云惊喜地喊道。

这也是我的感觉,不知是由于刚才的雷雨还是面前这个姑娘,反正我以前从没有过这种感觉。

晚上，我、林云和赵雨三个人出去散步，不久赵雨被站里的电话叫回去了，我和林云沿着山上的小径，来到天街上。这时夜已深，天街上弥漫着一层薄雾，街灯在雾中发出迷蒙的微光。这高山之夜很静很静，下面的那些喧闹仿佛已成为很遥远的记忆。

雾散了一些，天上有稀疏的星星出现，这星光立刻映在她那清澈的双眸中，我出神地看着她眼中的星光，又赶紧将目光转向真正的星空。如果说我的人生是一部电影，那前面已经放映过的都是黑白片，今天，在泰山之巅，画面突然变成彩色的了。

就在这夜雾中的天街上，我把自己隐藏最深的秘密告诉了林云。我给她讲了许多年前那个噩梦般的生日之夜，还告诉她我决定用尽一生去干的那件事。这是我第一次对别人说这些。

“你恨球状闪电吗?”林云问。

“对于一件全人类都还无法了解的神秘莫测的东西，不管它给你带来多大的灾难，你是很难产生恨这种感情的。开始我只是对它好奇，随着知识的增加，这种好奇发生了质变，我完全被它迷住了，在我的心目中，它就像是通向另一个世界的门，在那个世界里，我能见到许多梦寐以求的美妙神奇的东西。”

这时，一阵令人陶醉的微风吹来，雾完全散了。天空中，夏夜灿烂的星海一望无际地显现出来，在远远的山下，泰安的万家灯火也形成了另一片小小的星海，仿佛是前者在一个小湖中的倒影。

林云用她那轻柔的声音吟诵起那首诗来：

远远的街灯明了，

好像是闪着无数的星星。

天上的明星现了，

好像是点着无数的街灯。

我跟着吟下去：

我想那缥缈的空中，

定然有美丽的街市。

街市上陈列的一些物品，

定然是世上没有的珍奇。

……

我的眼泪涌了出来。这美丽的夜中世界在泪水中抖动了一下又变得比刚才更加清澈。我明白自己是一个追梦的人，我也明白在这个世界上，这样的人生之路是何等的险恶莫测，即使那雾中的南天门永远不出现，我也将永远攀登下去——

我别无选择。

张 彬

博士研究生的两年很快过去了，这两年中，我建立了自己的第一个球状闪电数学模型。

高波是个出色的导师，他的长处在于能很好地诱发学生的创造力。他对理论的痴迷和对实验的忽视同样极端，在这种情况下，我的数学模型成了一个完全没有实验基础的天马行空的东西。但论文答辩还是通过了，评语是：立论新颖，显示出深厚的数学基础和娴熟的技巧。模型在实验方面的致命缺陷自然也引起了很大的争议，答辩结束时，一个评委出言不逊,“最后一个问题:一个针尖上能站几个天使?”引起一阵哄笑。

张彬是论文答辩委员会的成员之一,他只问了一个无关紧要的枝节问题,没有发表太多的意见。这两年来,泰山的事我一直没向他提过,自己也说不清是为什么,可能我预见到,那将迫使他说出一个使他深受伤害的秘密。但现在我就要离开学院了,终于忍不住想把事情问清楚。

我去了张彬家,向他说了我在泰山所听到的事。他听后没有说话,只是看着地板一个劲儿抽烟,一支烟抽完后,他沉重地站起身,对我说:“你来。”然后带我走向那扇紧闭着的门。

张彬一个人住着一套两居室的房子,他的起居都在一个房间里,另一个房间的门始终紧闭着。赵雨曾告诉我,有一次他的一个外省的同学来看他,他想起了张彬家,问是否能让同学在那儿住一晚,张彬竟说没地方。从平时看,张彬交际虽少,但还不是那种不近人情的人,所以我和赵雨都觉得那个紧闭的房间有些神秘。

张彬打开那个房门,我首先看到的是一排摞得高高的纸箱子,绕过它们,里面的地上还堆放着一些纸箱子,除此之外,房间里好像没有别的大东西了。迎面的墙上,挂着一幅戴眼镜的女性的黑白照片,那位女性留着那个时代的短发,镜片后的双眼很有神。

“我爱人,1971年去世的。”张彬指了指照片说。

我注意到一件很奇怪的事:这个房间的主人显然很注意照片周围的整洁,那些纸箱子都离照片有一定的距离,在照片前形成了一个半圆形的空地,但就紧挨着照片,在墙上的一个钉子上挂着一件雨衣,就是那种胶面帆布的旧式雨衣,深绿色的,显得很不协调。

“正像你已经知道的,自那次在泰山看到球状闪电后,我就迷上它了，那时我还是一个本科生，心态同你现在完全一样，就不多说了。我首先是到自然雷雨中寻找球状闪电，跑了很多地方。后来认识了她，把我们连在一起的也是球状闪电，她是一个痴迷的研究者，我们是在一次大雷雨中相遇的，以后就一起外出寻找。那时条件很差，大半的路都要靠脚走；晚上住在当地老乡家，还常在破庙或山洞中过夜，甚至睡在露天。记得有一次，因为在一场秋天的雷雨中观测，两个人同时患了肺炎，那个偏僻的地方缺医少药，她病得很重，差点把命丢了。我们遇到过狼群，被毒蛇咬过，饿肚子更是常有的事；不止一次，闪电就击中距我们很近的地方。这种野外观测持续了十年时间，这十年，我们走过多少路，吃过多少苦，遇过多少险，数也数不清了。为了这个事业，我们决定不要孩子了。

“大部分时间是我们两人一起出去，但遇到她教学和科研工作忙的时候，我有时也一个人出去。有一次在南方，我误入了一个军事基地，当时文革正紧，加上我父母都留过苏，人家看到我带着照相机和一些观测仪器，就怀疑我是刺探情报的敌特，不明不白地一关就是两年。在这两年间，她仍不断外出在雷雨中观测。

“她遇难的经过我是听当地老乡说的。在那次大雷雨中，她终于遇到了球状闪电，她追着那火球跑，眼看它就要飞过一条湍急的山溪，情急之下竟用手举着磁钢仪的接闪器去拦火球。事后人们都说这简直是胡来。但他们无法理解，当她终于看到寻找了十年之久的球状闪电，转眼间又要失去观测它的机会时会是什么心情。”

“我理解。”我说。

“据当时在远处的目击者说，那个火球接触接闪器后就消失了，它沿导线通过了磁钢仪，在另一端又冒了出来。直到这时，她还没有受到伤害,但最终也没逃过这一劫:那个火球围着她转了几圈,就在她的头顶上爆炸了。爆炸闪光过后,她就消失了,人们在她最后站的地方只见到这件雨衣完好无损地摊在地上,雨衣下面是一堆白色的灰,后来被雨水冲走了许多,在雨衣周围形成了好几条白色的细流……”

我看着那件雨衣,想象着里面包裹着的那个年轻而执着的灵魂,低声说:“她这样就像航海家死于大海,宇航员死于太空,也算死得其所了。”

张彬缓缓地点点头,“我也这样想。”

“那个磁钢记录仪呢?”

“完好无损,并被及时拿到实验室测定了其中的剩磁。”

“多少?”我紧张地问,这可是球状闪电研究史上绝无仅有的第一手定量测量资料。

“零。”

“什么?!”

“完全没有剩磁。”

“这就是说没有电流从接闪导线中通过,那它是以什么形式传导过去的呢?”

张彬摆了一下手,“球状闪电的谜团太多,我不想在此探讨。同其他一些谜比较,这个算不得什么。下面我再让你看样更令人难以置信的东西。”他说着,从雨衣的衣袋中掏出一个塑料皮笔记本,说,“这是她遇难时装在雨衣衣袋中的。”然后他把笔记本极其小心地放到一个纸箱子上,好像那是一件易碎品,“翻的时候要轻些。”

那是一个很普通的笔记本,封面有天安门的图像,已被磨得有些模

糊了。我轻轻翻开封皮,看到发黄的扉页上有一行娟秀的字:

科学的入口处就是地狱的入口处。

——马克思

我抬头看看张彬,他示意我向下翻。我翻到第一页,这才理解他为什么让我轻些翻:这一页被烧焦了,有一部分已经变成灰散失了。我把这页焦纸轻轻地翻过去,下一页完好无损,密密麻麻的数据记录清晰可见,像是昨天写上去的。

“再翻。”张彬说。

第三页又烧焦了。

第四页完好无损。

第五页烧焦。

第六页完好。

第七页烧焦。

第八页完好。

……

我一页页翻下去,从来没有两页连着烧焦的,也没有两页连着完好的。那些烧焦的页有些只剩下靠着装订线一侧的一小部分还在,但紧贴着它们的完好页上看不到一丝烧灼的痕迹。我抬起头,呆呆地看张彬。

他说:“你能相信吗?我没把这东西给别人看过,因为他们肯定会认为这是伪造的。”

我看着他,“不,张老师,我相信!”

接着,我给第二个人讲述了自己的那个生日之夜。

听完了我的叙述后,张彬说:"我以前猜测过你可能有这方面的经历,但没想到这么可怕。你既然亲眼看见了那一切,就应该知道对球状闪电的研究是一件很蠢的事了。"

"我不明白,为什么?"

"其实我也是很晚才明白这一点的。这三十多年来,除了在自然雷雨中寻找球状闪电,我更大的精力是花在对它的理论研究上。三十多年啊,过程我就不说了,你自己看看吧。"他用手指指周围这些大纸箱子。

我打开了其中一个沉重的纸箱,发现里面满满装着一摞摞的演算稿!我抽出两本,读着上面密密麻麻的微分方程和矩阵,再抬头看看周围那摞成一堵矮墙的十几个纸箱子,他这三十多年的工作量让我倒吸了一口冷气。

我问:"在实验上您都做了些什么?"

"做得不多,因为条件限制,这个项目不可能得到太多的经费。但更重要的是,这些数学模型中没有一个值得为之做试验!它们在理论上都不成立,往往是干到最后,你才发现开始第一步就走错了。退一步说,即使搞出了一个理论上能自洽的数学模型,离在实验室产生出球状闪电还差得很远。"

"您现在还在进行这项研究吗?"

张彬摇摇头,"几年前就停了,很巧,那正是你第一次问我球状闪电问题的那一年。那年的元旦之夜,我还陷在毫无希望的计算之中,听到外面新年钟声响了,还传来学生们的欢呼声。我突然想到,我这一生也基本过完了,一种前所未有的伤感压倒了我。我来到这里,像以前多次做过的那样，从雨衣中拿出了那个笔记本，小心地翻开看着，就在这时，我悟出了一个道理。”

“什么？”

他拿起了那个笔记本，小心地揣在胸前，“看看这个，再回想一下你十四岁生日时的那个雷雨之夜，你真的认为，这一切都在现有的物理学定理之内吗？”

我无言以对。

“我们都是凡人，虽然我们用超过常人的努力去探寻，可我们终究还是凡人，我们只能在牛顿、爱因斯坦、麦克斯韦这些人设定的框架中进行推演，不可能越雷池半步，否则就像步入没有空气的虚空一样，但在这个框架中，我们什么也推演不出来。”

听了他的话，我又感到了在泰山雾中山路上体会到的那种挫败感。

张彬接着说：“从你身上，我又看到了年轻时的自己，我尽最大的努力去阻止你走这条危险的路，但知道这没有用，你还会在这条路上走下去的。我要告诉你的是，我已经做完我所能做的了。”说完他疲倦地坐到一个纸箱上。

我说：“张老师，您对自己的工作也应有一个正确的评价：我们迷上了什么东西，并尽了自己的努力，这就够了，就是一种成功。”

“谢谢你的安慰。”他无力地说。

“我也是在对自己说，当我到了您这个岁数，也会这么安慰自己的。”

张彬又指了指周围的纸箱，“这些，还有一些磁盘，你都拿走吧，有兴趣就看看，没兴趣就算了，总之它们都没什么意义……还有这个笔记本，你也拿去吧，看到它我就有种恐惧感。”

“谢谢!”我说,喉头有些哽咽,我指指墙上那张照片,“我能否把它扫描一份?”

“当然可以,干什么用呢?”

“也许有一天能让全世界知道,她是第一个对球状闪电进行直接测量的人。”

张彬小心地从墙上取下照片递给我,“她叫郑敏,北大物理系63届毕业生。”

第二天,我就从张彬家把那些纸箱子全搬到我的宿舍,现在那里看上去就像个仓库。这几天,我没日没夜地读那些东西。我像一个没经验的登山者,筋疲力尽地攀上了一个自以为无人到过的高度,但环顾四周时却看到了前人留下来的帐篷和他们继续向上延伸的脚印。到现在为止,我已经看完了张彬构筑的三个数学模型,个个都是精妙无比的,其中有一个与我的博士论文是同一个思路,只是比我早十几年就完成了。更让我汗颜的是,在这个手稿的最后几页,他指出了这个模型的错误,这是我、高波和其他论文答辩评委都没看出来的。在另外两个模型后面,他也同样指出了错误。但我看到最多的还是不完整的数学模型,张彬在构筑过程中就发现了错误。

这天晚上,我正埋头在稿纸堆中,高波来找我。他打量了一下周围这堆积如山的计算稿,摇了摇头。

“我说,你真想像他那样打发一生吗?”

我对他笑了笑,说:“高老师……”

他摆了一下手,“我已不是你的老师了,弄不好以后还是同事。”

“那我这话就更好说了。说实在的,高教授,我还从未见过您这么有才气的人,这绝不是恭维,但恕我直言,我觉得您这人干事总缺少恒心,比如前一阵那个建筑防雷系统CAD,多好的项目,只是花点力气就完成了,结果您把开拓性的工作做完后又嫌麻烦推给了别人。”

“哈,像这样的恒心,像这样一辈子干一件事已不符合时代潮流了,这个时代,除了基础科学,其他的研究都应快刀斩乱麻。我这次来就是向你进一步证明我是如何缺乏恒心的,还记得我说过的话吗?如果你的论文通不过,我就辞职。”

“可现在通过了。”

“我还是要辞职。哈,现在你看到了,这个许诺多少是个圈套!”

“然后去哪儿?”

“大气科学研究院的雷电研究所聘请我去当所长,我对大学已经厌倦了。你呢,对今后有什么打算?跟我过去吧!”

我答应考虑考虑,过了两天,我答应了高波。那个地方我不太了解,但毕竟是国内最大的雷电研究机构。

在离校前两天的夜里,我还在读那些演算手稿,听到有人敲门,来人是张彬。

“要走了?”他看了看我已打包好的行装说。

“是的,后天走。听说您已经退休了?”

他点点头,“昨天刚办完手续。我也到岁数了,只想好好休息休息,这辈子太累了。”

他坐下来,我给他点上烟,沉默了好一会儿,他才说:“我来是再向你说一件事,这事怕也只有你能理解了。你知道我这辈子最痛苦的是什么?"

"我理解,张老师,要想从这种情结中解脱出来确实很难,毕竟三十年了。但您这三十年来并非只干了这一件事。再说,这上百年,为研究球状闪电终其一生的人可能也不少,他们中也不会有人比您更幸运。"

张彬笑着摇了摇头,"你完全误会了。我经历的事情比你要多得多,对科学和人生的理解想来比你也要深一些,对这三十年的研究我没有遗憾,更不会感到痛苦,正如你所说的,我尽了自己的努力,我怎么会在这上面想不开呢?"

那又是什么呢?我想到他丧妻后一个人过了这么多年……

他好像看出了我的心思,说:"郑敏的死对我是个打击,但,我想你也明白,像我们这样的人,全部身心长期被某种东西占据着以致最后这种东西成了你的一部分,生活中的其他事,再怎么看也是第二位的。"

"那还能是什么呢?"我不解地问。

张彬又苦笑着摇了摇头,"难以启齿啊。"继续猛抽着烟。我一头雾水,这里面真可能有难以启齿的事吗?但由于共同的追求,我和他早已心有灵犀一点通,很快恍然大悟。

我问:"您好像说过,您这三十多年一直没有间断过在寻找球状闪电?"

他长长吐出一口烟说:"是的,郑敏死后,我的身体越来越坏,腿疾恶化,出远门少了,但寻找没有间断过,至少在附近,几乎每次雷雨我都没放过。"

"那么……"我顿住了,我一瞬间体会到了他的全部痛苦。

"是的,你猜到了,这三十多年,我再也没见到过球状闪电。"

同其他神秘的自然现象相比，球状闪电并非十分罕见，调查中至少有百分之一的人声称他们见过。但它的出现没有任何规律，十分随机和偶然，三十多年在雷雨中苦苦搜寻而未谋一面，这只能怪命运的残酷了。

张彬接着说："早年看过一本俄文小说，说一个富裕的庄园主，生活中唯一的乐趣是美酒。有一次他从一个神秘的旅人那里买到一个从古代沉船里打捞上来的酒瓶，瓶底还剩一点点酒，他把那点酒喝了以后就全部身心陶醉于其中。旅人告诉他，那艘沉船中一共捞上来两瓶这样的酒，另一瓶不知流落何方。庄园主开始没在意，但对那酒的回味使他日不能终夜不能寐，以至于最后卖掉了庄园和所有的财产，浪迹天涯去寻找那另一瓶酒。他历尽千辛万苦，走遍了世界，从年轻找到年老，最后终于找到了，这时他已是一个病魔缠身的老乞丐，他喝光了那瓶酒，然后在幸福中死去。"

"这人是幸运的。"我说。

"从某种意义上讲，郑敏也是幸运的。"

我点点头，陷入沉思。

过了一会儿，张彬说："怎么样，对我所说的痛苦，你还抱着刚才那种超然的态度吗？"

我站起身，走到窗前看着外面夜色中的校园，"不，张老师，我超然不了，您那种感受在我这儿已不只是痛苦，更是一种恐惧！如果想让我看到我们走的这条路是多么险恶，那您这次算做到了。"

是的，他做到了。我能忍受一辈子耗尽心血毫无建树，我能忍受抛弃生活中的一切，孤独地终了一生，我甚至可以在需要时献出生命，但我不能忍受一生中再也见不到它！正是对它的第一次目击决定了我的一生，我们真的不能忍受再也见不到它！这点别人可能很难理解，但你能想象，水手能忍受一生见不到大海吗？登山者能忍受一生见不到雪山吗？飞行员能忍受一生见不到蓝天吗？

“也许，”张彬站起身来说，“你能让我们再次见到它。”

我茫然地看着窗外，“张老师，我不知道。”

“但这是我一生中最后一个希望了。我该走了，那张照片你扫描完了吗？”

我回过神来，“哦，扫完了，我早该还您，可拆下来的时候把镜框弄坏了，我想买一个新的装上，可这些天一直没时间出去。”

“不用了，那个旧的就行。”他接过照片，说，“这些天总觉得屋子里少了些什么似的。”

我又回到窗前，看着我的导师的身影消失在夜幕中，他的腿比平时瘸得更厉害了，步履看上去那么艰难。

异象之二

张彬走后，我熄灯睡下，但总是睡不着，所以，当那件事情发生时，我肯定自己是处于绝对清醒的状态。

我听到了一声轻轻的叹息。无法分辨这声音传来的方向，它似乎充满了整个黑暗的空间。我警觉起来，脑袋离开了枕头。

又听到一声叹息，很轻很轻，但能听出来。

这时学校已经放假，这幢宿舍楼几乎是空的。我猛地坐起来，扫视着黑暗的房间，只看到那些纸箱子，暗中像一堆随意垒放的方石块。我打开灯，在日光灯完全亮起前的那几下闪动中，我看到纸箱上方隐约有一个影子，是白色的，只一瞬间，它就消失了，没有看清形状。我不敢肯定这是不是幻觉，但影子消失时我看到它向窗子的方向移动，后面拖着一条尾迹，那显然是一串它自己的转瞬即逝的映像，像观察者延长的视觉暂留。

我想到了那根头发。

我开着灯躺回床上，但更不可能入睡了。漫漫长夜很难熬，就索性起来，打开一个纸箱子，继续看张彬的计算稿。从上次看到的地方开始，翻过了十几页，有一页引起了我的注意：这页稿子上有一半的推导过程被一个大叉划掉了，那大叉墨水的颜色与原稿有很大差别。在页边的空白处，重写了一个简洁的公式，显然是要代替那些被划掉的部分。这个公式所用的墨水与打叉的一样。吸引我注意的是那个公式的笔迹，娟秀精细，与张彬的原稿有明显不同。我拿出了张彬送给我的那个被隔页烧焦的笔记本，小心地打开来，将上面的笔迹与那个公式对照，结果虽令人难以置信，但我还是预料到了。张彬是个很仔细的人，每部分计算稿上都标有日期，这一部分标着的日期是1983年4月7日，距他妻子的死已有十二年。

但这是郑敏的笔迹。

我仔细地看那个公式和被划掉的部分，是计算低耗散状态等离子流体边界条件的公式，很简洁，可以代替被划掉的烦琐推导，因为这个公式使用了一个现成的参数，这个参数是三菱电机的一个实验室在1985年得出的，他们当时是为研制用等离子体流束代替转子的高效发电机。这个项目最后虽然失败了，但它的副产品，那个等离子流体参数后来却被广泛应用,不过这是1985年之后的事了。

我立刻将后面的几个还没开过的箱子都大概翻了一遍,又发现了五页稿纸上有相同笔迹的修改,如果仔细找找,可能还会找到。而张彬写出这些计算稿的时间都在上世纪80年代以后。

我在床沿上呆坐了很久,能够清楚地听到自己的心跳。我的目光落在桌子上的笔记本电脑上,我把它启动了,从硬盘上调出了白天扫描的郑敏的照片。这张照片是用高精度扫描仪扫描下来的,我仔细地观察着它,尽量躲开照片中的人那很有神的目光。我似乎发现了什么,于是立刻手忙脚乱地启动一个图像处理软件——我平时要处理大量的闪电照片,所以电脑里这类软件很丰富,现在打开的这个软件可以将黑白照片自动转化为彩色的。软件很快将这张照片处理完毕,虽然色彩有些失真,但我还是达到了目的,黑白照片上的人总是显得年轻,这张照片是郑敏遇难前一年拍的,现在,彩色揭示了被黑白两色掩盖的一个事实:照片上的郑敏比她的实际年龄要苍老许多。

照片中的郑敏身着一件实验室的白大褂工作服,照片中显示出工作服左胸的一个衣袋,衣袋里装着一片东西,衣袋的布很薄,透出那东西的一些形状和细节。它立刻吸引了我的注意,我将那一块图像剪切下来,放到另一个图像处理软件中进行处理,试图提取出更多的细节。经常处理那些模糊的闪电照片,使我干这个很熟练,很快使那片东西的轮廓和细节凸现出来。现在可以清楚地看出,那是一张三英寸电脑软盘。

五英寸软盘在上世纪80年代初才在国内普遍使用,三英寸盘的使用就更晚些了,她的衣袋中应该装着一卷黑色的打孔纸带才对。

我猛地扯掉电脑的电源线,却忘记了笔记本电脑还有电池能供电,只好用颤抖的手移动鼠标关机,点完关机键后,立刻将电脑合上。在我的感觉中,郑敏那幽幽的目光仍穿透合上的电脑看着我,夜的死寂像一只冰冷的巨掌将我攥在其中。

晴空霹雳

在我告诉高波将随他去雷电研究所的决定时,他说:“在你做出最终决定前,我应把事情说清楚:我知道你现在满脑子想的是球状闪电,虽然我们的出发点不同,我也对这个项目看好,但你要知道,一开始,我不可能让所里用很大的力量搞你这个项目。你知道张彬为什么失败吗?他钻到理论里出不来了!但这也不能怪他,实在是条件所限。这两年我给你的印象是忽视实验,错了,你做博士项目时我没考虑实验,是因为这种实验的投入太高了,照我们现有的条件,根本做不好,不精确甚至不真实的实验结果会拖理论的后腿,最后理论和实验都搞不出什么东西。我招你来,是让你搞球状闪电研究的,这点毫无疑问,但必须在实验基础都具备时才能正式开始搞。现在我们需要的第一是钱,第二是钱,第三还是钱,你要和我齐心协力去搞钱,明白吗?”

这番话使我重新认识了高波这人,像他这样在学术上思想如此活跃,在社会上又如此现实的人真是不多见,这可能就是麻省理工出来的人的特点吧。其实我想的同他一样,我明白建立起基础实验设施对球状闪电的研究是必不可少的,因为球状闪电研究成功的标志是人工产生它。这些实验设施首先应包括大型的雷电模拟装置,还有复杂的磁场发生装置,以及更复杂的传感探测系统,这套系统的预算肯定大得吓死人。我不是个书呆子,我知道要实现理想就得从现实开始一步步走。

在火车上,高波突然向我问起了林云的事。自泰山一别已有两年,林云的影子一直没有从我的脑海中消失过,但是因为对球状闪电的专注,这记忆并没有发展成某种无法控制的东西。与她在泰山上度过的短暂时光是我记忆中最美好的珍藏,对她的回忆往往是在最劳累时浮现出来,这时就像听一首柔美的音乐,是一种很好的休息。高波曾说他很羡慕我这种状态,因为感情生活就要超然度外,陷进去就不好了。

高波谈到林云时说:“她向你提起过雷电武器系统的事?我对此很感兴趣。”

“你想搞国防项目?”

“为什么不?军方不可能有完善的雷电研究机构,他们最终还得靠我们。这类项目经费来源很稳定的,也是一个极有潜力的市场。”

自分别后我与林云再也没联系,她只给我留了一个手机号,高波让我到京后立刻同她联系。

“你要搞清军方雷电武器研究的现状,注意,不要直接问她,你可以先请她吃顿饭或听听音乐会之类的,待关系发展成熟了再……”高波这时看上去像个老奸巨猾的间谍头子。

抵京后,还没安顿下来,我就给林云打了电话,当那熟悉的声音传来时,我感到一种说不出的温暖,听得出来她得知是我也很惊喜。按高波的意思,我应提出到她工作的单位去看她,但这话实在说不出口,倒是她出人意料地请我过去。

“你到新概念来找我吧,有事同你谈!”她接着给了我一个北京近郊的地址。

“新概念?”我立刻想到的是亚历山大的英语教材。

“哦,我们这样叫惯了,是国防大学新概念武器开发中心,我毕业后就在这里工作。”

我还没有到新单位报到,高波就迫不及待地让我去找林云。

汽车出四环路后又走了约半个小时,公路边出现了麦田。这一带聚集了很多军方的研究机构,它们大都是高大围墙内式样俭朴的建筑,大门没有标牌。但新概念武器开发中心却是一幢外形很现代很张扬的二十层高楼,看上去像哪个跨国公司的写字楼,同附近的其他机构不同,大门口没有哨兵,人们随意进出。

我通过自动门进入宽大明亮的门厅,乘电梯上楼去找林云的办公室,发现这个地方类似于一个文职行政机构,从走廊两侧几个半开的门望进去,看到里面是现代办公场所的分格组合式布局,许多人在电脑和文档纸堆中忙碌着,如果不是他们的军装,真会误以为走进了一家大公司的写字楼。我还看到几名外国人,他们中有两人甚至还穿着本国军装,与中国军人混在一个办公室中谈笑风生。

在一间标有“系统评价二部”的办公室中,我找到了林云。当身着少校军装的她带着灿烂的笑容向我走来时,一种超越时尚的美令我怦然心动,我立刻明白了她是属于军队的。

“这里与你想象的不同吧?”打过招呼后她问我。

“太不同了,这儿到底是干什么的?”

“顾名思义嘛。”

“什么是新概念武器?”

“比如，二战中苏军把炸药绑在经过训练的军犬身上，让它们钻到德军坦克下面，就是一种新概念武器，这种想法甚至到现在都算新概念，不过它有很多变种：比如把爆炸物拴到海豚身上让它们去攻击潜艇，或训练一群携带小型炸弹的飞鸟等，这里是一种最新的想法——”林云伏身到她的电脑上，调出了一份图文并茂看上去像昆虫知识网页的文档，“把微型的强腐蚀性液囊装到蟑螂之类的昆虫身上，让它们去摧毁敌人武器系统的集成电路。”

“真有趣。”我说，在看电脑屏幕时，我距林云很近，闻到了隐隐约约的清香，这是一种去除了所有甜分的香，有一种令人舒适的微苦，令我联想到暴雨后初晴阳光中的青草地……

“还有，看这个，一种液体，喷撒后可使路面变得光滑而不可通行；这个，一种能使车辆和坦克发动机熄火的气体；这个就不太有趣了：一台激光器，可像电视显像管上的电子枪那样扫描一个区域，使身处这个区域内的所有人暂时或永久失明……”

林云的举动让我很吃惊：似乎他们的信息系统中的任何东西都可以随便调出来给外人看。

“我们是生产概念的，这些概念大部分都没用，有些甚至看上去像个玩笑，但其中的百分之一甚至千分之一有可能变成现实，就很有意义了。”

“那么这儿是个思想库。”

“可以这么说。我所在的这个部门的工作，就是从这些想法中发现可行的，并着手进一步的研究，有时这种研究可能深入到相当的程度，比如我们马上要谈的雷电武器系统。”

她这么快就谈到了高波想知道的东西是个好兆头，不过我还是问了她另一个让我很好奇的问题，“这里的那些西方军官是怎么回事?”

“访问学者。武器研制是一门科学，也需要交流。新概念武器离实现还有很长一段距离，它只是一个概念。这个领域最需要的是思想活跃，需要大量的信息和各种思想的碰撞，交流对双方都是有利的。”

“那就是说，你们也向对方派过访问学者。”

“两年前从泰山回来，我就到欧洲和北美，作为访问学者在他们的新概念武器开发机构待了三个月，他们那个机构叫作武器系统超前评估委员会，在肯尼迪时代就有了……你这两年怎么样，还是每天追踪球状闪电吗?”

我说：“当然，我还能干什么，不过目前只能从纸上追踪。”

“那我送你一件礼物吧，”她说着又移动鼠标从电脑中找什么，“这是一份球状闪电的目击者的叙述记录。”

我不以为然地说：“这类东西我见过上千份了。”

“但这份不一样。”林云说着，屏幕上出现一段录像：在一个林间空地上，有一架军用直升机，直升机前站着两个人，一个是穿着陆军作训服的林云，另一个穿着轻便飞行服，显然是这架直升机的驾驶员，后面的远景中还可以看到几个升上半空的气球。林云介绍说：“这是王松林上尉，陆航的直升机驾驶员。”

接着我听到了录像中林云的话音：“你再说一遍，我录下来给我那位朋友。”

上尉说：“好吧。我是说我那次见到的绝对是你说的那东西。那是1998年长江抗洪的时候，我出航去灾区空投抢险物资，在七百米高度，不小心飞进了一片雷暴云，这是绝对的禁飞区，但我一时转不出来了。当时云中的乱流使飞机像一片风中的树叶上下颠簸，我的头一下子撞到舱盖上；大部分的仪表指针胡乱抖动，无线电里什么都听不清。外面黑乎乎的，突然亮起一道闪电，然后我就看到了它，有篮球大小，发出橘红色的光，它一出现，无线电里的干扰声猛然增大了……”

“注意听下面的话！”林云提醒我。

“……那光球绕着机体飘，飘得不太快，先是从机头绕到机尾，然后又垂直上升穿过旋翼，又再次穿过旋翼降到机腹下，就这么飘了有半分钟，突然不见了。”

“等等，回放一下这段！”我喊道。正如林云所说，这个目击记录确实有不寻常之处。

录像回放了，放完这段后接下去，画面中的林云问出了我想问的问题：“你当时是悬停还是飞着？”

“我会在雷暴云中悬停吗？当然是飞着，速度至少有四百，我在找云的出口。”

“你肯定记错了，你当时应该是悬停着的，否则就不对了！”

“我知道你的想法，邪门儿就邪门儿在这儿，那东西根本不受气流的影响！就算我记错了或当时有错觉，但旋翼可是一直转着，那气流也是很大的，再说空中没有风吗？可那个火球就那么慢悠悠地围着机体转，算上相对速度，它的速度也是很快的，但它绝对不受气流影响！”

“这确实是个重要信息！”我说，“以前的许多记载中也看了一些这方面的迹象，比如有目击记载说球状闪电从门或窗中飞出室内时，风正从外面刮进来；还有的目击记录直接描述球状闪电逆风飞行，但都不如这次目击这样真实可信。如果球状闪电的运动真的不受气流影响,那它是等离子体的说法就站不住脚了,而这是目前大部分球状闪电理论的基础。我能见见那个飞行员吗?”

林云轻轻摇摇头,“不可能了。好了,我们谈正事吧。首先我要让你看看我们这两年都干了些什么。”她说完就拿起电话来,像在联系什么参观之类的事。看来完成高波的任务是轻而易举的了,我便打量起林云的办公桌来。

我首先看到一张合影照片,是林云与几个海军陆战队员的合影,他们都穿着陆战队蓝白相间的迷彩服,林云是其中唯一的女性,看上去年纪还很小,一脸稚气,像抱小狗儿似的把冲锋枪抱在胸前。他们背后的海面上有几艘登陆艇,附近还有爆炸后的残烟。

我接着被另一张照片吸引了,这是一位年轻的海军上校,很帅,也很有气质,背景是常在媒体上出现的“珠峰号”航母高大的塔岛。我立刻产生了一种强烈的欲望,想问林云这是谁,但还是克制住了。

这时林云打完了电话,对我说:“走吧,我带你去看看我们这两年不是成果的成果。”

我们出去乘电梯下楼,路上林云说:“两年来我们花了很大的力气搞雷电武器,搞了两个分项目,但都不成功,现在这个项目已经被撤销了。这个武器系统是新概念走得最远投入最多的一个,可结果很惨。”

进入门厅后,我注意到许多人都向林云微笑着打招呼,我有一种直觉:她的身份似乎不只是一名少校。

出门后,林云把我带上了一辆小汽车,与她并排坐在前排座位时,我又闻到了那雨后青草淡淡的苦香,令我心旷神怡,但这时那香气更加缥缈,像万里晴空中的最后一抹淡云,像幽深空谷中转瞬即逝的铃声。为了捕捉到它,我的鼻翼不由抽动了两下。

“喜欢这香水吗?”林云微笑着看了我一眼说。

“啊……哦,部队上不是不让用香水吗?”我傻傻地问。

“有时也可以。”

她带着那动人的微笑发动了车子。我对车窗上挂着的一件小饰物产生了兴趣:那是一段竹子,有两节,手指粗细,还带着一根枝叶,造型很有韵味。我感兴趣是因为竹节和叶子已经完全枯黄,竹节在北方干燥的空气中都裂开了几条细缝,显然很旧了,她仍将它挂到这样显著的位置,竹子里很可能有一段故事。我伸出手去,想把它取下来细看,却被林云抓住了手腕,她的手纤细白皙,却出奇的有力,但把我的手按下后这股力道很快消失,只剩下令我心跳的柔软和温暖。

“那是一颗地雷。”她平静地说。

我吃惊地看看她,又看看那段似乎绝对无害的竹子,难以置信。

“是一枚防步兵雷,结构很简单:下面的一节装炸药,上面那节装触发引信,那引信实际上就是一根很小的柔性撞针和一段橡皮筋。竹子被踩后发生变形,撞针就弹下来了。”

“这……哪儿来的?”

“上世纪80年代初在广西前线缴获的,很经典的创造,成本低到二踢脚的水平,造成的杀伤力却很大,而且由于金属部分很少,普通探雷器一般测不出来,让工兵很头疼,外形隐蔽,布设时不用掩埋,撒到地上就行,当时越军一撒就是几万枚。”

“真不敢相信,这么小的东西能炸死人?”

“一般炸不死人的，但炸掉半只脚或一条小腿是没问题的，在对敌方战斗力的削减上，这种致伤武器比致死武器效率更高。”

这个打动我的心的美丽女孩就这样平静地谈着流血和死亡，像别的同龄女孩讨论化妆品一样，我的心里很不是滋味。不过谁又能说清楚，这是不是她那让我心动的美中不可缺少的一部分？

“它还能爆炸吗？”我指指竹子问。

“应该能吧。不过这么多年，也可能推动撞针的橡皮筋老化了。”

我大惊失色，“什么！你是说它……它还……”

“是的，它还处于击发状态，撞针是拉紧的，所以不能碰。”

“这……也太危险了！”我恐惧地盯着眼前那根在车窗玻璃上晃动的竹子说。

林云清澈的双眼平静地注视着前方，过了很长时间后才轻声说：“我喜欢这种感觉。”

“对武器感兴趣吗？”林云问我，也许只是为了打破这尴尬的沉默。

“小时候感兴趣，那时一看到武器就眼睛一亮，大多数男孩都是这样……我们还是少谈武器吧，知道一个男人向一位女士请教武器知识是什么感觉吗？”

“你不觉得它们有一种超凡的美吗？”她指指竹雷，“多么精致的一件艺术品。”

“我承认，武器确实有一种难以言表的美感，可这种美是建立在杀人的基础上的，如果这根竹子只是一根竹子，那种美也就荡然无存了。”

“你是否想过，为什么杀人这种最残酷的事竟能带来美呢？”

“这确实是个很深刻的问题，我不精于这方面的思考。”

汽车拐上了一条很窄的公路，林云接着说：“其实，一种事物的美可以同它的实际功能完全分离，比如邮票，在集邮者的眼中它的实际功能是无关紧要的。”

“那么对你来说，研制武器是为了它的美呢还是实际功能？”

话一出口，我立刻觉得问得太唐突了。林云又是用微微一笑代替了回答，她的许多方面对我都是一个谜。

“你是那种被某件事占据了全部生活的人。”林云说。

“你不是吗？”

“嗯，也是的。”

之后我们就沉默了。

汽车在穿过一片果园后停了下来，这时刚才看去还很远的山脉现在已近在眼前。在山脚有一片被铁栅栏围起来的区域，里面大部分是有些残草的空地，在一角有一片小小的建筑群，那建筑群是由一幢外形像大型库房一样的宽顶建筑和三幢四层楼房组成的，在楼前停着两架军用直升机。我想起来了，那个球状闪电目击者的录像就是在这儿拍摄的。这里就是雷电武器的试验基地，同新概念大楼形成鲜明对比的是，这儿戒备森严。在其中的一幢楼房中，我们见到了基地负责人，一位名叫许文诚的空军大校，看上去很憨厚的样子。当林云介绍过他的名字后，我知道这人是国内专门研究雷电的科学家之一，常常在国内外学术刊物上看到他的论文，他的名字我很熟，但从未见过面，更不知道他是个军人。

大校对林云说：“小林，人家又催我们撤摊儿了，请你在上边再努力一下。”我观察到，他对林云的态度不像是上级对下级的，多了一些谨慎和客气。

林云摇摇头说："就我们这结果，开不了口的。咱们要坚持！"她的口气也不像下级对上级。

"这不是坚持的事啊，现在有总装备部在那儿顶着，但也长不了。"

"我们新概念那边现在也想尽快拿出一些东西来，至少是理论上的。这是雷电研究所的陈博士。"

大校热情地握着我的手说："我们两家要是早些合作，事情可能也不会像现在这样。今天我们让你看的东西，对任何搞雷电研究的人来说都是很新鲜的！"

正在这时，房间里的灯的亮度突然增强了许多，看来是什么高能耗设备刚停了。大校显然也注意到了这点，说："看来充完电了，小林，你带陈博士去看吧，我就不陪你们了，用你的话说，我还要在这儿坚持呢。完了你亲自去雷电所联系一下，把我们两边的关系建立起来。他们原来那位薛所长我认识，可现在退了，同我们一样，搞出的成果转化不了啊。"

进来的路上，我注意到这里有设备很齐全的实验室和加工车间，这是这里与新概念的另一个明显的不同——这里显然是干实事的地方。

林云介绍说："我们的雷电武器研究分为两大部分，我们先去看的是第一部分：一种机载的对地攻击系统。"

我们走出大楼时，看到一名飞行员和另一个操作人员正向直升机走去，还有两个人正在收拾刚从飞机上什么地方拔下来的粗电缆，那电缆一直通到另一幢楼里。几个士兵把一堆废油桶装上一辆卡车。看得出来，这儿的人显然好长时间闲着没事儿干了，所以现在显得很兴奋。

林云带我来到一个用沙袋筑成的掩体后面，在前方一个足球场大小的空地正中，那几个士兵正从卡车上卸下废油桶，把它们堆在一个红色的方形区域内，成小屋状。远处响起发动机的轰鸣声，在螺旋桨激起的尘土中，那架直升机缓缓升起，旋翼微微倾斜，向这堆废油桶上空飞来。它飞到那靶子上悬停了几秒钟，一道雪亮的闪电从直升机机腹出现，击中那堆废油桶，几乎与此同时响起了一声尖利的炸雷声，让猝不及防的我心惊胆战；雷声后面紧接着几声沉闷的巨响，那几个里面还有残留汽油的废油桶爆炸并燃烧起来。我盯着那团裹着暗红火焰的黑烟，深感震惊，好半天才问：

“你们用什么能量产生的闪电？”

“这个系统的能源与我们无关，是中科院超导研究所的成果，那是用常温超导材料制成的高能电池，这种超导电池的原理其实很简单，就是让电流在一大圈超导导线中永不停息地旋转，它能储存大量电能。”

这时直升机又开始向地面放电，这次持续时间很长，但强度很弱。一条纤细的电弧把直升机和大地连接起来，那道长长的电弧在空气中扭动着，像一个舞者优美的曲线，又像风中的一条发着紫光的蛛丝。

“这是超导电池在连续低强度放出剩余的电能，这种电池很不稳定，安全性差，在平时不能充电存放。我们等会儿吧，这至少需要十分钟，这声音不好听是不是？”

那放电的声音虽不高，但就像用指甲抓玻璃，让人起了一身鸡皮疙瘩。

我问：“像刚才那样的高强度瞬间放电可以进行几次？”

“那要看超导电池的容量和数量了，像这架直升机，可以进行八到十次，但我们不能用那种方式排出剩余电能。”

“为什么?”

“人家会抗议。”林云指指北面,我看到那儿离基地不远,有一片豪华别墅区,“本来基地应建在远离市区的地方,但由于种种原因建在这儿,后面你就会看到,这个错误的后果可远不止是噪声扰民。”

剩余的电能排放完后,林云带我去看了直升机上的设备,我不熟悉机械和电子,看不太明白,但那个圆柱形的超导电池给我留下深刻印象。

“你们怎么说这个系统不成功呢?”我问,同时从心里惊叹刚才看到的那一切。

“杨上尉是38军陆航团的攻击直升机飞行员,他最有资格做结论。”

我想起了那位球状闪电目击者,但眼前这位显然更年轻些,他说:“我第一次见到这东西时确实兴奋了一阵儿,当时觉得对它的意义怎么评价都不为过,它将使武装直升机的对地攻击能力大大提高……总之我就像一战中的飞行员见到今天的导弹那样兴奋!但很快知道,这不过是个玩具。”

“为什么?”

“首先是射程,超不过一百米,否则就放不出电来。一百米,手榴弹都能投那么远。”

林云说:“我们尽了最大努力,但这已经是射程极限了。”

这点应该是很容易理解的:要想产生自然雷电那长达几千米的电弧,超导电池所具有的能量是远远不够的,即使这种能量可能通过包括如核反应之类的某种渠道产生的话,从武装直升机到驱逐舰等等现有武器平台也承受不了这样大的能量发射,它们在发射闪电时可能首先把自己击毁。

上尉说:“还有一点就更可笑了……还是让林博士自己说吧。”

林云对我说:“你可能已经想到了。”

这次我是想到了,“你可能是指放电的另一极?”

“是的,”林云指着远处那放置着仍在燃烧的废油桶的红色正方形区域,“我们预先使那个红色的区域内带上一点五库仑电量的负电荷。”

我考虑了一下,“能否用诸如辐射之类的手段远程给目标区域充入电荷呢?”

“开始就是这样考虑的,并且远距离充静电设备是与这套放电设备同时起步研制,但在技术上十分困难,特别是在实战条件下,要有效打击移动目标,就需在一秒钟左右的时间内完成对目标区域的充静电过程,这在现有的技术条件下几乎是不可能做到的。”林云叹了一口气,“正如上尉所说,我们造了个玩具,表演一下吓唬吓唬人还可以,却没有任何实战价值。”

接下来,林云带我去看下一个项目,“这可能是你最感兴趣的,”她说,“在大气层中制造雷电。”

我们走进了那幢高大的宽顶建筑,林云告诉我这是由一个大型库房改建的。高高的穹顶上,一排泛光灯照亮了这广阔的空间,我们的脚步声发出回响,林云的话音也产生了悦耳的回音。

“常见的由雷雨云产生的闪电,人工大规模生成比较困难,军事上价值也不大。我们的研究目标是产生干闪电,就是由大气中带电空气产生的电场放电形成的闪电,与云没有关系。”

“这你在泰山时就说过。”

林云让我看靠墙安装的两台机器,它们每台有一辆卡车大小,主要部分是一个高压气包,样子像大型空气压缩机,“这是带电空气生成器,它吸入大量空气,使其带电荷后排出,两台分别生成带正负电荷的空气。”

我看到从每台生成器中通出一根粗管,在地上贴墙放置,每隔一定距离就从粗管上垂直接出一根细管,细管的总数有上百根,它们成一排垂直固定在高高的墙上,分别通向一高一低两排喷口,林云告诉我,那两排喷口分别喷出带正负电荷的空气,在大气中形成放电电场。

这时我看到有人用滑轮把一架小模型飞机吊到两排喷口之间的高度上,林云说:“那就是要击毁的目标,用最便宜的那种,只能飞直线。”

转了一圈后,林云把我带进了建筑物一角的一个小房间里,这个小房间实际上是一个镶了玻璃的铁笼子,里面有一个仪表台。

林云说:“闪电一般打不到这里的,但为了安全起见,还是建了一个有屏蔽作用的控制间,这实际上是一个法拉第笼。”她又递给我一个小塑料袋,里面装着一副耳塞,“声音很响的,不戴耳塞会对听觉造成损坏。”

看到我戴上了耳塞,林云就按下了控制台上的一个红色按钮,那两台机器轰鸣起来,高墙上那两排喷口分别喷出红蓝两色的雾气,在穹顶上的泛光灯照耀下,形成很奇特的景象。

林云说:“带电空气本是无色的,这样是为了看得清楚。使空气带电的方法是在其中加入大量的带电荷的气溶胶粒子。”

那红蓝两色的空气越积越多,在我们上空形成了均匀的两层。仪表盘上有一个发红光的数字在跳动,林云告诉我这显示的是正在形成的电场的强度。几分钟后,蜂鸣器尖叫起来,指示电场强度已达到预定值。林云又按了一个按钮,那架刚才吊上去的小飞机飞了出来,当它飞到那红蓝两色的空气层之间时,一道闪电出现了,这闪电亮度之高,使我的双眼一片昏花;同时我听到一声炸雷,虽然戴着耳塞,这巨响仍惊心动魄。视力恢复后,我看到那架小飞机已变成一团小碎片,像一把由无形的手撒出的碎纸那样纷纷扬扬落下来,在小飞机最后到达的位置上,有一团黄烟在渐渐扩散。

我目瞪口呆地看着这一切,问:“是那架小飞机触发了闪电吗?”

“是的,我们使大气电场达到了一个临界点,一定大小的导体进入电场范围内都会触发闪电,这很像一个空中地雷区。”

“你们进行过户外试验吗?”

“进行过很多,但不能给你演示了,做一次这种试验投入是很大的。在户外大气中施放带电空气的管道是用系留气球吊在空中的,每个气球吊两根管道,有一高一低两个喷口,分别施放带正负电荷的空气。建立大气电场时,几十甚至上百个这样的气球排成一排,组成高低两排喷口,以在空中形成正负带电空气层。当然,这只是一个实验系统,在实战中可能采取别的施放方式,如飞机施放,或从地面的火箭施放等。”

我想了想说:“外面的大气可不是静止的,空中气流会把带电空气层吹走的。”

“这确实是一大难题,最初的考虑是用在上风带进行不间断施放的方法,在要防守的目标上空形成一个动态稳定的大气电场。”

“实际的试验结果怎么样呢?”

“基本是成功的,正因为成功,才发生了那次事故。”

“怎么回事?”

“在进行大气层造雷试验之前,我们是充分考虑了安全问题的。只有在风向安全时我们才进行试验。试验中建立的大气电场的稳定性有时超出我们的预料,会被风吹出很远的距离。试验过程中,在基地的下风地区不断传来晴天雷电的报告,最远的一次发生在张家口地区。但这些雷电都没有造成什么损害,因为它的影响也不过相当于一场小型雷雨。大部分的风向都是安全的,甚至对着市区的风向我们也不认为有什么特别的危险,但有一个风向例外:对着首都机场的风向。这种大气电场对飞机特别危险,因为与雷雨云不同,飞行员和地面雷达都看不到它!为增加可视性,我们也像你刚才看到的室内试验一样给带电空气着色,但后来发现,在远距离的飘行中,有色空气会与带电空气分离开来;同时,有色空气与充满气溶胶重离子的带电空气不同,扩散速度很快,其色彩很快消失了。

"每次试验前,我们都向空军和地方的气象部门反复核实风向数据,我们自己为此还专门成立了一个气象小组,即使这样,还是无法预料风向的突变。在第十二次试验中,电场建成后发生了风向突变,这个大气电场就向首都机场方向飘过去了。当时机场紧急关闭,我们派出了五架直升机跟踪飘移的电场,这很困难也很危险,因为电场中的有色空气很快就消散了,只能根据机载无线电中干扰噪声的大小变化来定位。其中一架直升机误入了电场,诱发了闪电,被击中后在空中爆炸了,那位遇难的上尉就是你想见的那位球状闪电的目击者。"

那个年轻飞行员的形象在我的脑海中清晰地浮现出来。这几年,每当听到有人死于雷电,我的心中就有一种莫名的恐惧,现在这种恐惧更加强烈。看着悬浮在空中的红蓝两色的雾气,我的头皮一阵阵发紧。

"能否把这个电场消除?"我问。

"这很容易。"林云说着,按动了一个绿色的按键,那两排喷口立刻喷出了无色的气体,“电荷正在被中和。”林云指了指那个标示电场强度的红光数码,它正在急剧减小。

但我的紧张仍未消除,我感到那无形的电场无所不在,周围的空间在被它像橡皮条一样拉紧,就要绷断了,我的呼吸有些困难。

“我们出去吧。”我对林云提议。当我们来到外面时,我的呼吸才顺畅了一些。“这东西真可怕!”我说。

林云并未觉察到我的异样,说:“可怕?不,它只是一个失败的系统。我们忽略了很重要的一点:我们反复测定过电场的体积、强度和带电空气需要量三者之间的关系曲线,当时的结果是很乐观的。但这种关系曲线是在室内的小范围内测定的,根本不适合外部大气层中的大范围空间。在后者,要建立符合实战要求的大范围大气电场,带电空气的需要量成几何级数急剧增大,要想通过不间断施放带电空气而长时间维持大气电场,需要极其庞大的系统,即使不考虑经济因素,这样的系统在战时本身也成为极易被摧毁的目标。现在你看到了,我们的两个试验性系统都是失败的,或者说在技术上取得了局部成功,但没有实战价值。关于它们失败的原因,我想你应该有更深刻一些的看法。”

“啊……什么?”我茫然地说,根本没注意到她刚才都说了些什么。

“你应该看到,这两个系统失败的原因都是实质性的,问题出在系统的技术基础上,通过改进来解决是很困难的。我们现在已得出结论:这两个系统没有希望。”

“嗯……也许是……”我心不在焉地敷衍着,眼前仍不停地闪现着那红蓝色的电场、雪亮的闪电、小飞机的碎片、燃烧的废油桶……

“所以,我们应该构想出一种全新的雷电武器系统,你肯定能猜到它是什么……”

……随风飘浮的大气电场、上尉飞行员的面孔、爆炸的直升机……

“球状闪电！”她大声说。

我猛地被惊醒了，发现我们已穿过那片空地，走到了试验基地的大门边。我停住脚步，呆呆地看着林云。

“如果真的能够人工生成这种闪电的话，它的潜力是前两种系统所无法比拟的。它对其打击目标有着不可思议的精确选择性，可精确到一本书的某一页，这是其他任何武器系统绝对没有的特性；还有很重要的一点：它不受气流的影响……”

“你看见闪电是怎样击中那名上尉驾驶的直升机吗？”我打断她，问道。

她愣了一下，摇摇头，“谁都没看到，机体炸成了碎片，我们只找到一部分散落的残骸。”

“那你见过其他人怎样被雷电击毙吗？”

她又摇摇头。

“那你就更没有见过人是怎样被球状闪电杀死的了！”

她关切地望着我说：“你不舒服吗？”

“可我见过！”我说，尽可能地控制住胃的痉挛，“我见过球状闪电怎样杀人，而且杀的是我父母！我看着他们在一瞬间被烧成了灰，然后那两块人形的灰被我的手指轻轻一碰就塌落到地上。这事我当时连警察都没告诉，他们在我父母的案卷中写的是‘失踪’，以后这么多年，我也一直把它深藏在心中，从没对任何人说过。两年前在泰山，在深夜的天街上，我把它告诉了你，没想到你竟从中得到了这样的启示！”

林云显得慌乱起来,“请听我解释,我没想伤害你,真的很抱歉。”

“没关系的,我回去后会把今天了解到的情况和你们的合作意向向领导汇报的,但从我个人来说,我对雷电武器没有兴趣。”

在回市里的路上,我和林云都一直沉默不语。

“我以前没看出来你如此神经过敏!”

回到研究所后,高波对我很是不满,他不知道我过去的经历,我也不想告诉他。

“不过你了解的情况还是很有价值的,我从别的渠道也得知,军方确实已停止了雷电武器的研究,但这只是暂时中止,从他们在前两个试验系统上的投入来看,这项研究还是很受重视的。他们正在寻找新的突破口,球状闪电确实是一个很好的想法。这项研究需要的投入更大,军方和我们在短时间内都难以全面展开,但我们可先进行理论准备:在这个项目上我现在给不了你钱,但可以给时间和精力,你再搞出几个数学模型,从不同的理论角度和边界条件搞,这样到时候条件一具备,我们就可以把所有有希望的数学模型一起进行试验。当然,首先要做的是把同军方合作的事定下来。”

我摇摇头说:“我不想造武器。”

“没想到你还是个和平主义者?”

“我什么都不是,没有那么复杂,我只是不想再看到球状闪电把人烧成灰。”

“那你想看到有一天别人用它把我们烧成灰?”

“我说过没有那么复杂!每个人都有自己精神上的雷区,我不想触动这个雷区,仅此而已。”

高波狡猾地笑笑,“球状闪电的性质决定了它的研究最后肯定会和武器有关系,你信誓旦旦要追求一生的东西就这么抛弃了?”

我猛然意识到了这点,张口结舌无话可说。

下班后,我一回到宿舍就躺到床上,脑子一片空白。这时有人敲门,开门一看竟是林云。她一副大学生打扮,比穿军装时更显年轻了。

“昨天真对不起。”她说,看样子很真诚。

“应该是我说对不起。”我笨拙地说。

“你有那样可怕的经历,对我的想法产生反感是完全可以理解的,但为了事业,我们只能使自己坚强起来。”

“林云,我们在事业上好像不是同路人。”

“不要这么说,上世纪所有的重大科学进展,比如航天、核能、计算机等等,都是科学家和军人这两帮不同路的人把他们各自目标的共同点放在一起的结果。我们目标的共同之处很明显:人工产生球状闪电,只不过这对你是终点而对我仅仅是开始。我这次来,不是向你解释我的目的,在这方面我们要相互理解是很难的;我只是来帮助你减少一些对雷电武器的厌恶感。”

“那就试试吧。”

“好的。对于雷电武器,你首先想到的是杀人,用我们的话叫消灭敌方有生力量,但你仔细想想就会发现,雷电武器就是完全成功地制造出来,它在这方面的能力也不比常规武器更强。如果攻击大体积金属目标,就会产生法拉第笼效应,这种效应会对闪电产生屏蔽作用,部分或全部地消除对内部人员的杀伤力。所以对于生命,雷电武器不像它看上去的那么残酷,相反,它有可能是一种以敌方最小的生命代价取得胜利的武器系统。”

“这如何理解呢?”

“雷电武器能对其产生最大破坏力的目标是什么?是电子系统。当闪电引发的电磁脉冲强度超过2.4高斯时,集成电路将会发生永久性损坏,甚至在强度超过0.07高斯时,也会干扰微机工作。闪电引发的瞬变电磁脉冲无孔不入,甚至在没有直接命中时,闪电也可能对特别灵敏的微电子器件产生毁灭性打击,这就是雷电武器引起重视的原因。球状闪电在这方面的潜力就更不寻常了,它对打击目标的极其精确的选择性,使这种武器有可能在不触动任何其他部分的情况下,摧毁敌人武器系统中全部的集成电路。在现代条件下,如果敌人的武器系统中的全部集成电路块都被烧熔,战争也就结束了。”

我没吱声,思考着她的话。

“我想你的厌恶感已经减少一些了。下一步我让你对自己的目标看得更清楚些:球状闪电的研究不属于基础科学,武器系统是它目前唯一可能的应用,如果离开武器研究,谁愿意给这个项目投资呢?你不会相信只凭一支铅笔和一张纸就能造出球状闪电吧?”

“可现在,我们还得凭铅笔和纸。”我把高波的想法告诉她。

“这么说我们能合作了?”她兴高采烈地从椅子上跳起来。

“我得佩服你说服人的能力。”

“工作需要,新概念每天都需要说服人接受我们看上去稀奇古怪的想法。在雷电武器方面,我们成功地说服了总装备部,可到目前为止,一直让人家失望。”

“我看到你的难处了。”

“现在不仅仅是难处，雷电武器项目已经下马了，我们现在只能自己孤军奋战，用你和高所长的话说，进行理论准备，以后肯定会有机会的，这种武器系统的诱惑力太大了，我不相信他们会就此停下……你还没吃饭吧？走，我请客。”

我们走进了一个灯光幽暗的餐厅，这里人很少，有一架钢琴在轻轻弹奏着。

“军队的环境似乎很适合你。”坐下后，我说。

“也许吧，我是在部队长大的。”

在幽暗的灯光中我细细看着她，注意力渐渐集中到她的胸针上，那是她身上唯一的一件装饰品，形状是一枝火柴长短的剑，剑柄上有一对小小的翅膀。整个胸针呈银色，在这里幽暗的灯光中闪着晶莹的银光，像是缀在她衣领上的一颗星星。

“觉得它好看吗？”林云低头看看胸针问我。

我点点头说很漂亮，自己则觉得很尴尬，同昨天的香水那事一样，她立刻注意到了我对她的注意。也怪我以前的生活圈子很小，还不习惯同异性单独相处，更不习惯她们的细腻和敏感，但想想这种女性的特质在一个开着装有地雷的汽车的姑娘身上体现出来，真是给人一种奇妙的感觉。

接下来我才发现，那枚美丽的胸针是与那段竹子一样令我恐惧的东西。

林云把胸针摘下来，捏着小剑的剑柄拿在手中，另一只手从餐桌上拿起了一把叉子和一只勺子，她把叉勺并在一起竖起来，用剑轻轻划过去,令我大惊失色的是,勺和叉的金属把被从正中齐齐地切断了,仿佛它们是用蜡做的一样!

“这是用分子排列技术产生的一种硅材料,它的锋刃只有几个分子的厚度,这是世界上最锋利的剑。”

我小心翼翼地接过她递过来的胸针,对着灯光仔细观察,发现小剑的剑锋已接近透明了。

“你戴着这玩意儿也太危险了!”

“我喜欢这种感觉,就像因纽特人喜欢寒冷,它们都能让人的思想高速运转,能够催生灵感。”

“因纽特人并不喜欢寒冷,他们不过是没办法而已。你……你真的很特别。”

她点点头,“这我自己也感觉到了。”

“你喜欢武器,喜欢危险,那么战争呢?喜欢吗?”

“从现在的形势看,战争已不是我们喜欢不喜欢的问题。”她又熟练地避开了我的问题,我知道,她远没有对我敞开心扉,也许永远也没有那一天。

但我们很谈得来,也有很多可谈的。林云的思想像那把小剑般锋利,常常把我刺得倒吸一口冷气,还有她那种冷静和理智,是我在别的女性身上从未见到过的。

但她从未向我透露过自己的家庭背景,一涉及这方面,她就小心地转移话题,我只知道她的父母都是军人。

不知不觉已是午夜两点,我们桌上的枝形烛台上的蜡烛几乎都燃尽了,餐厅里也只剩我们。服务生走过来,问我们还想听一首什么曲子,显然是下逐客令了。

我想尽量找出一首偏僻些的，要是弹不出来我们或许可以多待会儿，“《一千零一夜》组曲中描写辛伯达航海的一段，我忘了叫什么名字。”

服务生尴尬地摇摇头，让我们重点一首。

林云对服务生说：“《四季》吧。”然后对我说，“你肯定喜欢其中的《夏》，那是有雷电的季节。”

我们在《四季》的旋律中继续谈下去，话题比刚才轻松了许多，她说：“我现在可以肯定，你从来没有和班上最漂亮的女生说过话。”

“说过的。”我想起了那个图书馆之夜，那个问我在找什么的“班花”，但我想了半天也没想起来那女孩儿叫什么名字。

当《四季》弹完，终于到了该走的时候，林云微笑着请我等一等，“我为你弹那首《一千零一夜》。”

她坐到钢琴前，曾伴我度过无数个孤独夜晚的科萨科夫的曲子像春夜的微风飘起。看着她那细长柔软的手指在琴键上跳动，我突然想到，刚才点这首曲子，是因为这里像一个港湾。一位美丽的少校在用音乐为我讲述着辛伯达的航程，讲述着暴风骤雨和风平浪静的海洋，讲述着公主、仙女、魔怪和宝石，还有夕阳下的棕榈树和沙滩。

在我面前的桌面上，在将灭的烛光中，静静地躺着她那柄世界上最锋利的剑。

SETI@home

我又开始数针尖上的天使了，但这次林云同我一起数。

在建立数学模型的过程中，我发现林云的数学能力不如我，但她的知识面很广，对多门学科都有相当深的造诣，这是她的专业所要求的。她在计算机方面的能力很强，数学模型都是经她的手变成程序的。她的程序具有可视化结果输出，如果模型在数学上成功，则屏幕上会出现一个三维的球状闪电，其内部的精细结构纤毫毕现，它消失时的能量施放过程也用慢镜头表现得很清楚，换一个画面还可在一个三维坐标系中观察其运动轨迹。同我以前的程序输出的那些干巴巴的数据表和曲线相比，这远不止是直观和美观的问题：以前的数据出来时，要经过费时烦琐的分析才能知道模拟是否成功，但现在这些事情都由计算机自动完成。这个软件使我们对球状闪电的理论研究发生了质的变化。

球状闪电的数学模型可以做出无数个，这就像命题作文，你只要建立一个符合物理定律并在数学上自洽的系统，使得被电磁力约束的能量形成一个稳定的球状，并满足迄今为止已知的球状闪电的特性即可。但做到这点并不容易，有一位天文学家说过一句很有意思的话：恒星这东西，如果不是其确实存在，本来可以很容易证明它不可能存在的。这话对球状闪电也很适用，构想一种机制，将以光速行进的电磁波被禁锢在那样一个小球中，是一件让人发疯的事。

但如果有足够的耐心和钻牛角尖的狂热，这种数学模型还是能够建立起来的，至于它们能否经得起实验的验证则是另一码事了，事实上我几乎已经肯定它们在实验上是不会成功的。我们已完成的几个数学模型都只在数学上表现出球状闪电的部分特性，有一些特性可能在一个模型中无法表现而在另一个模型中轻而易举地出现，但没有一种能表现全部已知特性。

除了前述的被禁锢的电磁波外，另一个最神秘的特性是球状闪电释放能量时的选择性。在计算机中，由数学模型产生的虚拟球状闪电就像一枚炸弹，当它碰到物体或自行施放能量时，会把周围的一切化为灰烬。每看到这些，我的脑海中就出现了那完好无损的书架中烧焦的书，同样完好无损的冰箱中烧熟的海鲜，我那在完好无损的夹克下紧贴着身体被烧焦的内衣，我的父母被烧成灰前坐过的那表面冰凉的凳子……但在我的记忆中刻得最深的是张彬给我看过的那本被隔页烧焦的笔记本，那是某种神秘力量最狂妄的显示，它无情地摧毁着我们的信心。

我大部分时间是在雷电研究所坐班，但有时也到新概念去。

林云的同事和朋友大多是男性军人，就是在业余时间，我也很少见她有女性朋友。那些年轻军官们属于现在军队中很快扩大的高级知识阶层，都有一种现在社会上很少见到的男性气概。这使我在他们面前总有一种自卑感，特别是当林云同他们一起十分投入地讨论我一窍不通的军事专业时，这种自卑感就更强烈了。而林云办公桌上照片中的那位海军上校，就是他们中的杰出代表。

我见到江星辰上校了，这说明林云认识他时间不短。他看上去比照片上还年轻，也就是三十多岁，这么年轻的上校肯定是很少见的。

“江星辰，‘珠峰号’舰长。”林云向我介绍说，她直呼其名，以及他们之间短暂交换的眼神，使我肯定了他们的关系。

“陈博士，林云多次向我谈起过您，还有您的球状闪电。”他说话时双眼温和地直视着我，目光中有一种真诚，让我感觉很舒适，这同我想象中的航母舰长确实不一样。

看到江星辰的第一眼，就让我明白同他竞争是毫无意义的。与现在习惯于在潜在竞争者面前咄咄逼人地显示力量的都市男性相反，他每时每刻都努力将自己的力量隐藏起来，这是一种善意，怕这种力量伤害了像我这样的人。他仿佛时时都在说：我真的很抱歉，让您在她面前感到自卑，这不是故意的，让我们共同改变这种状况吧。

“为了您的航母，我们每个老百姓平均要纳十元的税。”我试图使自己轻松起来，话一出口才发现是那么的笨拙。

“这还不包括舰载机和护航的巡洋舰，所以，每次出航我们都像是把它扛在肩上一样。”他认真地说，再一次成功地释放了我的紧张感。

见过江星辰后，我并没有想象中的沮丧，反而像卸下了某种重负。林云在我的心中已经形成了一个美丽的小世界，我欣赏那个世界，身心疲惫时也会去那里休息，但很小心地避免陷入其中。某种东西隔开了我们的心灵，那东西不可言表，但我清楚地意识到它的存在。对于我，林云就像她戴在胸前的那柄微型剑，晶莹美丽但锋利危险。

建立了几个数学模型之后，我渐渐找到了感觉，新构筑的模型越来越多地表现了球状闪电已知的特性。与此同时，模型的计算量也越来越大，有时，我那台3G主频的P4电脑要运行好几天才能完成一次模拟。

林云在新概念搞了一个由十八台电脑组成的小网络，我和她一起把模型分成十八个尽可能并行运行的部分，由十八台机分别计算，最后把结果汇总，大大提高了效率。

当我终于把一个能够表现球状闪电所有已知特性的数学模型完成后，林云早就担心的事情发生了。这一次，她拿到数学模型后，没有立即编程序，而是花了几天时间对它的计算复杂性进行估算，当得出结果时，她长叹了一口气。

“我们遇到麻烦了。”她说,“以这个模型的计算量,在现有单台微机上完成一次模拟大约需要五十万小时。”

我大吃一惊,“这就是……五十多年?”

“是的。根据以往的经验,每个模型都要经过多次调试才能运行,根据现在这个模型的复杂度,调试的次数可能更多,这样,我们完成一次模拟可容忍的时间是十天以内。”

我在心里估算了一下,“这需要近两千台微电脑同时计算!”

于是我们开始寻求使用大型计算机,但这事情不容易。雷电所和新概念都没有大型机,最大的机器就是ALPHA服务器。军方的大型机使用繁忙且有严格限制,由于我们的研究在军方没有立项,经林云多次努力也未获准使用。这样我们只能把希望寄托在民用大型机上了,我和林云在这方面都没有门路,只能让高波想办法。

高波此时处境不妙。他一上任,就把研究所从事业单位改制成了企业,彻底推向市场。同时还通过竞争上岗裁减了大批人员。由于此人干事冲动有余谨慎不足,加上不了解国情人情,把上上下下的关系搞得很紧张。

在经营上的失败更惨:他上任后把研究所的主要力量用于研制新型避雷和消雷装置,这些装置与常规防雷装置有很大的不同,它们包括半导体消雷器、优化避雷针、激光引雷装置、火箭引雷装置和水柱引雷装置,这时正好赶上中国电机工程学会高电压专委会过电压与绝缘配合分专委会举行的学术讨论会,论题就是新型避雷和消雷装置,会议最后发表的纪要认为,理论和实践未能证明此类非常规产品具有比常规防直击雷装置更优越的性能，还有许多问题尚待研究和解决，因此此类非常规防直击雷产品不宜在工程中采用。由于该组织的权威性和影响力，会议的观点肯定要被正在制定的国家防雷工程规范所采纳，这样正在研制的东西就完全失去了市场，巨额的投入打了水漂。当我找高波谈大型机的事时，他也正在找我，让我把球状闪电研究暂时放一放，集中精力研制一种供电力系统使用的新型雷电定位系统，同时完成首都大剧院的防雷工程设计，这样，大型机的事自然没戏，连球状闪电研究本身以后也只能业余搞了。

我和林云又进行了一些其他的努力，但没想到在这个电脑已成了必需品的时代，大型计算机却这么稀少。

“我们还算幸运，”林云说，“同当今世界上的超级运算项目相比，我们的计算量实在算不得什么。我刚看了一份美国能源部核试验模拟的资料，他们现有的每秒十二万亿次的运算能力已远远无法满足模拟一个核试验的需要，他们目前正在组建一个集群系统，其中包含多达一万两千个ALPHAPOWE-RED处理器，可达到每秒一百万亿次的运算速度。我们的计算量还是在常规范围内，应该能找到解决办法的。”

林云总是以一个军人的方式行事，不管遇到多大的困难都坚定不移地向前走，同时通过对困难的轻描淡写来尽量减轻我的压力，这本应该是我为她做的事。

我说：“球状闪电的数字模拟与核试验模拟有类似之处，都是模拟一个能量演化过程，从某些方面来讲，前者还要更复杂一些，所以我们迟早也会达到那个计算量的。不过就是现在，我也看不出咱们有什么解决办法。”

以后的几天，我集中精力去搞高波交下来的雷电定位系统，没有和林云联系。一天接到她的一个电话，她告诉我一个网址，让我看看，口气很兴奋。

我打开了那个网页，看到它背景是太空的黑色，题头是在紫色的电波中飘浮的地球，网页的名字叫“SETI@home”，是“在你的家中搜寻地外文明”的英文缩写。

其实我早就知道这个东西，这是一项旨在利用联入因特网的成千上万台计算机的闲置能力搜寻地外文明的巨大试验。SETI@home程序是一类特殊的屏幕保护程序，通过分析世界上最大的射电望远镜Arecibo获得的数据帮助搜寻地外文明。但是当大量的数据涌到眼前，要从中搜索出所需的信息时，一台超巨型计算机就成为必要的设备，不过这要花费一大笔钱方能办到。手头并不宽裕的科学家们想出了权宜之计：与其用一台巨大的计算机，还不如由更多“小”电脑来分担这项繁重的工作。每天，Arecibo所接收到的数据都会被记录在高密度数字磁带上，传回设在加州大学的研究基地，随后这些数据将被分解成大小为0.25MB的“工作单元”，再由SETI@home的主服务器分别发送到不同的个人电脑上。世界各地的网友们要做的仅仅是到该项目的站点下载并安装一个特殊的屏幕保护软件。这样，当人们结束工作休息时，这一屏幕保护程序开始运行，这台看似休息的电脑实际上已经加入寻找外星人的行列中：接收、分析来自SETI@home已被分解成“工作单元”的数据，分析工作结束后系统会自动联机将分析结果传回主服务器，然后再接收另一新的“工作单元”。

我从这个网站上下载了一个屏保软件，并启动了它。它的背景也是黑色的，下半部是射电望远镜接收到的信号在一个三维坐标系中的显示，看上去像是在鸟瞰一座由无数摩天大楼组成的超级城市，很是壮观。在左上角，显示着一条快速变化的波形，这是信号中正在被分析的部分，还有已完成的百分比，我看它运算了五分钟，只完成了0.01%。

“太妙了！”我拍案叫绝，使得办公室中的其他人惊诧地看着我。那边比我们经费充足的科学家们在遇到与我们一样的难题时，能想出如此富有创造力的节俭办法，我真为自己汗颜。我立刻去新概念，当我见到电脑前的林云时，果然不出所料，她正在做一个主页。

接下来要干的事情就是把需要计算的数学模型分成两千个并行计算单元，这是一件繁重的工作，我们干了有半个月。然后把这些单元与那个屏保程序连接，放到主页上，网络编程比SETI@home要复杂，因为计算单元之间还要传递数据。最后我们把主页上传，满怀希望地等待着结果。

三天后，我们发现自己有些太乐观了。访问这网页的不到五十人，下载了屏保软件的只有四个人。留言簿上有两条留言，全是道貌岸然地警告我们不要搞伪科学。

“现在只有一个办法。”林云说，“偷梁换柱，把我们要计算的数据上载到SETI@home的服务器上去，攻破他们的服务器并不难。这样，下载他们的屏保程序的大量电脑将为我们工作，并按程序中设定，让他们把结果传给我们。”

我没有反对，我发现，当你渴望某样东西时，道德的约束是多么无力。但我还是想出了一个辩解，“现在有十多万台电脑为他们干活，我们只需其中的两千台就行了，干完我们就走，对他们不会有什么影响的。”

其实林云根本不需要像我这样的自我安慰，她把电脑联到因特网上，飞快地干了起来。看着她那轻车熟路的样子，我难以想象她以前都在网上干过些什么。

两天后，她成功地把我们的数据和程序放到SETI@home的服务器上(后来知道，那服务器的位置在伯克利大学)。

从这件事我明白，林云的道德约束比我要少得多，为了达到目的，她可以不择手段。

只过了两天，我们在SETI@home服务器上的那两千份屏保就都被取走了，计算结果开始源源不断地汇集到我们的服务器上。几天来，我和林云常常一连几个小时看着计算机上那不断增加的数据，想象着散布地球上的两千台电脑为我们工作的情景，很是陶醉。

但在第八天，我在雷电所打开电脑，登录到新概念的服务器上，发现计算结果的回传停止了，最后传来的是一个文本文件，里面内容如下：

我们在用最微薄的资金从事人类最伟大的事业，却也受到这样可耻的骚扰，你应该为自己感到羞耻！

——SETI@home项目主任诺顿·帕克

我一时像掉进冰窟里，心灰意冷，连给林云的电话都懒得打了，但她先来了电话。

“我知道了，但我不是为这事。”她回答我的问话时说，“你看一下我们旧网页上的留言簿！”

我打开我们的那个主页，看到在留言簿上又增加了一条英文留言：

我知道你们在计算什么，BL，别浪费生命了，来找我！

——俄罗斯联邦新西伯利亚州诺克思柏克科市

24街106幢561号

BL是球状闪电的简称。

西伯利亚

“听，松涛声！”林云兴奋地说，但我没有那个雅兴，只顾裹紧大衣。在纷飞的雪雾中，远方的山峰只有模糊的影子。

班机从莫斯科飞了四个小时在新西伯利亚机场降落，我心中的陌生感比一星期前在莫斯科机场降落时又深了一层，只有想到这里离中国更近了，才感到一丝安慰。

接到那个留言后，我们本能地感觉到这信息后面有很多东西，但我做梦都想不到真会有到西伯利亚来的机会。一周后，林云通知我同她一起参加一个技术顾问团赴俄罗斯，她告诉我，中俄两国关于在中国境内组装苏30歼击机的谈判已基本完成，这个顾问团是随一个低级别的军事代表团赴俄敲定一些细节问题，我是顾问团中唯一的一名雷电专家。我感到这事绝非巧合，就问林云她是怎么搞到这种机会的，她神秘地说：

“我使用了一次特权，这种特权在找大型机时我都没用，这次实在没别的办法了。”

我不知她说的特权是什么，也没再问下去。

到莫斯科后，我发现在代表团的活动中自己根本没事可干，林云也一样。我们跟着代表团访问了苏沃霍夫设计局，又跑了军工联合体的几个装配厂。

在莫斯科的一个傍晚，林云向团长请假后出去了，深夜才回到饭店。我去她的房间里看她，见她一个人呆呆地坐在那儿，眼睛红着，脸上有泪痕，这让我很惊奇，在我的印象中她是不会哭的。她什么也没有说，我也不好问，以后在莫斯科的三天里，她的情绪一直很低落。从这件事我发现，林云的生活远比我想象的复杂。

代表团登机回国时，我俩却登上了飞行方向基本相同但目的地近得多的飞机。其实从莫斯科到西伯利亚不比从北京去近多少。

我们在机场找到了一辆车去诺克思柏克科市，司机告诉我们要走六十公里路。冰雪覆盖的公路两旁，是无边无际纷飞的雪雾和黑色的丛林。林云能讲一口不算流利的俄语，她和司机好像很谈得来。那司机扭头看了一眼冻得发抖的我，似乎同情我不能加入他们的谈话，突然改用很流利的英语继续对林云说：

“……科学城源自50年代末的一个浪漫的想法，这种想法充满了当时的那种单纯和天真，一种创造新世界的理想主义。其实，它并不像你们所听到的那么成功：它远离大都市区，交通困难限制了科技辐射作用。人口太少形不成都市文明，违背了人类向往大都市的理想，徒劳地与大都市抗争，最后不得不眼看科研人才迁往更大更理想的城市……”

“您可不像是干出租车的。”我评论道。

林云介绍说：“这位先生是俄罗斯科学院西伯利亚分院的研究员，他……您刚才说您的专业是？”

“我从事远东经济区的未开发地区资源综合规划研究，一项在这个急功近利的时代谁都用不着的学问。”

“您失业了？”

“还没有，今天是星期天，我这两天挣的钱要比一个星期的工资多。”

汽车驶进了科学城，两旁上世纪五60年代的建筑在雪雾中掠过，有一次，我肯定看到了一尊列宁的塑像。这是一个让人产生怀旧感的城市，那些有上千年历史的古城并不能使人产生这种感情，它们太旧了，旧得与你没有关系，旧得让人失去了感觉。但像这样年轻的城市，却使你想起一个刚刚逝去的时代，在那个时代你度过了童年和少年，那是你自己的上古时代，你自己的公元前。

车停在了一幢五层楼前，这里可能是一个住宅区，一排排的楼房看上去一模一样。司机在离开时从车窗里对我们说了一句耐人寻味的话：

“这是城里最便宜的住宅区，但这里住着的可不是最便宜的人。”

我们进门后，里面很黑，这是上世纪50年代的那种天花板很高的住宅楼，门厅的墙上贴着几张各个政党地方选举的招贴画，再往里就只能摸索着前行了。我们借着打火机的光辨认着门牌，一直上到五楼，绕过楼梯口，我举着已烫手的打火机正要找561号，听到一个浑厚的男音在什么地方用英语喊：

“是你们吗？为BL来的？左手第三个门。”

我们推开门走了进去，这房间给人两个相矛盾的感觉：首先觉得很暗，然后觉得天花板上的灯很刺眼。房间里有一股浓烈的酒味。这里到处堆着书，显得有些乱，但还没有到失去控制的地步。一台电脑的屏幕闪动了一下就灭了,一个身材高大的人从电脑前站起来,他胡须很长,脸色有些苍白,年龄看上去有五十多岁。

“在这儿住久了,听楼梯响就知道来的是生人,而能到这儿来的生人,只有你们了。我相信你们会来的。”他打量了我们一眼,“很年轻,同我刚开始这可悲人生时一样。中国人?”

我们点点头。

“我父亲上世纪50年代到过中国,作为一个水电工程师,帮助你们建设三门峡水电站,听说帮了倒忙?”

林云想了想说:“好像是,你们没考虑到黄河的泥沙淤积,所以那个大坝会给上游造成洪灾,至今不敢蓄水。”

“啊,又一个失败,那个浪漫时代留给我们的记忆只有失败了。”

“亚历山大·格莫夫。”他自我介绍道,我们也做了自我介绍。他又打量了我们一眼,这一次目光更加意味深长,然后自言自语地说:“很年轻,你们还是值得救的。”

我和林云惊诧地对视了一眼,然后使劲猜他那话的含义。格莫夫把一大瓶酒和一个玻璃杯放到桌子上,然后到处翻找着什么,我注意到电脑两旁空酒瓶林立。我和林云乘机又打量了一下这个房间,现在才明白刚进来时产生那种矛盾的感觉是什么原因了:这个房间的墙壁都贴着黑纸,简直像一间暗室。年久失修墙里渗出的水浸掉了颜色,使黑墙上出现了许多白线和白斑。

“啊,找到了,真该死,我这儿很少来人。”格莫夫又把两个空杯子放到桌子上,然后向三个杯子里倒满了酒,这是那种私酿的伏特加,呈白色的浑浊状,那是喝茶用的大玻璃杯子。我声明自己不能喝这么多。

“那就让这姑娘替你喝。”格莫夫冷冷地说，然后把自己那杯干了，接着又满上。

林云倒没推辞，令我咋舌地把那一大杯干了，伸手拿过我那杯又喝下去一半。

“您知道我们是来干什么的。”我对格莫夫说。

格莫夫不说话，只是给自己和林云倒酒。他们就这么你一口我一口地喝着，好长时间不作声。我看看林云，想让她说些什么，她似乎传染上了格莫夫的酒瘾，又一下子灌下去半杯，然后双眼直勾勾地看着前方。我着急了，用一个空杯子在桌子上蹾了一下，她看了我一眼，然后偏头向旁边的墙上示意了一下。

我再次注意到那奇怪的黑墙，发现那些黑纸上还有一些模糊的图像，凑近仔细看，发现那都是些大地上的景物，建筑树木之类，好像是在夜间拍的，都很模糊，大部分呈黑色的剪影。再看那些白斑和线条，我的血液顿时凝固了。

在这个很大的房间里，包括天花板在内的所有墙壁，被无数张球状闪电的黑白照片严严地覆盖着。

那些照片大小不一，但大部分只有三到五英寸左右，所以其数量让我难以想象。我一张一张看过去，那些照片没有一张是重复的。

“看那里。”格莫夫说，手指着门的方向。我们抬头望去，只见刚进来的门上贴着一张大照片，那似乎是一个日出的画面，太阳刚刚升出地平线，白色的光球内有丛林的剪影。

“这是1975年在刚果拍的，它的直径——”格莫夫又干了一杯，“有一百零五米，爆炸后把两公顷森林烧成了灰，并把一个小湖泊煮沸了。更奇怪的是,这个超级球状闪电是在晴天出现的。”

我从林云那边拿过一个杯子,给自己倒了一杯干下去,让这疯狂的一切旋转起来。我和她一样不想说话,想使震惊和思绪平息下来。我把注意力转移到那一堆堆的书上,伸手拿了最近的一本,这次失望了,我不太懂俄文,但从扉页那幅头顶上长着世界地图的作者像上就知道它是什么了。林云把书拿过去看了一眼,又放回去。

“《新思维》。”她说。

我这才知道为什么刚进来时不觉得太乱,这乱堆的书装帧精美,且都是一样的,全是《新思维》。

格莫夫说:“你们想要的那些资料我也有过,这间房子都堆不下,但在十年前我已全部付之一炬了。然后我就大量买这书,我要靠它生活的。”

我们不解地看着他。

格莫夫拿起一本来,“看它的封面,字都是烫金的,用酸液可以把上面的金粉洗下来。你可以大量按批发价买进这书,因为卖不了可以退回发行书店的,只要把封面的字用假金粉描上,不过后来不描了,他们也没注意到。这活儿很有赚头,我对作者唯一的不满就是书名怎么不他妈取长些,比如《关于苏维埃社会主义联盟建立新民主体制并融入民主社会并成为其亲密一员的可能性的新思维》。可这钱没赚了多长时间,红旗就从那个尖顶上落下去了,书皮上就没金了,后来书也没了。这些是我最后买的那批,放在地下室十年了,现在木柴涨价,想起来用它烧壁炉不错,啊,真是,客人来了,壁炉应该烧起来……”他拿起一本书,用打火机点着了，凝视了它一会儿，“纸质多好，十年都不发黄，说不定是西伯利亚的白桦木做的。”说完把它扔进了炉内，又扔进去两本，火旺旺地烧起来，红光在那无数张球状闪电的照片上跳动，寒冷的房间里有了些暖意。

格莫夫目不转睛地盯着火焰，同我们聊了几句，他简单地问了问我们的情况，但丝毫没有涉及球状闪电。最后拿起一部老式电话，拨号后简短地说了一句什么，站起身对我们说：“我们走。”

我们三个下了楼，又来到外面寒冷的风雪中，这时一辆吉普车在我们面前停下，格莫夫招呼我们上了车。开车人的岁数同格莫夫差不多，但十分粗壮，像一个老水手。格莫夫介绍说：“这是列瓦连科大叔，做毛皮生意的，我们得用用他的交通工具。”

吉普车沿着大街驶去，路上车很少，时间不长我们就驶出了市区，又来到外面广阔的雪原上。车子转向一条颠簸的路，又开了有一个小时左右，前方茫茫的雪雾中出现了一幢库房一样的建筑。车在大门前停下，列瓦连科隆隆作响地推开了大门，我们走了进去，看到库房两侧是大堆的动物毛皮，散发出刺鼻的味道，在正中有一块空地，空地上竟停着一架飞机，是那种老式的双翼飞机，机身破旧不堪，有的地方铝蒙皮都裂开了。

列瓦连科说了几句俄语，林云翻译说：“它以前是给森林撒药的，林场私有化的时候我买下了它，这老伙计外表破了些，可还是很皮实的。我们先把里面的东西卸下来吧。”

于是我们从那窄小的机舱内向外搬出一捆捆的毛皮，我不知那都是什么动物的皮，但看得出都是上好的货色。当货都卸完后，列瓦连科在机身下倒了一小摊油点着火，格莫夫解释说天太冷，发动机的管道冻住了,要烤烤才能启动。当火在燃烧时,列瓦连科拿出了一瓶伏特加,我们四个轮着拿瓶子喝了起来,我刚喝了两口就坐在地上起不来了,林云接着同他们一起喝,她那酒量真让我服了。当那瓶酒见底时,列瓦连科挥手表示可以动身了,便以与他的岁数不相称的敏捷跳进了驾驶舱,他刚才并没有表现出这种敏捷,烈酒对这些西伯利亚人来说就像润滑油。我们三个从机身中部的小门挤进了机舱,格莫夫从什么地方拿出了三件厚重的皮大衣递给我们,“穿上,不然会冻僵的。”

飞机的发动机嘶哑地轰鸣起来,螺旋桨开始转动,双翼飞机缓缓地移出了库房,来到漫天的风雪之中。列瓦连科跳下驾驶舱,回去锁好门,然后又上来操纵着飞机在雪原上加速,可没走多远,发动机声停了,只能听到外面雪花打在舷窗玻璃上的声音。列瓦连科骂了一句什么,又爬上跳下地捣鼓了半天,才把发动机重新启动了。当飞机再次滑跑时,我在驾驶座后面问列瓦连科,“要是发动机在空中停了怎么办?”

听了林云的翻译,他不以为然地耸耸肩,“掉下来。”

列瓦连科又说几句,林云翻译,“在西伯利亚,什么都百分之百保险并不一定好,有时你飞到了头,却发现还不如中间掉下来,这一点格莫夫博士用他的一生体会到了,是吧,博士?”

“行了,大尉!开你的飞机吧!”格莫夫说,显然那话刺到了他的痛处。

“您以前是空军飞行员吗?”林云问列瓦连科。

“当然不是,我只是那个基地的最后一任警卫连连长。”

我们身体一沉,从舷窗中看到雪原向下退去,飞机起飞了。这时除了发动机声,雪花打击机身的声音也急骤起来,飞机像在穿过一场大雨。气流把刚才落在舷窗上的那一圈积雪吹走了，向窗外看去，雪雾中的茫茫林海从机身下缓缓移动，还不时能看到一个个冰封的湖泊，在黑色的林海中呈一个个白色的圆斑，让我想起在格莫夫的房间的墙上看到的照片。看着西伯利亚的大地，感慨万千，我做梦都不会想到球状闪电能把自己带到这里。

“西伯利亚，苦难、浪漫、理想、献身……”林云头靠在舷窗边，动情地看着下面的异邦大地，喃喃地说。

格莫夫说：“你说的是过去的和小说中的西伯利亚，现在这里只剩下失落和贪婪了，在下面的这块土地上，到处是无节制的砍伐和猎取，从油田泄漏的黑色原油到处流淌……”

“中国人，”列瓦连科在前面的驾驶座上说，“这里也有不少中国人，他们用能把人眼睛喝瞎的假酒换走我们的毛皮和木材，他们卖的羽绒服里塞的是鸡毛……不过格莫夫博士的朋友我还是信任的。”

我们都沉默了，飞机像一片狂风中的小树叶上下起伏，我们裹紧大衣忍受着寒冷的折磨。

飞行持续了大约二十分钟，飞机开始降落。我看到下面是一大片林间空地，飞机最后就降落到这片空地上。下飞机前，格莫夫说：“把大衣留下，用不着的。”

我们觉得不可理解，从刚打开的机舱门扑进一股逼人的寒气，外面寒风飞雪的世界更是让人望而生畏。列瓦连科留在飞机上等我们，格莫夫下飞机后径直走去，我们紧跟着他，觉得寒风像穿过轻纱般吹透了我们的衣服。虽然雪很深，但我凭脚下的感觉知道我们是在沿一条铁轨走。前面不远处有一个露出地面的隧道口，但从这里就能看到它被一道混凝土墙堵死了。我们进入了混凝土墙前的一小段,总算暂时避过了一些寒风。格莫夫用手扒开积雪,用力搬开雪下面一块突出的大石头,我们看到一个直径一米左右的黑洞口露了出来。

格莫夫说:“这是我挖的一条支洞,有十多米长,绕过了这堵混凝土墙。”他说着从一个袋子中拿出三枝很大的充电电筒,递给我们每人一个,自己拿着一个,示意我们跟上后钻进了洞里。

我紧跟着格莫夫,林云在最后,我们在这低矮的洞里几乎是爬行着前进。在这窄小的空间里,我感到一种幽闭窒息的恐惧,随着向洞内深入这恐惧渐渐增大,但格莫夫突然站直了身,我也站了起来,手电光中,我看到我们面前是一个宽敞的隧道,隧道成一个平缓的坡度通向地下深处,刚才在外面我感觉到的铁轨沿着隧道消失在黑暗中。我用手电照照隧道的洞壁,发现平滑的水泥壁面上有许多销钉和绑扎用的铁环,原来显然架有很多电缆。我们沿着隧道向下走去,随着深度的增加,寒冷的感觉渐渐消失了,后来嗅到了潮湿的味道,又听到了滴水的声音,这里的温度已到了冰点之上。

眼前的空间突然扩大,我手中的电筒射出的光柱失去了目标,仿佛从隧道中来到了漆黑的夜空之下。但仔细看看还是能看到手电照在高处的光圈,只是照到的洞顶很高,光圈变得很大很暗,看不太清楚。我们的每一个脚步声都引起不止一次的回声,我真把握不住这个地下洞厅有多大。格莫夫站住了,点上一支烟,开始对我们讲述:

“四十多年前,我在莫斯科大学获得物理学博士学位,现在还清楚地记得那一天,我同成千上万的人一起,看着刚从太空返回的加加林乘坐的敞篷吉普车穿过红场。他挥着鲜花,胸前挂满勋章。那时我热血沸腾，怀着去一个全新的世界创造一个伟大业绩的渴望，主动要求去正在组建的苏联科学院西伯利亚分院。

“到那里后，我对领导说，我想干一种没有任何基础、完全开拓性的工作，多么艰苦我不在乎。他说那很好，你去参加3141项目吧。后来我知道，这个代号是计划者随便用圆周率值定下的。见到这个项目的负责人已好几天了，我仍然不知道项目的内容。项目负责人是尼古拉伊·纳尔诺夫院士，这是个极其少见的人，即便在当时，他也属于在政治上反常狂热的那一类，他偷偷看托洛茨基的著作，对全球革命的思想入了迷。当我问他3141项目的内容时，他这么说：‘格莫夫同志，我知道最近太空飞行的成就对你很有感召力，但那算什么？加加林在轨道上并不能把一块石头扔到华尔街那些资本家的头上；我们的项目就不同了，如果我们成功，将使帝国主义的所有坦克变成玩具，将使他们的机群像蝴蝶一样脆弱，将使他们的舰队像一堆浮在水面上的硬纸箱一样不堪一击！’

“后来我就到了这里，我是第一批来的，那时这里的景象同你们刚才在地面上看到的一样，那天也下着大雪，这块空地刚清理出来，地面上还残留着树桩子。

“以后的事情我就不详细说了，即使有时间，我也怀疑自己的精神是否能承受。你们只需要知道，我们所在的地方，曾是世界上最大的球状闪电研究基地，在这里，对球状闪电的研究持续了三十年时间，最多的时候，曾有五千多人在这里工作，苏联最优秀的物理学家和数学家，都或多或少地卷入过这项研究。为了说明在这项研究上进行了多么巨大的投入，我只举一个例子，你们看——”

格莫夫把电筒照向后面，我们看到，在我们刚进来的那条隧洞旁边，还有一个高大的隧洞口。

“这条隧洞一直通到二十公里之远，当时为了保密，所有运进基地的物资都在那里卸车，然后通过这条隧洞运进来。这就造成了大量的物资在那里无端地消失，为了使这一点不引起间谍卫星的注意和怀疑，就在那里建了一座小城市，而同样是为了保密，那个城市里不能住人，只是一座无用的空城。

“为了隐藏研究中人工雷电产生的辐射，整个基地都建在地下。我们所在的地方是一个中等大小的实验室，基地的其他部分都被堵死或炸毁，现在无法进入了。

“在这里曾装备过世界上最大的雷电模拟系统、复杂的磁场发生装置和巨型航空风洞等大型实验设备，以从各个角度最大限度地模拟球状闪电生成的环境。你们看这个——”

我们来到一个高大的梯形水泥台前。

“你们能想象几层楼高的白金电极吗？它当时就安装在这个台子上面。”

他弯腰从地上拾起什么东西，我接过来，沉甸甸的，是一个金属球。“好像是球磨机里的那种铁球。”我说。

格莫夫摇摇头，“当时进行雷电模拟试验时，洞厅顶部的一些金属构件被闪电熔化，滴下来冷却后就形成了这种东西。”我用电筒照照周围的地面，发现有很多这种小金属球，“在中心实验室中，巨型雷电模拟器产生的闪电强度比自然界中的自然闪电大一个数量级，以至于北约的核监视系统检测到震波后，认为是地下核试验，而苏联政府承认了他们的说法，在核裁军谈判中因此吃了不少亏。这种闪电试验进行时，地面上地动山摇,闪电在地下产生的臭氧排到地面,使这方圆百公里的空气都有一股异常的清新味。在进行雷电模拟的同时,还开动磁场发生设备、微波激射装置和大型风洞,模拟各种条件组合的闪电,再把结果输入巨型计算机系统进行分析。部分试验的各种参数已远远地超过了自然雷电的极限条件,超强度的闪电被放置到迷宫般复杂的磁场中发生,或放到能在短时间内使一个小湖泊沸腾的微波辐射中发生……三十年中,这里的试验研究从未间断过。”

我抬头仰望那座放置巨型电极的梯形台,它以深深的黑暗为背景,在我们电筒的三道光柱中显现出来,真像密林中阿兹台人的祭坛,有一种神圣感。我们这些球状闪电可怜的追寻者,此时就像朝圣者来到了最高的圣殿,心中充满了恐慌和敬畏。我看着那水泥的金字塔,心想在过去三十多年漫长的时光中,有多少像我们这样的人在上面作为祭品牺牲呢?

“结果呢?”我终于问出了这个最致命的问题。

格莫夫又摸出一支烟,点上深深地吸了一口,没有说话。手电光中我看不清他的表情,但他还是使我想起了张彬,想起了他讲述自己那对一个球状闪电研究者来说难以言表的痛苦时的样子。于是我替格莫夫把话说了出来:

“从来没有成功过,是吗?”

但我立刻发现自己想错了,格莫夫笑了笑说:“年轻人,你把事情想得太简单了。福尔摩斯说过,案件不怕离奇就怕平淡,平淡无奇的案子是最难破的。如果三十年的研究没取得一点成功,那这事就太离奇了,这种离奇会激励人们干下去。可悲的是,现在连这种离奇都没有了,只有让人心灰意冷的平淡。我们成功过,三十年间成功地产生了二十七个球状闪电。”

我和林云再次被震撼了,一时目瞪口呆说不出话来。

格莫夫又笑了笑,“我能想象你们俩此时不同的感觉:少校肯定高兴,因为军人只关心这东西转化为武器的可能性;而你呢,则悲哀,就像斯科特到达南极点时,看到阿蒙森留下的挪威国旗时一样。但你们这些感觉都没有必要,球状闪电仍然是一个谜,现在对它所知道的与三十多年前我们第一次来到这里时一样多,我们真的没有得到什么。”

“这如何理解呢?”林云惊奇地问。

格莫夫缓缓地吐出一口烟,眯眼看着光柱中那错综变幻的烟雾,沉浸在对过去的回忆中。

“第一次成功产生球状闪电是在1962年,也就是研究开始后的第三个年头,我亲眼见到了它,在雷电模拟器的一次放电后它出现在半空中,淡黄色,飞行时拖着一条光尾,大约二十秒钟后在空气中无声地消失了。”

林云说:“我能想象你们当时的激动。”

格莫夫摇摇头,“你又错了,当时球状闪电在我们眼中只是一个普通的电磁现象,3141项目最初并没打算做到很大的规模,当时上自科学院和红军的最高领导者,下至参加项目的科学家和工程师都认为,对于一个已经把人送上太空的国家来说,只要集中科研力量,人工生成球状闪电只是时间问题,事实上,研究拖了三年才出成果已经出乎大多数人的预料了。当那个球状闪电出现时,我们的感觉只是如释重负,谁都没有想到,还有二十七年漫长的岁月和最后的失败在等着我们。

“我们的信心当时看起来是有根据的:同自然中的雷电不同,这次闪电产生的条件和各种参数都被详细地记录下来,我直到现在还能把当时所有的参数分毫不差地写出来。当时的闪电电流是一万两千安培、电压为八千万伏、放电时间为一百一十九微秒,总之是一次十分普通的闪电。放电时通有每秒二点四米的空气气流,功率为五百五十瓦的微波,还有外加磁场……还有大量其他参数,普通一些的如气温气压温度之类,比较特殊的如用超高速摄影拍摄的闪电路径,以及各种仪器记录的现场磁场强度和形状、放射性指标等等,当时全部的记录资料我记得有《战争与和平》那么厚,属于绝密。当时正值古巴导弹危机时期,记得纳尔诺夫捧着那一大摞资料,说:‘我们把导弹撤回来没什么,还有更能让帝国主义胆寒的东西!’当时我们都想,以后只要按这些参数重复制造闪电,就能批量产生球状闪电了。”

“不行吗?”我问。

“我说过你们想得太简单了,接下来的事情出乎所有人的预料:用同样参数重复的试验什么也产生不出来。气急败坏的纳尔诺夫让试验一直这样做下去,在以后的一年中,严格地按照记录的参数,共制造了五万次这样的闪电,仍没见到球状闪电的踪影。

“应该说明的是,在当时的苏联科学界,决定论和机械论是压倒一切的思维方式,研究者们认为自然界是由铁一般的因果关系主宰着。这种思维方式是由政治环境决定的,当时,李森科[1]在学术界阴魂不散,你在学术上偏离主流思想,虽然不至于像以前那么危险,但至少会断送自己的学术生命,像伽莫夫那样敢于离经叛道的人毕竟是少数。在基础科学

①臭名昭著的苏联科学界败类,当权期间利用政治手段迫害了大批坚持真理的科学家。

和纯理论研究领域尚且如此，球状闪电研究当时被定位于应用项目，传统的直线性思维更是统治着人们的头脑。这样的实验结果是他们无法接受的，他们认为只要一次试验能产生球状闪电，以后按同样参数做的实验也一定能产生。于是纳尔诺夫对这五万次试验的结果给出了一个理所当然的解释：第一次产生球状闪电的那次试验参数记录有误。

"这件事情本来是闹不大的，完全可以在纯工作范围内解决，如果有人因此受到处理，最多也就是因为工作失职。但纳尔诺夫惯于把一切都政治化，这事给了他一个排除异己的机会。他在给最高领导层的报告中危言耸听，说在3141项目中有帝国主义间谍破坏。由于3141属于国家重点武器研制项目，这事很快引起了注意，并开始了大规模的调查。

"调查组主要由格鲁乌[1]的人员组成，纳尔诺夫也是其主要成员之一。对于后面试验的失败，他提出了一个'化身博士'猜想，它来源于《化身博士》这本小说：小说的主人公配制了一种能使人产生人格分裂的药品，但他再次用同样的配方配制出的药却不灵了，于是他认为新买回来的原料成分不纯，但后来知道，是他成功配制的那次所用的原料不纯，正是其中的杂质使他成功的。纳尔诺夫认为，破坏者在第一次试验中使系统偏离了预定参数，但歪打正着，偏离的参数产生了球状闪电，但这个偏离的参数当然没有被记录，记下来的是预定参数。这个解释虽然离奇，但在当时也是唯一能够被调查组接受的，下面的问题就是哪些参数出现了偏差。当时的试验由四个分系统组成，即雷电模拟系统、外加磁场系统、微波激射系统、空气动力系统，各系统的人员组成相对独立，被破坏者同时渗透的可能性不大，所以首先考虑其中一个系统参数偏离的情

①苏联军事情报机构。

况。当时比较一致的观点认为,最关键的参数是雷电模拟系统的放电参数,而负责这个系统的设计和运行的人正是我。

“这时已不是战前的肃反年代,仅凭无端的猜测是不能定一个人罪的。然而就在这时,我的父亲在东德参加学术会议时叛逃到西德。父亲是一名生物学家,是执着的基因学派,但在当时的苏联,基因学说还处于大逆不道的境地,他的学术观点受到压制,精神上陷入一种深深郁闷,我想这也就是他叛逃的主要原因。他的这个举动给我带来的后果是灾难性的,调查集中到了我身上。我领导的小组中的一些人为了明哲保身,按照纳尔诺夫的授意对我百般诬陷,最终使我的间谍罪名成立,被判处二十年徒刑。

“但纳尔诺夫在技术上却离不了我,就向上面建议,让我服刑期间回基地继续原来的工作。回到基地后,我过着低人一等的生活,没有人身自由,活动范围只能在基地之内,连穿的工作服颜色都同别人不一样。最难受的还是孤独,除了在工作中,没人愿意同我接触,只有组里一位刚分配来的女大学生平等地对待我,给了我许多温暖,后来她成了我的妻子。

“作为一种逃避,我把全部身心都投入到研究中。我对纳尔诺夫的憎恨是难以用语言表达的,但说来奇怪,对他的那套‘化身博士’猜想,除去不相信有人故意破坏外,我还是基本同意的,我真的认为是未知的参数偏离导致了那次试验的成功。这让我心灰意冷,因为如果最后找到了那个或那些偏离的参数,只能使我更难以证明自己的清白,但我在工作中丝毫没有考虑这些,尽了自己最大的努力,期望再次成功地产生球状闪电。

“这以后的研究路线是很明确的:参数的偏离不可能太大,否则在放电时各种监测仪器甚至肉眼都会觉察到,于是试验时应该依次使各个参数在记录值上下进行微小波动,如果考虑到多个参数同时偏离的情况,这是一个庞大的组合,要进行大量的试验。在这个过程中我更加肯定纳尔诺夫是故意陷害我,因为如果他相信是我搞的破坏,自然会想方设法让我说出使哪些参数偏离了,但他一次也没有问过我。而被无休止的繁重试验任务搞得筋疲力尽的其他人则对我充满了憎恨。但这时包括我在内,都相信再次成功产生球状闪电只是时间问题。

“事情的发展再次出乎所有人的意料:当所有可能的参数偏离都试验过之后,仍然没有成功,这倒使我意外地证明了自己的清白。当时正值勃列日涅夫上台,与那个养猪出身的前任相比,他喜欢附庸风雅,对知识界要温和得多。我的案子被重新审理,虽然没有宣判无罪,但还是被提前释放了,并给我提供了一个回莫斯科大学任教的机会。这可是在这偏远基地工作的人渴望的机会,但我留了下来,球状闪电已成为我生活的一部分,我不可能离开它。

“现在要倒霉的是纳尔诺夫了,他要对研究的失败负责了,虽不至于像我那么惨,但他在学术上和政治上的前程算完了。他挣扎了一下,坚持他的‘化身博士’猜想,与以前不同的是认为偏离的参数可能在其他三个系统,于是又开始进行了大量的试验,这个试验计划更加庞大,如果不是被一个意外的发现打断,它不知要进行多久。

“3141基地拥有世界上最大的雷电模拟系统,在进行球状闪电研究的同时,也进行一些其他的军用或民用实验研究项目。在一次为防雷工程进行的试验中,竟意外地再次产生了球状闪电!这次闪电的参数,同我们第一次成功试验的参数相差甚远，没有任何共同之处；至于各种外加因素，如磁场和微波激射等，这次试验中根本就没有，只是一次纯闪电！

“于是又开始了新一轮噩梦般的循环：在同一参数下把这次试验重复了上万次，结果同第一次一样，球状闪电再也没有出现过。这一次不可能有破坏者使参数偏离，连纳尔诺夫也承认他的‘化身博士’猜想有误了。他被调回西伯利亚分院，担任了一个无关紧要的行政职务直到退休。

“这时，3141项目已进行了十五年。纳尔诺夫走后，基地改变了试验方向，开始进行各种不同参数组合的试验，在其后的十年间，又产生了九个球状闪电。每产生一个所需的闪电次数最少为七千次，最多达几十万次，每次产生时的试验参数均不相同，大部分相差甚远。

“80年代中期，受美国星球大战计划的刺激，苏联对高技术和新概念武器的投入也在加大，这其中包括球状闪电的研究。基地的规模急剧扩大，试验次数成倍增加，其目的是想从大量的试验中找出产生球状闪电条件的规律。在这最后的五年中，共产生了十六个球状闪电，但同以前一样，对于产生它的条件，我们没能发现任何规律。”

格莫夫领我们走近了那个梯形台，用电筒照着它说：“我把它当成纪念碑了，当被过去的回忆折磨的时候，我就到这儿来刻上些什么。”

我看着梯形台的这一面，在电筒的光圈里，我看到了许多曲线，好像是一群游动的蛇。

“这三十年的试验中共产生了二十七个球状闪电，这是用那二十七次试验中的主要参数绘制的曲线。比如这条，是闪电的电流幅值；这条，是外加磁场的强度……”

我挨着仔细地察看那些都是由二十七个点绘制的曲线，好像是在看一段段的噪声记录，或是某个生灵垂死时痛苦的痉挛，毫无规律可言。

我们跟着格莫夫转到了梯形台的另一面，看到上面刻满了名字。

“这是三十年中为3141项目献身的人，恶劣的工作环境夺去了他们的生命。这个是我妻子，死于因长期接触放电辐射而患上的一种怪病，浑身皮肤溃烂，极度痛苦地死去。这些人中有相当一部分死于这种病。这是我儿子，他死于基地产生的最后一个球状闪电，这三十年间试验中所产生的二十七个球状闪电共杀死了三个人。那东西似乎可以穿透一切，谁也无法预料它把能量什么时候施放到什么地方。不过我们并不觉得进行这种试验是一件特别危险的事，因为成功产生它的机会太小了，人们会从高度警觉中渐渐松懈下来，而球状闪电往往就在这时出现，造成灾难。当最后一个球状闪电出现时，试验现场的人安然无恙，它却穿透了厚厚的岩石，把处于中心控制室中的我儿子烧焦了，当时他是一名在基地工作的计算机工程师。”

格莫夫关掉了电筒，转身面对着洞厅里广阔的黑暗空间，长长出了一口气，“当我走进控制中心时，看到那里还像往常一样宁静，在天花板上照明灯柔和的光芒下，一切都是那么光洁明亮，所有的计算机设备都在无声地正常运转着，只是在那洁白的防静电地板正中摊放着我儿子几乎全部被烧成灰的遗骸，仿佛是从什么地方向那里投射的一个幻影……在那一时刻我认输了，在这自然或超自然的力量面前，经过三十年的奋斗，我彻底认输了，我的生活在那一时刻已经结束，以后只是活着……”

当我们又回到地面时，雪已经停了，残阳在西边的树梢上，给雪地染上了一层血红色。我迈着沉重的步子向飞机走去，我觉得自己的生活也结束了。

回到格莫夫的住处后，我们三个整夜无节制地喝酒。西伯利亚的狂风在窗外呼号，《新思维》一本接一本地在壁炉中化为灰烬。墙上和天花板上无数个球状闪电围着我旋转，越转越快，我仿佛陷入一个白色光球的旋涡中。

格莫夫醉醺醺地说："孩子们，找点别的事干吧，世界上有意思的事很多……人生就一次，不要浪费在虚无缥缈的东西上。"

后来我就在书堆中睡着了，梦中我又回到了十四岁的生日之夜，在那雷雨之中的小屋里，我一个人面对点着蜡烛的生日蛋糕，没有爸爸，没有妈妈，也没有球状闪电，我关于他们的梦已经结束了。

第二天一早，格莫夫送我们直到机场，分别前，林云说："我知道，您对我们说了许多不该说的事情，但请放心，我们以人格保证，绝不会把这一切说出去……"

格莫夫朝林云扬起一只手，"不，少校，我让你们来的目的就是想把这一切公之于世，我想让人们知道，在那个可悲的理想主义年代，有一群共青团员来到了西伯利亚的密林深处，在那里追逐一个幽灵，并为此献出了一生……"

我们紧紧拥抱，泪流满面。

飞机起飞后，我疲倦地闭起双眼靠在座位上，脑子里一片空白。我旁边座位的一个乘客捅了我一下，问："中国人？"我点点头后，他指了指座位前面的电视，好像我作为一个中国人不看电视他很奇怪似的。电视上正在播新闻，形势又紧张起来，战争的阴云越来越浓。我太累了，已麻木的心对一切都不再关心，包括形势和战争。我转头看看林云，她正专注地看着电视，我很羡慕她，球状闪电只是她生活中一段时间里的一部分，失去它也不会对她构成致命打击。

我不一会儿就睡着了，醒来时，飞机就要降落了。

傍晚的北京春风拂面，有一种令人陶醉的温馨，一时还看不出战争的阴影。冰雪中的西伯利亚这时对我来说已是一个无比遥远、似乎只在梦中存在过的世界。其实现在看来，我以前的所有生活也是一场梦，现在梦醒了。

在华灯初上的长安街上，我和林云相视无语。我们本不是同一条路上的人，我们各自的世界相距那么远，是球状闪电把我们联到一起，现在，这个纽带不存在了。张彬、郑敏、格莫夫……在那个祭坛上被肢解的人已经够多了，再加上我一个也没有太大的意义，我感觉到自己心中那已经熄灭的希望之火又被泼上了冷水，现在那里只剩下浸在冰水中的灰了。

再见了，美丽的少校。

“不要放弃。”林云看着我说。

“林云，我是凡人。”

“我也是，但不要放弃。”

“再见。”我把手伸给她，街灯的光里，我看到她的眼中有泪光闪过。

我一狠心松开了她那温暖绵软的手，转身大步离去，再也没有回头。

中　篇

灯塔启示

我努力使自己适应新的生活。开始上网玩游戏,开始去看球赛,也自己打球了,打牌可以到很晚,还去图书馆把所有的专业书都还了,然后抱回一大摞DVD;我开始试着炒股,还打算养只小狗;我继续着在西伯利亚引发的酒瘾,有时自己喝,有时与正在结识的越来越多的各式各样的朋友喝……我甚至打算找一个女朋友,建立一个家庭,只是一时还没有机会罢了。再也用不着在午夜两点还盯着一堆偏微分方程发呆,再也用不着一连十几个小时守着计算机,等着那注定要让自己失望的结果;以前对我来说万分珍贵的时间,现在变得用之不竭了;第一次知道了什么是轻松和休闲,第一次看到生活原来还有这么丰富的内容,第一次恍然大悟:那些过去被自己轻视甚至可怜的人,原来都过得比我好。一个多月后,我开始发胖了,已掉得有些稀的头发又开始长密了,我不止一次地为自己庆幸:醒得还不算晚。

但有时,也就很短的几秒钟,过去的我像幽灵似的复活一下,这通常是在深夜中醒来时，在这种时刻，我总觉得是睡在那个遥远的地下洞厅里，梯形的祭坛耸立在黑暗中，上面有许多蛇形的曲线……但很快，窗帘上被路灯摇曳出的树影使我意识到自己在哪儿，然后总能很快地再次睡去。这就像你把一具尸体埋在后院里，埋得很深，你自以为摆脱了它；可是不然，你总是知道它在那儿，更重要的是，你总知道你知道。你后来明白要想真正摆脱它，就要去后院把它再挖出来，到远远的地方去烧掉，但你已经没有精神力量去做这件事了，埋得越深，你就越难把它挖出来，你更不敢想象它在地里已变成了什么样儿。

但仅仅一个多月，以前的那个我复活的次数就急剧减少了，这是因为我喜欢上了一个女孩，她是刚到所里来的大学生，我明显感觉到她对我也有好感。五一放假的第一天上午，我坐在宿舍里犹豫了几分钟，终于下决心请她吃饭，我站起身来想直接去找她，但又一想，打电话可能更好，于是我把手伸向电话……

我的这种新生活本来会舒适平滑地延续下去，我会坠入爱河，然后会有家，会有孩子，在事业上会有人们都想得到的那种成功，总之我会有一个与大多数人一样的平凡而幸福的人生。也许，在我的暮年，坐在夕阳下的沙滩上，记忆最深处的东西会浮上来一些，我会想起那云南的小镇、雷雨中的泰山、北京近郊的那个雷电武器基地和风雪中的西伯利亚，会想起那个穿军装的姑娘和别在她胸前的利剑……但那时，这些一定都十分遥远了，像是发生在另一个时空里。

但就在我的手触到话筒时，电话铃响了。

电话是江星辰上校打来的，他问我五一假期打算怎么过，我说还没有计划。

“想乘帆船出海玩玩儿吗?”

“当然,能行吗?”

“那就来吧。”

放下电话后我有些吃惊,我与舰长只有一面之交,在林云那里见过他以后就再也没什么联系,他的邀请用意何在?我草草收拾了一下,就去赶飞往广州的航班,请女孩吃饭的事被忘在脑后。

我当天就来到了广州,这里的战前气氛比内地要浓一些,路上军车很多,到处可以看到关于防空的标语牌和招贴画,在这种时候,南海舰队航空母舰的舰长还有此闲心,很令我不解。第二天,我真的乘一艘小小的单桅帆船从蛇口出海了,船上除了我和江大校,还有一名海军军官和一名海军航空兵飞行员。江星辰热心地教我航海的ABC,教我看海图和使用六分仪,我发现操纵帆船是一项十分累人的活,除了让帆缆磨破手指外,我什么忙也帮不上。更多的时间一个人坐在船头,看着蓝天碧海,看着阳光在海面跳跃,看着天边那晶莹的白云在海中波动的倒影,感觉活着真妙。

“你们这些成天在海上的人,还把这种航行作为消遣。”我问江星辰。

“当然不是,这次航行是为了你。”他神秘地对我说。

黄昏时,我们到达了一个小荒岛,它只有两个足球场大小,上面除了一座无人灯塔外,光秃秃的什么都没有。我们打算在岛上过夜。正当我们从帆船向岛上搬运帐篷和其他用品时,远方出现了一个奇景。

西面的大海和天空被一根巨带连接起来,那巨带下半部呈白色,上半部被夕阳映成了暗红色。它在海天之间缓缓地扭动着,像一个活物。

在平静的海空之间突然凭空出现这么一个巨大的异物，真有种在野餐的绿草坪上游出一条色彩妖艳的巨蟒的感觉，使这熟悉的世界一瞬间变得陌生而狰狞。

“哈，陈博士，我们有共同语言了！你估计它有几级？”江星辰指着那个方向说。

“说不准，我也是第一次看到龙卷风，这大概……F2级吧。”我回答。

“我们这儿没有危险吗？”飞行员紧张地问。

“从它的移动方向看应该没有。”大校平静地回答。

“可，怎么知道它不会转向这里呢？”

“龙卷风一般都是直线移动。”

龙卷风从很远的距离移到了东面，当它距小岛最近时，天空因它而阴暗起来，我们听到了低沉的隆隆声，那声音令我浑身发冷。我扭头看了一眼江星辰，他很平静，一副欣赏的样子，直到它最终消失，才将目光恋恋不舍地收回来。

“在气象学界，对龙卷风的预报技术最近有什么进展吗？”上校问。

“好像没有。龙卷风和地震是最难预警的两种自然灾害。”

“随着全球气候的变化，南中国海也渐渐成了龙卷风频发的海区，这对我们是个很大的威胁。”

“怎么？航空母舰还怕龙卷风吗？当然，它肯定能将甲板上的飞机都卷走。”

“陈博士，你可想得太简单了，”同行的那个海军中校说，“航母的结构强度一般只能抗住F2级龙卷，如果与再大一些的龙卷风接触，它的主甲板就会被折断，那可是灭顶之灾！”

被龙卷风吸上天空的海水开始落下来,形成了一场剧烈而短暂的暴雨,雨中还有几条活鱼落到岛上,成了我们的晚餐。

夜里,我和上校在海滩上散步,星空很清澈,让我想起了那个泰山之夜。

“你退出球状闪电研究项目,林云很难过,这个项目确实离不开你,所以我自告奋勇地来劝你回去,并对林云保证我能成功。”江星辰说。

海上夜色很重,但我能想象出上校的笑容,能为恋人承担这样一个任务,确实需要极端的自信,但从另一方面看,这里面也许包含着连他都没有意识到的林云对我的某种轻视?

“江上校,那是一个没有希望的研究。”我对着夜中的大海长叹一声。

“林云告诉我,那次俄罗斯之行对你打击很大。其实,也不要被他们那种巨大投入和长周期吓住,从林云回来后的介绍,我看出一点:苏联人是在用僵化的武器研究机制来研究自然科学界的一个基础课题,其过程中不免缺少新思想,缺少想象力和创造力。”

江星辰这不多的话切中要害,而且将球状闪电的研究归于基础科学,也是需要一定远见的。

“再说,球状闪电曾是你准备终生探索的目标,反正林云是这么告诉我的。如果真是这样,就不要轻言放弃。比如我,理想是成为一名搞军事战略研究的学者,由于种种原因走上了现在这条路,虽然坐在这个位置,心里还是很失落。”

“让我考虑考虑吧。”我含糊地说,但接下来的谈话,让我明白事情比想象的要复杂很多。

“共事这么长时间,你对林云应该有所了解。她的思想性格中有某些……危险因素,我想让你帮助她避免这种危险。”

“你说的危险,是指对她自己,还是对……别的方面?”我很迷惑。

“都有。我告诉你一件事吧:中国加入国际反地雷公约的时候,林云正在读硕士,她声称这个举动是十分错误的,因为地雷是反侵略武器,更是穷人的武器。后来在读博士的第一年,她居然自己研制新型地雷了,她和两个同学一起,用他们的纳米实验室的设备来干这事。她的目标是搞出一种传统的工兵手段无法探测的地雷,这是反地雷公约严格禁止的。她干成了,那种地雷看上去很简单。”

“我看到她的车里挂着一段竹子。”我插嘴说。

上校不以为然地一挥手,“不不,与她的创造物相比,那小东西只是玩具。她发明的是一种液体地雷,看上去只是无色透明的液体,但实际上是经过纳米技术改造的硝酸甘油,去除了这种液体炸药对振荡的敏感性,却增加了它对压力的敏感性,所以这种液体存贮时的深度是严格限制的,盛装它的容器分成许多互不相通的层面,以防底部液体因压力过大而被引爆。把这种液体泼到地面上,就算完成了地雷的布设,在这块地面上行走就会引爆炸药,杀伤力很大,传统的工兵根本无法探测。她向上级推荐这种地雷,请求装备部队,理所当然地受到了严厉的批评,她发誓一定要让人们在战场上看到这种地雷的潜力。”

“从她对武器,特别是新概念武器的迷恋上看,我是能想象到这类事的。”

“但下面的事你就很难想象了:在去年上半年智利和玻利维亚的边境冲突中,出现了这种地雷,造成了很大的杀伤。”

我吃惊地看了大校一眼,意识这事的严重性。

“更令人难以想象的是，敌对双方，智利和玻利维亚军队都使用了这种地雷。”

“啊！”我停下脚步，震惊变成了恐惧。

“可她……她只是一名少校军官，能有这种渠道吗？”

“看来她没跟你谈过自己更多的情况，她跟谁都很少谈这些。”江星辰看着我，黑暗中我看不到他的目光，但一定意味深长，“是的，她有这种渠道。”

回到帐篷后，我睡不着，就把帐篷拉开，看着外面的灯塔，期望它那有规律的亮灭能产生催眠作用。我成功了，在渐渐模糊的意识中，灯塔的塔身渐渐消融在夜色里，最后只剩下那团一亮一灭的亮光悬在半空中，亮时看到它，熄灭后就只剩无边的夜。我隐隐觉得它很熟悉，有一个小声音，像是从深海中浮出的水泡般出现在我的脑海中，它说：那灯本来就在那里的，但只有亮的时候你才能看到……

脑海中电光一闪，我猛地坐了起来，就这样在海涛声中呆坐了很长时间，然后，我推醒了江星辰。

“上校，我们能不能马上回去？”

“干什么？”

“当然是研究球状闪电！”

林峰将军

飞机在北京降落后，我才给林云打电话，江星辰说的事让我感到莫名的恐惧，但听到林云轻柔的话音后，我心中的某种东西立刻融化了，我渴望见到她。

“啊，我知道星辰会成功的！”林云兴奋地说。

“主要是我突然有了一种新想法。”

“是吗？到我家来吃饭吧！”

这邀请让我吃惊不小，林云总是小心地避免谈她的家庭，甚至连江星辰都没有告诉我这方面的情况。

在走出机场时我居然遇到了赵雨。他已经从泰山气象站辞职，想下海了。告别前赵雨想起了一件事，说：“前一阵我回了趟大学，见到张彬了。”

“哦？”

“他一见我就问起你来，他已确诊患了血癌，没治了，我看都是长期心情压抑的结果。”

看着赵雨的背影，那位叫列瓦连科的老共青团员的话又在我脑海中响起：

“……有时你飞到了头，却发现还不如中间掉下来……”

一种对未知前途的恐惧再次攫住了我。

来机场接我的不是林云，而是一名开车来的少尉。

“陈博士，首长和林少校让我来接您。”他对我敬礼后说，然后很有礼貌地请我上了那辆红旗车，路上他只是开车，没有说话。车最后开进了一个门口有哨兵的大院，院里有一排排整齐的住宅楼，都是有大屋檐的上世纪50年代风格的建筑。车穿过几排杨树，最后停到了一幢二层小楼前,也是那种风格的建筑,看到这样的建筑,如果问你第一个想到的词,那肯定是“父亲”。

少尉为我打开车门,“首长和少校都在家,您请吧。”然后又敬了个礼,并一直目送我走上台阶。

林云出门来迎接我,她比上次分别时看上去憔悴了些,显然最近很劳累。这种变化在我的感觉中很突然,这时才意识到,在分别的这段日子里,我的心中一直为她留着一片小天地,在那里,她以原样生活着。

进屋之后,我看到林云的父亲正坐在沙发上看报纸,见我进来就站起来同我握手,他身材瘦削而强健,手很有力。

“你就是那位研究雷电的陈博士?你好!小云常向我提起你。她以前的朋友多是部队上的,我说这不好,军人不应该把自己局限于小圈子里,要不在这个时代,思想会僵化的。”他又转身对林云说,“张姨可能忙不过来,我去做两样拿手菜招待陈博士吧。”他又对我说,“今天可不只是小云请你来,还有我,我们一会儿谈。”

“爸,少放点辣椒!”林云冲着父亲的背影喊。

我也看着那个背影直到他消失,只接触不到一分钟,我就感到他身上有一种说不出的威严,而这威严同他的平易近人融合在一起,使他有一种很罕见的风度。

对于林云的父亲,我只知道是一名军人,可能还是将军,虽然以前从她周围人的只言片语有过一些感觉,但我在这方面很低能,总猜不出个大概,现在这对我仍然是个未知数。但她父亲的平易却使我放松下来,坐在沙发上,我抽着林云递来的烟,打量着这间客厅。客厅的陈设很朴素,基本上没有什么装饰品。墙上那两幅中国和世界地图面积很大,几乎占了一整面墙；我还注意到一张大办公桌，那肯定是办公桌，上面放着一白一红两部电话，还散放着一些很像文件的东西，整个客厅看起来有很大的办公室的成分。我的目光最后定格在门边的衣帽架上，上面挂着一件军服，在我这个方向能看到其中的一个肩章。我定睛细看，手中的烟掉在地上——

那肩章上有三颗将星！

我赶忙把烟拾起来在烟灰缸中捻灭，把两手放到膝盖上以小学生状端坐着。

林云看到我这样儿笑了起来，“放松些，我爸是理工出身，跟搞技术的人很谈得来。他一开始就不赞成雷电武器的研究，现在看来他是对的，但后来我谈起球状闪电后，他却很感兴趣。”

这时我的目光被墙上的一幅黑白照片吸引住，照片上是一位年轻的女性，同林云像极了，穿着以前的那种朴素的军装。

林云站起来走到照片前，简单地说：“我妈妈，1981年在边境战争中牺牲了……我们还是谈球状闪电吧，但愿你没把它忘光。”

“你这一阵儿在干什么？”

“用二炮一个研究所中的一台大型机计算我们最后做的那个模型，加上调试，运行了三十多次。”她轻轻地摇了摇头，我就知道结果是失败的了，“那是我回来后做的第一件事，但说实在的，只是不忍心让你的心血白流了。”

“谢谢，真的谢谢。但以后我们别再搞数学模型了，没有意义。”

“我也看到这点了。回来后，我从别的渠道做了进一步的了解，在过去的几十年里，除了苏联，西方也对球状闪电的研究做了巨大的投入，我们就不能从中得到些什么?"

"可他们,包括格莫夫,没有向我们透露一点儿技术资料。"

林云笑了起来,"你呀,太学院派了。"

"或说太书呆子气。"

"那倒不是,要真是,前一阵儿你就不会当逃兵了。不过这也说明你已经看到了最重要的东西,这本来可以成为我们的一个新起点,可你却把它当成终点了。"

"我看到了什么?"

"用传统的思维方式已经不可能揭开球状闪电之谜了,这个结论可值几百个亿啊!"

"确实,电磁能量以那种方式存在,简直不可思议,我们也许可以硬扭着方程式搞出一个牵强的数学模型,但直觉告诉我那不是真的。它能量施放的选择性和穿透性这类不可思议的特性,确实不是传统理论能解释的。"

"所以我们应该放开自己的思想。你说过我们不是超人,但从现在起我们必须强迫自己以超人的方式思考。"

"我已经这样思考了。"我激动地说,"球状闪电并不是由闪电产生的,而是自然界早已存在的一种结构。"

"你是说……闪电只是点燃或激发了它?"林云紧接着说。

"太对了,就像电流点亮了电灯,但电灯本身早已存在!"

"好,我们把思路再整理一下……天啊,这想法居然能对西伯利亚基地的事情做出一些解释!"

"是的,3141基地产生的二十七个球状闪电与产生它们的人工闪电的参数根本就没有关系，只是因为那种结构正好在那儿，所以被激发了！”

“那种结构能进入地下吗……为什么不能！在多次大地震前，人们都看到球状闪电从地上的裂缝中飞出！”

我们俩兴奋得不能自已，来回走动着。

“那么以前研究的误区就很明显了：不应试图‘产生’它，而应去‘找到’它！这就是说，在模拟雷电时，关键不在于闪电本身的性质和结构，更不在于磁场和微波之类的外加因素，而在于使闪电覆盖尽可能大的空间！”

“正确！”

“那我们下一步该干什么呢？”

这时，林将军在后面招呼我们吃饭，我看到客厅的中央已摆上了一桌丰盛的饭菜。

“小云要注意啦，我们可是请陈博士来做客的，吃饭的时候不谈工作。”林将军边给我倒酒边说。

林云说：“我们这不叫工作，业余爱好罢了。”

接下来，我们开始谈论一些轻松的话题。我得知，林将军是哈军工的高才生，他学的专业是电子学，但以后没有再接触技术工作，而是转到纯军事指挥领域，成为我军少有的理工出身的高级将领。

“您学的那些东西，现在怕只记得欧姆定律了吧。”林云说。

将军笑着说：“那你小看我了。不过我现在印象最深的不是电子学，而是计算机。那时我见过的第一台计算机是苏联老大哥的，主频我忘了，内存是4K，那4K是用磁芯存储器实现的，装它的箱子比那个书架都高。但与现在差别最大的还是软件，小云成天向我吹嘘她是一个多么了不起的编程高手，但到了那台计算机上，编一个计算3+2的程序都会让她出一头汗。”

“那时只有汇编语言吧？”

“不，只有0和1。机器不会编译，你要把程序写到纸上，然后一个指令一个指令地把它们翻译成机器码，就是一串0和1，这个过程叫人工代真。”将军说着，转身从后面的办公桌上拿起一支铅笔和一张纸，写出了一长串0和1给我们看，“喏，这一串指令的意思是把两个寄存器中的数放到累加器中，再把计算结果送到另一个寄存器中。小云你用不着怀疑，这绝对正确，当时我用了一个月的时间，居然编成了一个计算圆周率的程序，那以后，我对各个指令和机器码之间的对应关系记得比乘法口诀都熟。”

我说：“现在的计算机同那时其实没有本质区别，最终被处理的仍是一串0和1。”

“是的，这很有意思。想想18世纪或更早些的时候，那些想发明计算机器的科学家，他们肯定认为，自己之所以失败，是因为想得不够复杂，现在我们知道，是因为他们想得不够简单。”

“球状闪电也是这样，”林云若有所思地说，“刚才陈博士的一个伟大构想提醒了我，我们以前的失败真的是因为想得不够简单。”接着，她把我的最新想法告诉父亲。

“很有意思，也很有可能，”林将军点点头说，“你们应该早就想到这点，那下一步该怎么办呢？”

林云边想边说：“建立一个闪电阵列，要想在短时间内取得成果，其面积，嗯，我想想……应不小于二十平方公里，在这个区域内将安装上千个闪电发生器。”

“对!”我兴奋地说,“闪电发生器就用你们研制的那种闪电武器!”

“那就涉及钱的问题了。”林云蔫了下来,“一节超导电池就三十多万呢,现在要一千节。”

“够装备一支苏30中队了。”林将军说。

“可假如成功了,一支苏30中队同它比算什么?”

“我说,你以后少给我来些假如如果之类的,当初在雷电武器上,你的假如还少吗?现在怎么样?关于这个项目我还想多说两句:总装备部执意要搞,我也无权干涉,但我问你,你在这件事上起的作用,是在一个少校的职权范围内吗?”

林云哑口无言了。

“至于球状闪电项目,不能再由着你胡闹了,我同意立项研究,但一分钱也没有。”

林云气恼地大叫起来:“这不等于没说嘛,没钱怎么干?海外媒体说您是中国学院派的高级将领,看来他们真是搞错了。”

“我倒是有个学院派的女儿,可她除了拿钱打水漂儿,还能干出些什么来?你们在北京远郊的那个雷电武器研究基地不是还在吗?在那里干就行了。”

“爸爸,这是两回事!”

“什么两回事?都是闪电,总有共性吧?那么多的实验设备,我就不相信不能利用。”

“爸爸,我们是要建立大面积闪电阵列!”

林将军笑着摇头,“世界上要是有一种最愚蠢的方法,那就是你这种了，我真搞不明白，这是两位博士想出来的？”

我和林云不解地互相看看。

“陈博士好像刚从海上回来，你见过渔民打鱼时把海里的每一处都插上网吗？”

“爸爸，您是说……让闪电移动起来！唉，刚才陈博士的设想给我带来的兴奋太大，让我头脑发晕了！”

“怎么移动呢？”我还是迷惑不解。

“只需把雷电武器放电打击的目标从地上搬到另一架直升机上，就能形成一条横在空中的放电电弧，如果两架直升机以相同的速度飞行，就能带着这条电弧扫描大面积的空间，其效果与闪电阵列是一样的！这样只需要一节超导电池就行了！”

“就像拖在天空中的一张网。”我说，这想法让我激动不已。

“天网！”林云兴奋地喊道。

将军说：“但实现这个计划并不像你们现在想象的那么容易，它的难点不用我提醒你们了吧？”

“首先是危险性，”林云说，“飞机在空中遇到的最大杀手之一就是雷电，雷电区域是绝对的禁飞区，可现在却要让它带着雷电飞行。”

“是的，”将军严肃地说，“你们是在进行一场真正的战斗。”

攻击蜂

吃完饭后，林将军说想和我单独谈谈，林云用充满戒备的目光看了我们一眼，就上楼去了。

林将军点上一支烟,说:“我想和你谈一些关于我女儿的事。林云小的时候,我一直在部队一线工作,顾不上家,她是由母亲带大的,所以对妈妈特别依恋。”

将军站起身,走到妻子的遗像前,“当时,在云南前线,她是一个通信连的连长。那时通信设备比较落后,前线通信还使用大量的电话线路,那是众多在战线两侧活动的越军小分队的注意目标之一,他们惯用的战术是:先切断线路,然后在断点附近埋伏或布雷。她牺牲的那天,双方爆发了一场师级战斗,当时一条重要的电话线路被切断了,首次派出的一个三人查线小组断了联系,她就亲自带领四个通信兵去查线。当走到断点附近时遭到伏击,那是在一个竹林中,敌人把断点周围的竹子都砍了,形成一小块空地,当她妈妈他们进入空地时,敌人就在林中开枪,第一轮射击就打死了三个通信兵。由于这是在战线这一侧,这支小股越军不敢久留,很快撤走了。她就和剩下的那名女通信兵边排雷边接近断点,当那个女兵接近两个断头中的一个时,看到断头上捆着一个一寸来长的小竹节,她拿起线头要取下那个竹节时它爆炸了,把那个女孩子炸得面目全非……当林云的母亲开始接线时,听到不远处传来一阵嗡嗡声,抬头一看,发现从越军留下来的一个小纸箱中,飞出了一大群马蜂,直向她飞来。在被蜇了几下后,她用迷彩服包着头跑进竹林,但那群蜂紧追着她蜇,她只好跳进了一个小池塘里,潜入水中,每半分钟出水面换一下气。那群蜂在她头顶上盘旋着不散,她心急如火,这时前线战事正紧,通信每中断一分钟都可能带来巨大损失。她最后不顾一切地爬出池塘,回到断头处去接线,蜂群尾随而至,当线接通时,她身上已不知被蜇了多少处,当一支巡逻队发现她时,她已经昏迷不醒了,一个星期后因中毒去世了。当时她浑身的皮肤发黑溃烂,脸肿得五官都看不清了,死亡的过程十分痛苦。五岁的林云在昆明的医院里见过妈妈的最后一面……从那以后,整整一年时间,这孩子没说过一句话,在她重新开口说话时,语言已经变得很不流利了。"

林将军的讲述震撼了我,那并不遥远的痛苦和牺牲对于我已变得很陌生。

将军继续说下去:"这样的经历,对不同的孩子,可能产生相反的影响:可能使他终生厌恶战争与战争有关的一切,也可能使他专注甚至热衷于这些东西,很不幸,我的女儿属于后者。"

"林云对武器,特别是新概念武器的迷恋,是不是与这事有关呢?"我小心翼翼地问。

将军没有回答,我心里一直不明白他为什么要对我讲这些,将军似乎看出了我的心思。

"作为一个搞科研的人,你肯定清楚在科学研究中,对所研究的对象着迷是很正常的事。但武器研究有它的特殊性,一个研究者如果迷恋武器,就可能潜藏着某些危险因素。特别是像球状闪电这种一旦成功则威力巨大的武器,像林云这样对武器过分的迷恋,像她那为达到目标不计后果的性格,就使这种危险更明显了……不知道你是否理解我的意思?"

我点点头,"我理解,林将军,江上校也同我谈过这点。"

"哦,是吗?"

我不清楚将军是否知道液体地雷的事,也没敢问,想来他可能还不知道。

"江星辰在这件事上起不了太大作用,他和林云在工作上相距很远,同时，”将军沉吟了一下，说出了一句意味深长的话，“他是我给小云选的。”

“那，我能做什么呢？”

“陈博士，我想请你在球状闪电武器的研制过程中监督林云，防止某些预料之外的事情发生。”

我想了几秒钟，点点头，“好的，我尽力吧。”

“谢谢。”他走到办公桌前，拿起铅笔在一张纸上写下一个电话号码，把纸递给我，“有事情你可以直接和我联系。陈博士，拜托了，我了解自己的女儿，我真的很担心。”

最后这句话，将军讲得很郑重。

天 网

我和林云又回到了雷电研究基地，在哨兵查看证件时，汽车在基地大门停了几秒钟，半年前那个初春的黄昏，就是在这里，林云第一次向我吐露了把球状闪电作为武器的想法，我感慨地发现，现在的我比那时已改变了许多。

我们又见到了许文诚大校。大校听说基地能够存在下去并有新的科研项目时，喜出望外，但听我们介绍这个项目的详细内容后，又感到很困难。

林云说：“我们第一步是努力用现有的设备发现球状闪电，让上级看到它作为武器的潜力。”

大校神秘地笑笑说：“要说这东西的威力，我想上级早就知道了。你们知道吗,国家最要害的位置曾经遭到过球状闪电的袭击。"

我和林云吃惊地对视了一眼,林云问他是哪里。

"钓鱼台国宾馆。"

这些年来,我收集了国内外大量的球状闪电目击案例,最早的在明末清初,自以为在这方面见多识广,但这事可从没听说过。

"那是1982年8月16日,钓鱼台国宾馆两处同时落下球状闪电,均为沿大树滚下的。一处在迎宾馆的东墙边,一名警卫战士当即被击倒,他站在两米多高的警卫室前,距落雷的大树约二到三米。球状闪电落下的瞬间,他只感到一个火球距身体很近,随后眼前一黑就倒了。醒来后,除耳聋外并无其他损伤。但该警卫室的混凝土顶板外檐和砖墙墙面被击出几个小洞,室内电灯被打掉,电灯的拉线开关被打坏,电话线被打断。另一处在迎宾馆院内的东南区,距警卫室约一百米,也是沿大树滚下。距树两米处有个木板房仓库,该房在三棵高大的槐树包围之中,球状闪电沿东侧的大树滚下后钻窗进屋,窗玻璃被击穿两个小洞。球状闪电烧焦了东侧木板墙和东南房角,烧毁了室内墙上挂的两条自行车内胎,烧坏了该室的胶盖电闸,室内的电灯线也被烧断……"

"您怎么知道得这么详细?"林云问。

"事后我作为专家组的成员到现场调查,并研究了防护措施。当时提出安装笼式避雷网,在建筑物的门窗上安装金属纱网并接地;堵好建筑物墙面上不必要的孔洞;烟囱与出气管上口均要加装铁丝网并接地。"

"这些有用吗?"

许大校摇摇头,"当时球状闪电穿过的一个窗子上就装有较密的铁丝网,这铁丝网被击穿八个小洞,不过当时也只能提出这些常规措施了。如果这东西真能用于实战,它确实威力巨大。关于国外球状闪电的研究动态我也知道一些,你们的这个想法听起来很有道理,但进一步嘛……”他又摇摇头,“闪电是自然界最难控制的东西之一,更何况球状闪电,这东西不但有闪电的破坏力,还有幽灵的诡秘,它那可怕的能量谁也不知道何时释放出来,释放到什么东西上,控制它谈何容易。”

“我们也只能走一步算一步了。”林云说。

“是的,如果真能找到球状闪电,也是雷电科学的一大成就,那样的话我们这个基地总算还有一点成就。我担心的是安全性,我有个想法:我们能不能把闪电发生器放到汽车上,让它们拉着电弧在平原地带行驶,这样电弧也能扫描大面积空间。”

林云摇摇头说:“这我们想过,还想用船只拉着电弧在海面上行驶,但行不通的。”

许大校想了一下点点头,“是啊,大地和海面都是导电体,产生的感应效应使电弧拉不了多长。”

“我们还考虑过使用固定翼飞机,它在失事后跳伞比直升机容易些,但也不行,因为这样速度太快,气流会把电弧吹灭的。我们要尽可能地采取一些防范措施,比如在正式试验前让飞行员反复练习在直升机异常飞行状态下的跳伞;另外,海军航空兵目前正在引进一种直升机用的弹射救生装置,类似于战斗机上用的那种,但弹射方向是水平的,我们已经通过总装备部调拨过来几套。”

许大校摇摇头说:“这些措施起不了实质性作用,我们还是在冒险。”

林云说:“是这样,不过从目前形势看,现在全军已处于二级战备,我们在安全上也不应过分强调了。”

她这话让我很吃惊，但许大校还是默认了林云的意见，看得出他是个老好人，对林云的我行我素也没什么办法。另一方面，当前形势下，也该是军人冒险的时候了。

基地目前有两架国产武直-9直升机，在正式试验前，两名飞行员进行了一个星期的跳伞训练。由其中的一人驾驶直升机做模仿坠落的特技飞行，另一人从后舱门跳出来。他们还试用那种弹射器，那是一枚横着固定在飞行员后背上的小火箭，它启动时直升机冒出一团白烟，像被什么击中了似的，飞行员像一块小石头似的被从后舱门抛出好远才张开伞。这些看上去惊心动魄。

在一次休息时，一名飞行员问林云："少校，我们可能被什么东西击落？要是像王上尉那样，练这些怕也没用。"

"这次的闪电强度弱得多，真意外击中飞机的话，也不会造成那样大的破坏。正式试验在五千米以上高度进行，你们完全有时间跳伞。"

另一名飞行员问："我听说，我要向另一架直升机发射闪电？"

"是的，强度只有你以前放掉电池中的剩余能量时那么大。"

"这么说，你们要把这种武器用于空战了？把射程只有一百米的武器用于空战？"

"当然不是，你们两机将拉着那条电弧在空中飞行，这条电弧就像一张网，捕捉或者说激发空间中可能存在的某种结构，这种东西一旦被发现，就可能成为最具威慑力的武器。"

"少校，这越来越玄乎了，说实在的，我对你们几乎快失去信心了，但愿早些干完这事回部队去。"

两位飞行员谈到了那位被人造带电云产生的闪电击中的王松林上尉，我的心猛地抽紧了。我想象着如果自己面临着这么危险的飞行将是什么样的状态，肯定被恐惧压垮了；另一方面，如果我是林云，也无法坦然地对两位飞行员讲这件事，但现在我面前的这几张年轻的面孔是那么泰然自若，好像他们只是开车去郊游一样。

首次试验这天天气很好，在凌晨，地面几乎是静风，参加项目的所有人员都来到试验现场，人不多，所有工程师、工人和地勤人员加起来也就二十多人。离直升机起飞点不远处还停了一辆救护车，医护人员那雪白的衣服在初露的晨光中十分刺眼，总给我一种异样的感觉，而草地上放着的那两个空担架更使我有一种莫名的恐惧。但这两个担架一会儿可能抬的人此时就站在担架边，轻松自如地同刚刚认识的两个漂亮护士谈笑风生。我那种自卑感又涌了上来，那个决定了我后来人生的雷雨之夜，使我对死亡的恐惧比一般人深得多。

林云拿着两件黄色的连体工作服让飞行员穿上，“这是从市供电局借来的，是在高压线上从事带电作业的工人穿的屏蔽服，它用法拉第笼原理产生电屏蔽，对闪电也有一定防护作用的。”

一名飞行员接过屏蔽服时笑着对林云说：“别担心少校，你那道小电弧不会比毒刺导弹更可怕的。”

林云向他们交代试验步骤：“首先升至五千米，然后使两机在安全距离上尽可能靠近，达到最近距离时点燃电弧，然后两机慢慢拉开距离，一直拉到稍小于电弧射程时悬停，然后前飞，速度听地面指挥。要注意观察电弧的稳定状态随时决定是否悬停，这你们早有经验。有一点要特别注意：如果电弧中途熄灭，一定要以最快速度相互脱离，同时关闭闪电发生器,切不可试图重新点燃电弧,因为在长距离上点燃,闪电可能击中机身!千万注意这一点,不然你们的烈士可就当定了!”

按计划,两架直升机到达预定高度后,将顺风飞行,把相对气流速度减到最小,这时点燃电弧,顺风飞行一段,然后熄灭电弧,返回来重复上述过程。

试验直升机很快升到了预定高度,这时只有用望远镜才能看清它们。它们在顺风飞行,同时在相互靠近,最后在地面看去两个旋转的螺旋桨边缘几乎碰到一起。这时,两机之间出现了一道明亮的电弧,它发出的清脆的噼啪声隐隐传至地面。两机开始慢慢拉大距离,电弧也在被拉长,它开始几乎是一条直线,随着距离的增大,它的波动越来越大,当两架直升机最后到达极限位置时,电弧仿佛是一条在风中狂舞的轻纱,好像马上就要挣脱两端的束缚凌空飞去似的。这时太阳仍在地平线之下,在暗蓝色的晨空背景和成黑色剪影的两架直升机构成的画面中,那道明亮的蓝紫色的弧光看上去很不真实,仿佛是在银幕上映出的电影的胶片上外加的划痕。

这时我突然感到很冷,胃部一阵痉挛,浑身不由颤抖了一下。我放下了望远镜,肉眼在高空中只能看到一个蓝色的亮点,像是很近的一颗晨星。

当我再次举起望远镜时,看到两架直升机已达到了放电的极限距离,开始带着那条近百米长的跃动的电弧向前飞行了,它们飞行的速度不快,只有以旁边一抹被地平线下的朝阳照亮的薄云作为参照物,才能看出它的移动。随着直升机向东方飞去,机体在阳光中成了两个橘红色的亮点,而电弧的光度相对暗了些。

我略略松了一口气,却听到旁边举着望远镜的人们发出了几声惊叫,我急忙举起望远镜,刚好看到那一幕:在接收电弧的直升机旁,电弧分了叉,其主干仍连着电极,而分出的那个飘忽不定的分支则沿着机身扫到了细长的机尾上,像一只纤细的手在机尾上来回摸索着。这过程只有三四秒钟,紧接着所有的电弧都熄灭了。

这情形看上去并不可怕,似乎不会对直升机产生什么灾难性后果,但我错了。就在电弧熄灭的那一瞬间,我看到机尾的小螺旋桨处有一团火光闪现,这火光很快消失了,那位置上出现了一股白烟,紧接着直升机机体旋转起来,转速越来越快。后来知道,闪电击毁了尾部螺旋桨的控制线路,造成螺旋桨停转。而直升机的尾桨是用于平衡主螺旋桨产生的扭力矩,它一旦失去动力,直升机的机体自身就会朝主螺旋桨旋转的反方向转动。我在望远镜中看到,随着机身自转的加速,它渐渐失去升力,开始摇晃着坠落。

“跳伞!!”许大校在无线电中大喊。

但几秒钟后,似乎飞行员重新启动了尾桨,机体的转动慢了下来,坠落速度也慢了下来,直到机体重新悬停在空中,但这悬停只持续了一瞬间,机体又像上了发条的玩具似的自转起来,坠落又开始了。

“快跳伞!!”许大校再次喊道。

下落了一段后,直升机机体又停止自转,减慢下坠速度直到悬停,一瞬间后再次开始下坠……这周期反复重复着。这时直升机已经低于跳伞的安全高度,只能祈祷它到达地面时正好处于周期的悬停点附近。当它在东面的远方着地时,我看到它的下坠速度有所减慢,但比正常降落要快得多。我惊恐地看着那个方向,呆呆地等了一会儿,还好,没有烟雾从那片树丛后面升起。

当我们驱车赶到坠落点时,另一架试验直升机早就在附近降落了。坠落点在一个果园正中,那架直升机的机体倾斜,下面有几棵被压倒的果树,周围有几棵碗口粗的果树被螺旋桨的桨叶齐齐削断,直升机驾驶舱的玻璃碎了,但除此之外机体好像没有大的损伤。那位中尉飞行员靠着一棵果树,捂着一只流血的胳膊,正不耐烦地让医护人员和抬担架的人走开,见到林云后他用那只没受伤的手朝她竖起大拇指。

“少校,你的雷电武器总算打下一架飞机!”

“你为什么不跳伞?!”随后赶来的许大校气急败坏地问。

“大校,什么时候跳伞,我们陆航飞行员有自己的准则。”

在回基地的汽车上,有一个问题我终于在心里憋不住了,就问林云:“这次试验中,你是指定的地面指挥员,跳伞命令却是许大校下的。”

“飞行员有很大可能救下那架直升机。”林云的声音很平静。

“当时也只有百分之五十的可能,如果救不下呢?”

“那试验就要停相当长的时间,甚至项目被取消。”

我的胃里又有什么东西翻腾起来,“如果你指挥一次进攻,路线上有雷区,你会命令士兵们蹚过去的,是吗?”

“按照新的军事条例,女性军官不能担任前线战地指挥。”像每次一样,她轻轻地绕开了我的问题。

“军队有自己的行为准则,与老百姓可能稍有不同。”林云又说,可能是觉得刚才表现太冷酷了,有些过意不去似的。

“许大校不属于军队?”

“当然,也属于。”林云淡淡地说,能听出语气中那隐隐的轻视,对于试验基地的领导层,她都抱有这种轻视。

当天下午,这架经过紧急维修的直升机就从坠落点飞回了基地。

“在想出行之有效的措施保证安全之前,试验必须停止!”在当天晚上基地的会议上,许大校坚决地说。

“再飞两次,也许我们能找到电弧波动的规律,这样就能找到一种飞行方式避免它打到机身上。”上午受伤的飞行员挥动着一只裹着绷带的手说,从他的动作和表情,看得出那只伤手很疼,但为了表示他还能用它操纵直升机,他没有把那只手臂吊起来,还故意用它做很多动作。

“这样的事故不能再发生了,是应该有一个可靠的安全保证。”林云说。

另一位飞行员说:“我请各位把大前提搞对:我们并不是为你们这个项目冒险,而是为我们自己冒险,现在,陆军航空兵比任何时候都需要新武器!”

林云对他说:“你误解了我们停止试验的原因,我们停止试验完全是为了项目着想,如果再出现王松林上尉那样的恶性坠机事故,这个项目就完了。”

许大校说:“大家开动脑子,必须想出一个可行的安全措施来!”

一位工程师说:“能否考虑用遥控飞行器来完成试验?”

一位飞行员说:“目前能够完成空中悬停和低速飞行,并有这么大载重量的遥控飞行器,只有北航研制的一种氦气飞艇,但它的操纵精确性能不能保证放电瞄准还不清楚。”

林云说:“其实就算能行,它也只是避免了人员伤亡,对试验于事无补,它同样会被闪电击毁的。”

我突然想起了一件事,说:“我以前的硕士导师,研制过一种防雷涂料,是用在高压线上的,我也只是听别人说的,并不知道详细情况。”

“你的导师是张彬?”许大校问我。

我点点头,“您认识他?”

“我也曾是他的学生,那时他还是一个讲师,还没有调到你的母校。”许大校顿时黯然神伤,“我前几天还给他去过电话,想去看看他,总是抽不出身来,他恐怕没有多少日子了,他的病你知道吧?”

我又点点头。

许大校说:“在学术上他是一个很严谨的人,勤勤恳恳一辈子……”

“我们还是谈谈那种涂料吧!”林云迫不及待地说。

“我知道这项发明,当时我参加过鉴定会,它的防雷效果是很出色的。”许大校说。

“关键是,如果这种涂料需要接地才能起作用,那还是没有意义。”林云说,她对技术的灵性我一直很佩服,这个问题非专业人士一般想不到,大部分防雷涂料确实需要接地。

许大校摸着脑袋想了想,“这……时间长了,我也记不清楚,具体还得问发明者本人。”

林云拿起电话话筒递给我,“马上打电话问他,要是行,就让他到北京来,我们一定要尽快配制出一批这种涂料!”

“他是一个癌症病人。”我很为难地看着她。

许大校说:“先问一下吧,没有关系的。”

我把话筒从林云手中接过来,“不知道他是在家还是住院……”我边说边翻通信簿，在第一页上找到他家的电话号码，拨通电话后，话筒里传来一个很虚弱的声音："谁呀？"

我说出自己的名字后，那来自远方的声音突然变得兴奋和强健起来："啊，你好你好！你现在在哪里，在干什么？"

"张教授，我在搞一个国防项目，您身体现在怎么样了？"

"这么说，你有进展了？"他没有回答我的问题，径直问道。

"在电话里不好说，您身体怎么样？"

"一天不如一天了，赵雨来看过我，他可能告诉过你了。"

"是的，您那里的医疗条件怎么样？"在我说话的时候，林云在旁边着急地低声催促，"问呀！"我捂住话筒厉声说："走开！"当我把话筒又放到耳边时，听到张彬说："……我又收集到一些那方面的研究资料，正准备给你寄过去。"

"张教授，我想问您另一件事，是关于您研制的那种高压线防雷涂料。"

"哦，那东西在经济上没有实用价值，早被束之高阁了，你想知道什么呢？"

"它需要接地吗？"

"不，不需要，全凭它自身的屏蔽作用。"

"我们想把它用于飞机上。"

"恐怕不行吧，这种涂料产生的涂层表面很粗糙，肯定不符合飞机表面所要求的空气动力指标；另外，飞机的机身蒙皮与高压线不是同一种材料，不知道涂上去后长期会不会对蒙皮产生腐蚀作用。"

"您说的这些都无所谓，我只想知道它能不能对飞机产生防雷效果？"

“这是肯定的，只要涂层达到一定的厚度，飞机甚至可以穿过雷雨云。其实，这种涂料在这方面有过实际应用，但不是在飞机上。那年学校大气实验室有个项目，用探空气球探测雷雨云的结构，可是连着好几次，气球和吊在下面的仪器舱入云不久就被云中闪电击毁了。后来他们找到我，把仪器舱和气球上涂了一层防雷涂料，结果入云和回收几十次都没遭到雷击，那可能是这种涂料唯一的一次实际应用了。”

“这太好了！我想问问，现在还剩有那种涂料的成品吗？”

“还有，放在大气电学实验室的仓库里，应该还能用，涂一架小型飞机应该差不多够的。管理员嫌那些密封桶占地方，好几次要把它们扔了，我没让，要真有用，你就都拿去吧。我这里还有全套的资料，重新配制不会太困难的。我想问问……如果不方便的话你当然可以不回答，这同球状闪电的研究有关吗？”

“是的。”

“这么说你真的有进展了？”

“张教授，现在不只是我，有很多人在干这件事。至于进展，很可能会有的。”

“那好，我马上去你那儿，至少在涂料这事上，你们还是需要我的。”

我还没来得及说话，林云就捂住了话筒，她已从中听到了张彬的声音，显然怕我不让他来，低声对我说：“他来后可以住进301医院[1]，医疗条件总比那边好吧？再说，如果资料齐全的话，他也不会费太多神的。”

我看看许大校，他接过话筒，他们显然常联系，所以并没有太多的寒暄，大校问：“您那些涂料总共大概有多少？两吨？好的，您就在家等着，

①即中国人民解放军总医院。

我们会去接您的。”

第二天下午,我和林云到南苑机场去接张彬。我们在停机坪上等飞机,时值盛夏,但一场暴雨刚过,把多日的闷热一扫而光,空气清新而凉爽。经过多日的紧张忙碌,这时有一种难得的闲适的感觉。

“你在工作中对我越来越反感了,是吗?”林云问我。

“知道你像什么吗?”

“说说看?”

“你就像一艘在夜海上向着远方灯塔行驶的船,整个世界只有那个闪亮的灯塔对你是有意义的,其他部分都看不到。”

“真有诗意,可你不觉得这也是在描述自己吗?”

我知道她说的是对的,有时候,人最不能容忍在别人身上看到自己的影子。这时,我回忆起了大一时那个图书馆中的深夜,那个漂亮女孩问我在找什么,她目光仍清晰地印在我的脑海里,那是一种看异类的目光,我相信也一定有男孩子用那种目光看过林云……我们都是游离于时代之外的人,同时也游离于对方之外,我们永远不能相互融合。

一架小型军用运输机降落了,张彬和接他的两名基地军官一起从机尾门走出来。张彬的状态看上去比我想象中的好多了,甚至比一年前在学院分别时还好,不像是绝症在身。

当我对他说出这点时,他说:“我两天前还不是这样的,接到你的电话,我的病就好了一半。”他指指正在从机舱里卸下的四个铁桶说,“这是你们要的涂料。”

许大校说:“我们估计了一下,一桶半就够涂一架直升机,这些肯定够两架用的!”

上汽车前,张彬对我说:“许大校已经把你们的想法告诉我了,对它我现在还做不出什么评价,但有个直觉:这次你我可能真的要再次看到球状闪电了。”他仰视着雨后初晴的天空长出了一口气,“要那样就太好了。”

回到基地后,我们连夜对涂料进行了一些简单的测试,发现它对闪电有着十分好的屏蔽作用。然后,只用了两个多小时,就给两架直升机的机身涂上了这种黑色的涂料。

第二天凌晨,进行第二次飞行放电试验。起飞前,张彬对那名手上缠着绷带的飞行员说:“放心飞吧小伙子,绝对没有问题!”

一切都很顺利,两架直升机在五千米高度点燃了电弧,并带着它安全飞行了十分钟,然后在人们的一片掌声中降落。

在这次飞行中,电弧所覆盖的面积已是3141基地的一百倍,但比起将要进行的大面积扫描来,这个数字是微不足道的。

我告诉张彬,在空中进行的大面积扫描将在两天后开始。

张彬说:“到时候一定叫我来!”

看着送张彬的汽车远去,我突然感觉到一种前所未有的虚脱,面对眼前这两架螺旋桨还没停转的直升机,我对旁边的林云说:“我们已经把赌注放到大自然面前了,会不会血本无归呢?你真能相信这张网能在空中激发什么?”

林云说:“别想那么多,向前走就是了。”

球状闪电

两天后的夜晚,第一次扫描开始了。两架直升机在空中横排成一条直线,我和张彬坐在一端的一架里,林云在另一端的一架里,天气很好,夜空中星海灿烂,首都的灯光在远方地平线处若隐若现。

两架直升机开始慢慢地相互靠近,林云乘坐的那架我们刚才还只能凭航标灯辨认它的位置,随着距离的缩短,它的轮廓开始在夜空中显现出来,渐渐地,我又看清了被航标灯照亮的机号和八一徽标,最后,连林云和对方飞行员那被仪表盘上的红灯照亮的面孔都看得很清晰。

一声清脆的爆裂声之后,那架直升机突然清晰地凸现于一片刺眼的蓝光之中,我们的机舱中也充满了这种蓝色的电光。由于两机距离很近,电极又处于机身的下方,所以只能看到电弧的一小段,它那刺目的蓝光让人不敢直视。弧光中,我和林云遥遥相对地挥了挥手。

“戴上护目镜!”飞行员大声提醒我们。我扭头看看张彬,他没戴护目镜,也没看电弧,他的双眼看着被弧光照亮的舱顶,像在等待,又像在沉思。

我戴上护目镜后,立刻除了电弧之外什么都看不见了。随着直升机间的距离渐渐拉长,电弧也在变长,这时,我戴着护目镜的眼中的宇宙十分简单,只有无际的黑色虚空和这条长长的电弧。其实这个宇宙更像我们正在探索的境界:那是一个无形的电磁宇宙,在那个宇宙中,实体世界是不存在的,只有无形的场和波……我看到的画面让我失去了最后的信心,在这画面给我的直觉上,很难相信这个漆黑的宇宙中除了这道电弧还能有什么别的东西。为了摆脱这感觉,我摘下护目镜,像张彬一样把目光局限在舱内,这被电光照亮的实体世界让我感到舒服一些。

一百米长的电弧带最后形成了,并开始随着双机编队以越来越快的速度向西飞行。我猜测着在地面看到这条突然出现在夜空中的长电弧的人,看着它在群星的背景前缓缓移动,会把它当成什么呢?

飞行持续了半个小时,这期间除了飞行员们在无线电中简短的对话,我们都保持着沉默。现在,这条电弧扫过的空间,已数千倍于有史以来人工闪电扫过的空间的总和,但什么都没有发生。

这时电弧的亮度渐渐减弱,超导电池中的电能已经快耗尽了,耳机中响起了林云的声音:“各机注意,熄灭电弧,相互脱离,返回基地。”从她的声音中我听出了一种对所有人的安慰。

我生活中有一个铁打的定律:对某件事如果你预感到失败,那它肯定失败。当然还有将近一个月的时间进行这样的空中搜索,但我现在几乎已经预感到了最后的结果。

“张教授,我们可能错了。”我对张彬说,在整个飞行过程中,他一直没看舱外,只是静静地沉思着。

“不,”他说,“我现在比任何时候都肯定你们是对的。”

我轻轻叹了口气,“对以后一个月的搜索,我其实已不抱什么希望了。”

张彬看着我说:“不用一个月,按照我的直觉,它在今天晚上就应该出现。能否回基地充电后再飞一次?”

我摇摇头,“您该休息了,明天再说吧。”

张彬喃喃自语:“很奇怪,它应该出现的……”

“直觉并不可靠。”我说。

“不,三十多年了,我还第一次有这样的直觉,它是可靠的!”

这时，耳机中突然响起了一个飞行员的声音：

“发现目标！电弧1号机方向约三分之一处！”

我和张彬都浑身一震，立刻伏到舷窗上向后望去。就这样，他时隔三十年，我时隔十三年，再次见到了决定我们一生的球状闪电。

那个球状闪电呈橘红色，拖着一条不太长的尾迹，在夜空中沿一条变幻的曲线飘行着，从那飘行的轨迹看，它完全不受高空中强风的影响，似乎与我们的世界不发生任何关系。

“各机注意，与目标拉开距离！危险！”林云大喊。事后我真佩服她的冷静，我和张彬这时已完全呆住了，不可能再想任何别的事。

两架直升机相互分离飞行，随着距离的拉大，电弧很快熄灭了，没有弧光的干扰，球状闪电在夜空中显得更加清晰，周围的一片薄云被它的光映成了红色，仿佛一次微型的日出。这被人类激发的第一颗球状闪电在空中缓缓飘行了约一分钟，突然消失了。

返回基地后，我们立刻把超导电池充电，然后重新起飞，这次飞行刚进行了十五分钟，就激发了第二颗球状闪电，到五十分钟时，激发了第三颗。最后这颗色彩很奇特，呈一种怪异的紫色，它生存的时间也特别长，有六分钟之久，这使我和张彬都能细细品味梦幻变为现实的感觉。

再次在基地降落时已是午夜，我、张彬和林云站在基地这一片草地上，直升机的螺旋桨完全停转后，夏虫的声音从四面八方传来，使夜更显得宁静，灿烂的夏夜星空在苍穹中照耀着，似乎是整个宇宙专为我们三人亮起的无数盏明灯。

“我终于喝到那酒了，此生足矣！”张彬说。林云莫名其妙，我却立刻想起了他给我讲过的那个俄罗斯故事。

他接着说:“不过,这也是大气物理学退出球状闪电研究的时刻,它是基础得多的东西,不是我们这些搞应用科学的人能理解的,你们真该请超人了。”

雷 球

首次搜索成功之后,我沉浸在前所未有的狂喜之中,眼中的世界变得崭新而美丽了,似乎开始了一个新的人生。许大校和林云却在兴奋中多了一点茫然,因为对于他们的目标而言,只走完了万里长征第一步。林云说过:“你的终点就是我们的起点。”这话不太准确,但也说出了一定的实情。不过我的终点现在也还很遥远。

飞行员们谈起球状闪电时,都管它叫“雷球”,这也许是受那部同名的007电影的启发。以前国内雷电研究领域有人把它叫“球雷”,但“雷球”这个称呼还是第一次,比起以前的名字它简洁而传神,更重要的是,现在我们知道,这种东西被称为闪电是不准确的,所以这个名字很快被大家所接受。

在取得了第一次突破后,我们前进的步伐就停滞了。我们只是不停地在空中用闪电激发雷球,最多时一天可激发十多个,但对它的研究手段却少得很,只能使用各种远距离探测仪器,如各种波长的雷达、红外线探测器、声呐,频谱仪等。进行接触式探测根本不可能,连对雷球接触过的空气进行取样都不可能,因为空中风速很高,那些受影响的空气瞬间就被吹散了。结果半个月下来,我们对雷球的了解并没有进展多少。

但林云的失望在另外的方面,在基地的一次例会上,她对我说:“球状闪电好像没有你说的那么危险，我至今没看到它有什么杀伤力嘛。”

“就是，”一名直升机驾驶员说，“这些软绵绵的火球能作为武器？”

“你非要看到有人被烧成灰才满足？”我没好气地问。

“不要这么说嘛，我们的目标毕竟是制造武器。”

“对于球状闪电，你可以怀疑它的一切，唯独不必怀疑它的杀伤力！如果你们稍不注意，它很快就会满足你们的愿望！”我说。

许文诚大校支持我的意见，“现在，在工作中有一种危险的倾向：对安全越来越忽视，观测直升机与目标的距离多次小于规定的五十米，有时甚至接近到二十米！这是绝对不能允许的！我要提醒机组人员，特别是飞行员，以后再接到靠近雷球小于规定距离的指令，应该拒绝执行！”

谁也没有想到，我那不祥的预言，在当天晚上就实现了。

在白天和夜里对雷球的激发概率是相同的，但由于雷球在夜空中的视觉效果较好，所以多半的激发试验都是夜里进行。这天夜里，激发了六个雷球，对前五个成功地进行了探测，探测内容主要包括雷球的运行轨迹、辐射强度、频谱特征、消失点的磁场强度等。

在对第六个雷球进行接触探测时，事故发生了。当这个雷球被激发时，探测直升机谨慎地靠近它，并沿着它飘行的轨迹飞行，努力与它保持着五十米左右的距离，我所乘的直升机在更远处跟随着。这样的飞行大约进行了四分钟，雷球突然消失了，但这次雷球的消失与以前不同，我们听到轻微的爆炸声，由于机舱的隔音效果很好，这爆炸声在外面听起来一定震耳欲聋。

紧接着，我们看到前方的探测直升机冒出了一股白烟，同时失去控制，翻滚着下坠，很快在我们的视野中消失了。在月光中，看到下方出现了一朵白色的伞花，我们才稍微放下心来。时间不长，下面的大地上出现了一团火光，火光映红了周围的一圈地面，在深夜黑色的大地上十分醒目。我们的心立刻又抽紧了，直到接到报告，说直升机坠毁在一座荒山上，没有伤着人，我们才长出了一口气。

惊魂未定的飞行员回到基地后回忆，当雷球在他的直升机前方爆炸时，舱内什么地方迸出了电火花，接着又冒出了浓烟，然后飞机失去了控制。坠毁的直升机的黑匣子已经烧得不成样子，自然无法判断它内部的哪一部分被击毁了。

“凭什么认为事故一定与雷球有关呢？也许是直升机自身的故障，只是与雷球爆炸在时间上巧合而已。”在事故分析会上，林云这样说。

驾驶员直勾勾地看着林云，眼神是那种刚从噩梦中醒来的人所特有的，“少校，本来我是赞同你的看法的，但，你看——”他举起两只手，“这也是巧合吗？”

我们看到，除了右手的一个拇指和左手的一个中指上还残留着半片已经烧得焦黑的指甲外，其余手指上的指甲踪迹全无！他又脱下了两只飞行靴，脚指甲也全部消失了！

“雷球爆炸时，我的手指有些异样的感觉，低头一看，指甲正在发出红光，那光一闪就灭，然后十片指甲全变成了不透明的白色。我以为手被烧伤了，就举起一只手向它吹气，在吹第一口气时，指甲都化作一团白灰飞没了！”

“手指没烧伤吗？”林云抓住他的手细看。

“不管你信不信，我连一点热感都没有，再说，还穿戴着厚厚的手套和靴子呢，它们好好的！”

这次事故使项目组的人们第一次领教了球状闪电的威力，他们再没人说它“软绵绵的”了，最使大家震惊的是，雷球释放的能量能对五十米外的物体产生作用！其实在我们收集到的上万份球状闪电目击记录上，这类现象的记载是很多的。

至此，研究陷入了绝境。我们到现在为止共激发了四十八个雷球，就发生了一次特大事故，这种试验和观测是不可能再进行下去了。更重要的是大家心里都明白，就是冒险进行下去也没有意义。给我们最大震动的不是雷球的威力，而是它那几乎是超自然的诡异，直升机驾驶员那已经消失的指甲再次告诉我们，用常规手段根本不可能解开雷球的秘密。

我想起了张彬的话，“我们都是凡人，虽然我们用超过常人的努力去探寻，可我们还是凡人，只能在基础理论提供的框架中进行推演，不可能越雷池半步，否则就像步入没有空气的虚空一样，但在这个框架中，我们什么也推演不出来。”

在向总装备部领导的汇报会上，我把这话转述给他们。

“对球状闪电的研究方向必须转移到现代物理学的最前沿。”林云说。

“是的，我们该请超人了。”许大校说。

丁　仪

总装备部组织召开了一次扩充球状闪电项目组的会议，与会的主要是非军方研究机构的代表，大多为物理专业，其中有国家物理研究院的领导,还有几所著名高等学府的物理系主任。会议的主持者把从他们那里收集到的一打表格交给我们,这是他们提出的人选的资料,包括他们从事的专业和研究成果的简介。

我和许大校看完后都不满意。

“他们是国内相关学科最出色的学者了。”物理院领导说。

“这我们相信,但是需要再基础一些的。”许大校说。

“还基础?你们不是搞闪电研究吗?能基础到什么程度呢?总不至于让霍金来吧?”

“有霍金那是最好了!”林云说。

那几位互相看看,物理院领导对一名大学物理系主任说:“那就让丁仪去吧。”

“他的研究很基础吗?”

“不能再基础了。”

“学术水平呢?”

“国内最高。”

“在哪个单位?”

“他没单位。”

“我们不要民间科学家。”

“丁仪有哲学和量子物理学两个博士学位,还有一个数学的硕士学位,什么分支我忘了;一级教授,科学院院士,而且是最年轻的院士,曾是国家中子衰变研究项目的首席科学家,在去年因此项研究获诺贝尔物理学奖提名,您把这叫民间科学家?”

“那他怎么没有单位呢?”

物理院领导和物理系主任鼻子里都轻轻哼了一声，“问他自个儿去吧。”

我和林云在海淀区的一幢新住宅楼上找到了丁仪的住处，门虚掩着，按了几次门铃都没人来，就推门进去。这套三室两厅的宽大住房大部分都空着，没有什么装修，地上和窗台上白花花地散落着大量的A4大小的白纸片，有的空着，有的上面写满了公式，或画着奇怪的图形，还有很多铅笔散扔在各处。只有一个房间中有书架和一台电脑，书架上书很少，但这个房间中散落的纸最多，几乎把地板全盖住了。在房间正中央清出了一块空地，丁仪正在躺椅上呼呼大睡，他三十多岁，身材又瘦又长，穿着宽大的背心和短裤，嘴里一道涎水一直滴到地板上。躺椅旁边有一个小茶几，上面放着一把硕大的烟斗，还放着一盒拆开的石林烟，其中的几根弄破了，烟丝都装到一个玻璃瓶中，他显然是正在干这活儿时睡着的。我们叫了几声，他也没醒来，只好从纸片中清出一条路走到躺椅前推醒了他。

“啊？啊啊，你们是早晨打电话来的？”丁仪“呲溜”一声抹了把口水说，“书架上有茶，要喝自己倒……”坐起身来后他突然大发雷霆，“你们怎么乱动我的计算稿！我是按顺序放的，都弄乱了！”于是起身忙活起来，又把我们清开的纸片摊开来，把我们的退路封死了。

“您是丁教授吧？”林云问，显然对这人的第一印象很失望。

“我是丁仪。”丁仪打开两把折叠椅示意我们坐下，然后坐回躺椅上，说，“在二位说明来意前，我先和你们谈谈我刚做的一个梦……不不，一定要听听，这是一个被你们打断的好梦。梦中我就坐在这里，手里拿着一把刀，这么长，切西瓜用的。旁边也是放着这个茶几，但上面没有烟斗啊这些东西,上面放着两个圆的东西,这么大,圆的,球形的,猜猜那是什么?"

"西瓜?"

"不不不,一个是质子,一个是中子,西瓜那么大的质子和中子。我首先把质子切开,它的电荷流到茶几上,黏黏的,发出一股清香;中子让我切成两半后,里面的夸克叮叮当当地滚了出来,都有核桃大小,五颜六色的,在茶几上滚来滚去,有的还滚到了地上。我拾起一个白色的,很硬,但使劲一咬还是咬开了,是马奶提子的美味……正在这时,你们把我弄醒了。"

林云带着一丝讥笑说:"丁教授,这是一个小学生的作文呀,您应该知道,质子、中子、夸克都会呈现量子效应,看起来应该不是那个样子的。"

丁仪盯着林云看了几秒钟,"啊对对,你是有道理的,我这人倾向于将事物简单化。想想如果质子和中子真有那么大,生活对于我将是多么美妙,现实中它们那么小,一把切开它们的刀子价值上百个亿啊。所以这只是一个穷孩子做的吃一块糖的梦,不要讥笑它吧。"

"我也听说,国家没有把超大型加速器和强子对撞机列入新的科技五年规划。"我说。

"人们都说那是无意义的劳民伤财。所以呢,我们的物理学家们以后只好继续到日内瓦[1]去当乞丐了,求人家施舍点儿可怜的试验时间。"

"不过您的中子衰变研究还是很有成就的,听说差点儿获得诺贝尔奖?"

①欧洲核子研究中心总部所在地。

“别提诺贝尔奖了,如果不是它,我还不至于落到今天这地步,成了一个闲人。”

“怎么回事?”

“就是因为我的几句无伤大雅的话嘛,那是去年在……在哪儿忘了,肯定是欧洲,在一个黄金时间的电视论坛上,主持人问我作为本届诺贝尔物理奖最有力的竞争者有何感想,我说诺贝尔奖嘛,从来就没有授予卓越的思想,而只垂青匠气和运气,比如爱因斯坦是因光电效应获奖的。到了今天,它只是一个年老色衰的婊子,姿色全无,只凭艳丽的衣裳和复杂的技巧取悦嫖客,我对它没兴趣,但国家在这个项目上投入巨资,所以硬要塞给我的话,我也不拒绝。”

我和林云吃惊地对视了一眼,都笑了起来,“那您也不至于因此而辞职吧?”

“他们说我不负责任,哗众取宠,我坏了别人的好事,大家自然把我视为异类,道不同不足与谋,我就走了……好了,二位说说来意吧。”

“我们想请您参加一个国防研究项目,负责理论部分。”我说。

“研究什么?”

“球状闪电。”

“很好,如果你们是那帮人派来羞辱我的,那他们达到目的了。”

“还是听完我们的介绍再下结论吧,说不定您可以用这个羞辱他们呢。”林云说着打开了她带来的笔记本电脑,把激发球状闪电的录像调出来放,同时向丁仪简单地做了介绍。

“你是说,你们用闪电激发了空间中的某种未知结构?”丁仪盯着笔记本电脑屏幕上幽幽飘浮的球状闪电问。林云回答说正是这样,我拿出张彬送的那个隔页烧焦的笔记本让丁仪看，并告诉了丁仪这个东西的来历。他接过它，很仔细地看了好一会儿，然后小心地递还给我。

丁仪从玻璃瓶中捏出了一撮烟丝，装进大烟斗中点燃，指着那一堆散香烟说：“你们帮我弄弄这个。”转身走到一面墙前抽起来。我们只好为他把烟丝从那些香烟中剥出来放进瓶中。

“我知道有个地方专卖烟斗丝的。”我抬头对丁仪说。

他似乎根本没听见，只是站在那里吞云吐雾。他的脸离那面墙很近，几乎是贴着它，烟都吐在墙上，像是要从里面熏出什么来似的。他的目光看着远方，仿佛墙是另一个广阔世界的透明边缘，他能看到那边深邃的景色似的。

烟很快抽完了，丁仪仍保持着面壁的姿势，说：“我不是你们想象的那么自以为是的人，我将首先证明自己胜任这项研究，如果不行，你们可以去找别人。”

“这么说您答应加入了？”

丁仪转过身来，“是的，我现在就跟你们去。”

这一夜，基地中的很多人都难以入睡，他们都不时地从宿舍的窗子看看外面宽阔的闪电试验场上那一闪一灭的小火星，那是丁仪的烟斗。

到基地后，丁仪只是简单地翻了翻我们为他准备的资料，然后就开始演算，他好像从不使用电脑，只是用铅笔在白纸上算，很快，刚为他准备的办公室中就像他家里一样到处散落着白纸片。他计算了两个多小时就停止了，搬了把椅子坐到试验场边上，不停地抽着烟斗，那与夏夜萤火虫一起闪灭的小火星成了球状闪电研究的希望之光。

那一闪一灭的火星有催眠作用，我看着看着就困了，于是上床睡去。一觉醒来已是午夜两点，透过窗子看去，见那颗小火星仍在试验场上闪动，不同的是它与萤火虫一样移动起来，丁仪在来回踱步。我看了一会儿就又睡了，醒来天已大亮，再看试验场上已是空荡荡的了，丁仪回去睡觉了。他快十点才醒来，向我们宣布自己思考的结果："球状闪电，是可见的。"

我们相视苦笑，"丁教授，您这不是……废话吗？"

"我是说未被激发的球状闪电，就是你们所说的那种在空间中已经存在的结构，是可见的，它使光线发生弯曲。"

"怎么看呢？"

"根据我计算的光线的曲率，用肉眼看就行了。"

我们大眼瞪小眼互相看看，"那……它是什么样子的？"

"透明的球体，因弯曲光线而显示出圆形的边界。看上去像肥皂泡，但表面没有肥皂泡的衍射彩纹，所以整体不像肥皂泡那么明显，但肯定能看到的。"

"可，谁也没见过啊？"

"那是因为没人注意到。"

"怎么可能呢？您想想，在整个人类历史上，空气中都飘浮着一个个那样的泡泡，居然没人看到过?!"

"白天能看到月亮吗？"丁仪突然问。

"当然不能。"有人随口答道。

丁仪推开窗子，外面晴空万里，就在这湛蓝的天空上，一轮弯月清晰可见，它呈雪白色，在蓝天的背景上十分美丽，而现在看去，它那球形的立体感更明显了。

“这以前还真没注意!”那人惊叹道。

“有人做过调查,百分之九十的人都没有注意到,但在整个人类历史上,它常常在白天出来。那么,你真指望人们能发现平均几立方公里甚至几十立方公里才有 ·个的、隐隐约约的小泡泡?”

“这还真是令人难以置信。”

“那就让实践证明吧,你们再激发几个雷球看看。”

空 泡

当天下午,已经停飞多日的两架直升机再次起飞,在三千米空中启动电弧,激发了三个球状闪电。两架飞机上,有包括我和林云在内的七个人,大家都用望远镜跟踪着每个雷球,直到它们消失,但没有看到任何东西。

“你们的视力不够好。”丁仪得知结果后说。

“我和刘上尉也什么都没看到。”直升机飞行员郑中尉说。

“那你们的视力也不够好。”

“什么?我们的视力不好?我们是3.0的视力,很难找出比我们的眼睛更好的人了!”另一架直升机的飞行员刘上尉说。

“那就再激发几个仔细看看吧。”丁仪不以为然地说。

“丁教授,激发雷球是一件很危险的事,我们可要慎重。”许大校说。

“我看就照丁教授说的再试一次吧,有时候险也是不得不冒的。”林云说。

在丁仪来到基地这不到两天的时间里，林云对他的态度发生了明显的转变，由见面时的怀疑转变为尊敬，我注意到这种尊敬她是从未对其他任何人表示过的。会后，我向她提出这个问题，她说：

“丁仪是个很有思想的人，他是从我们达不到的高度思考球状闪电的。”

“到现在为止，我可没看到他有多了不起的思想。”

“我不是看到的，是感觉到的。”

“可他那玄而又玄的想法，能解决什么问题呢？还有他那近乎病态的固执，我实在看不惯。”

“球状闪电本来就是玄而又玄的东西。”

于是第二天上午又进行了三个小时的激发飞行，激发了两个雷球，结果同昨天一样，它们消失之后什么都没有看到。

“我还是觉得你们的视力都不够好，能不能请一些更高级的飞行员来，就是开有翅膀的飞机的那种飞行员。”丁仪说。

他的话把直升机飞行员激怒了，郑上尉气恼地说：“那叫歼击机飞行员，我告诉你，空军和陆军航空兵各有各的优势，不存在谁高级谁低级的问题！至少在视力上，对我们和他们的要求是一样的！”

“呵呵，我对军事不感兴趣。既然如此，那一定是因为距目标太远，在这个距离上谁都不可能看到雷球了。”

“我可以肯定，再近也看不到！”

“这是有可能的，它毕竟是一个透明的空泡，对于这样一个目标，空中的观察条件太不好了，我们现在能做的，只能是将它拿回来放到桌面上看。”

我们又大眼瞪小眼地互相看看，在丁仪面前，这是大家常有的表情。

“是的，我有个方案，可以捕捉到未被激发的球状闪电，并将它存贮起来。”

“怎么可能呢？我们甚至都看不到它！”

“听我说，在你们飞行的时候，我一直在看这个东西的资料。”丁仪指指旁边放着的两节超导电池。

“这和球状闪电有什么关系？”

“它能把未激发的球状闪电存贮于其中。”

“怎么做呢？”

“很简单，用从电池正极接出的一根超导线接触空泡，它就会被导入到超导电池中，同其中的电流一样被存贮起来，在电池的负极用同样的方法可以将它从中导出。”

“天方夜谭！”我喊道，丁仪的故弄玄虚已到了令人难以忍受的地步，现在真后悔将他请来。

“这并不容易做到，”林云还是一脸认真，“我们看不到空泡，怎么接触它呢？”

“少校，你是个聪明人，仔细想想？”丁仪说，一脸坏笑。

“是不是这样：我们能看到激发状态的球状闪电，如果在它消失后的瞬间就将导线伸到那个位置，就接触到空泡了。”

“那可得快点儿，不然空泡就飘走了。”丁仪点点头，脸上仍保留着刚才的坏笑。

我们想了半天才明白林云的意思。

“那不是要命吗？”有人喊。

“少校，别听他胡说。”刘上尉指指丁仪对林云说。

“上尉，丁教授是世界著名物理学家，国家科学院院士，对他要有应有的尊敬。”许大校厉声喝道。

“呵呵，没关系没关系，习惯了习惯了。”丁仪挥挥手说。

“对了，我有个主意！陈博士，我马上带你去一个地方！”林云拉起我就走。

林云说要去看一个叫“探杆防御系统”的东西，并说这个名称古怪的系统能解决我们的问题。车向张家口方向开了四五个小时，来到一个尘土飞扬的山谷间的开阔地，履带的痕迹纵横交错，林云告诉我们，这里是2005式主战坦克的测试基地。

一名穿着坦克兵作训服的少校跑过来，对林云说她要联系的“探杆防御系统”研制组的负责人一时还抽不出身，请我们稍等一会儿。

“二位请喝水！”

他手里没有端着水，水是一辆坦克端来的，两杯水就放在坦克炮口上的一个小托盘中，当这庞然大物向我们慢慢驶来时，不管车身如何起伏，它的炮管始终保持水平，似乎前方有强力的磁力把它吸住了，托盘上的两杯水竟一点儿都没洒出来！看着我们吃惊的样子，旁边的几名装甲兵军官开心地笑了。

2005式坦克同我过去见过的坦克有很大区别，外形扁平，棱角分明，几乎看不到曲线部分，炮塔和车身是两个叠在一起的扁平梯形，给人一种坚不可摧的感觉。

远处有一辆坦克在行进中射击，炮弹爆炸的一声声巨响震得耳鼓发痛,我很想捂住耳朵,但看到旁边林云和几个军官谈笑风生,好像这巨响根本不存在似的,我也不好意思那么做。

半小时后,我们见到了那个“探杆防御系统”的项目负责人,他首先带我们去看系统的演示。我们来到一门小型多管火箭炮面前,两名士兵正把一枚火箭弹填进最上面的弹槽中。

项目负责人说:“用反坦克导弹演示成本太高了,所以用这个代替,预先试射好的,肯定能击中。”他指指远方的一辆2005型坦克,那是这枚火箭弹射击的目标。

一名士兵按动发射钮,火箭弹呼啸而出,在我们身后激起一大团烟尘。它在空中拖着白色尾烟划出一条很平的弧线,准确地射向目标。但就在火箭弹飞到坦克上方十米左右时,好像突然碰到了什么东西,方向骤然改变,一头扎进距坦克十几米处的泥土里,由于没装弹头,只激起了一股小小的尘土。

我的惊奇是溢于言表的,“那辆坦克周围有一圈防护力场?”

周围的人都大笑起来,项目负责人笑着对我说:“哪有那么玄乎?你说的事儿只在科幻电影中有。要说这系统的原理,真是土得不能再土了。”

我不明白他说的“土”是什么意思,林云解释说:“这原理可以追溯到冷兵器时代,骑士们挥动长矛,碰对了就能挡开敌人射来的箭。”

看我还不明白,项目负责人说:“距离太远,过程又太快,你当然看不清楚。”他把我领到旁边的一个显示器前说,“看看高速摄影吧。”

在画面上我看到,当火箭弹击中坦克前的一刹那,从坦克的顶部闪电般地伸出一根细长的杆子,像一根长长的钓竿,准确地点到火箭弹的头部,把它捅得偏离了弹道。

项目负责人说:“实战中有时候能像这样把来袭物捅开,有时候则使它提前爆炸,对于低速的反坦克导弹和机载炸弹,这是一个效率很出色的防御系统。”

“你们竟能想出这种办法!”我由衷地惊叹道。

“喂,这主意可不是我们想出来的!探杆系统的概念最早是上世纪80年代末由北约的武器专家提出的,后来法国人在最新一代的勒克莱尔坦克上首先试验成功,我们只是步人家的后尘罢了。”

林云说:“虽然这个系统的原理很简单,但其目标探测和定位系统是最先进的,它不但要在极短的时间内使探杆点中目标,还要选择最佳的角度,这几乎是一个微型的TMD。”

现在,林云的用意我已经很明白了,这东西几乎是为我们定做的!

项目负责人说:“昨天林少校已经把你们的意向详细向我说明了,上级也指示我们密切配合。说实话,要在以前,我对你们现在研究的那东西会不以为然,但现在不会了。我第一次听到探杆系统的概念时,唯一的感觉就是可笑,绝没想到它会有今天的成功。在今后的战场上,也只有偏执狂才能生存。”

林云说:“现在最大的问题就是探杆的长度,还能再长些吗?直升机距离雷球太近很危险的。”

“目前探杆的极限长度是十米,再长强度就不够了。不过从你们的用途来说,对接触强度没有要求,反应速度的要求也比我们的低一到两个数量级,我粗略算了一下,探杆最长可以到二十五米。但有一点:它可以拉一根你说的细超导线,但除此之外它的头部可什么都不能装。”

林云点点头,“这基本上就可以了。”

在回去的路上,我问林云:“你真的打算这么干?在丁仪身上押的赌注是不是太大了些?”

林云点点头,“我们必须试一次。我感觉丁仪真的是能够在球状闪电研究中取得突破的人。我们以前常说,用传统的思维方式无法解开这个自然之谜,现在非传统的思维出现了,你们却无法接受它。”

“现在的问题是:你怎样说服许大校和飞行员们?”

第二天在紧急召开的会议上,林云谈了自己的计划。

“用一根长杆去捅雷球?少校,你疯了吗?”飞行员郑中尉大声说。

“我再次说明,长杆不是去接触处于激发状态的雷球,而是在它熄灭后的瞬间去接触那个位置可能存在的空泡。”

“丁教授说过,长杆所带的超导线必须在雷球熄灭后的零点五秒之内到达那个位置,否则那个什么空泡就会飘开,能有那么准确吗?如果早零点五秒呢?”

“探杆防御系统的反应时间比我们要求的快两个数量级,只不过原系统的探杆是在目标在特定位置出现时动作,而我们经过改进的系统的探杆是在目标消失时动作,而经过前一段时间的观测,无论是从电磁辐射方面还是从可见光方面,我们对雷球熄灭是有准确的判定参数的。”

“就算你说的这些都能达到,直升机也需要接近雷球至二十五米,这比上次出事故的距离又缩短了一倍,其危险是谁都应该清楚的。”

“我清楚,上尉,但这个险必须冒。”

“我不同意这个计划。”许大校说,语气很坚决。

“上校，就是您同意了，我们也不会飞这个任务的。”另一名飞行员刘上尉说，“我们这两个机组只是借调到研究基地的，我们最终的指挥权在集团军，我们有权拒绝任何危及机组安全的命令。上次事故后，我们的师领导特别强调了这一点。”

林云显得很冷静，“刘上尉，如果你们接到集团军的命令，要求飞这次任务，会执行吗？”

“那就是另一回事了，我们当然会执行的。”

“我能得到进一步的保证吗？”林云目不转睛地看着刘上尉，她的眼神让我恐惧。

“我以这个直升机编队负责军官的名义保证。但是，少校，集团军不可能下这种命令的。”

林云没有说话，拿起电话拨了个号码，“您好，找曾师长……我是B436项目研究基地，啊对，是我，对，谢谢您！”她把电话递给刘上尉，“上尉，三十八军陆航二师师长的电话。”

刘上尉接过了电话，“是我……是，师长……我明白，是，一定！”他放下电话，没有看林云，而是转向许大校，“报告首长，我们已接到命令，确保完成此次任务，时间和航次由基地确定。”

“不，立刻告诉你们的上级，在没有找到可靠的安全措施之前，基地将停止一切观测飞行。”许大校斩钉截铁地说。

上尉手拿话筒犹豫着，他将目光转向林云，其他人的目光也都集中在她身上。

林云咬着下嘴唇沉默了两三秒钟，伸手从上尉手中拿过了话筒，另一只手按断了电话，重新拨了一个号码，“您好，是六号首长吗？您好，这里是B436项目基地,是,我是,我们想知道昨晚我汇报的事情,上级是否已有决定……好的。"说着她将话筒递给许大校,"总装备部六号首长。"

许大校拿着话筒神色严峻地听着,最后只说了三个字:"是,首长。"就放下了话筒。然后,他转向所有人,郑重地宣布:"上级命令我们,按照林云少校的方案进行捕捉未激发状态球状闪电的试验,同时指示基地暂停其他工作,把力量集中到这个试验上来,希望大家在各自的岗位上恪尽职守。会后请项目组的技术负责人留下来。"

从坦克试验基地回来时,林云自己单独去了一趟市里,整整待了一晚上才返回基地,现在我知道她去干什么了。

之后谁也没有说话,人们在沉默中慢慢散去,这沉默的锋芒显然都是指向林云的。

"中尉,"林云轻声叫住了正在离去的飞行员,"请理解,如果在战时,这只是一次普通的出击罢了。"

"你以为我们怕死吗?"郑中尉指指自己的胸膛说,"我们只是不想无价值地去死,就为一个肯定一无所获的试验,一个按照莫名其妙的理论由莫名其妙的人设计的莫名其妙的试验。"

刘上尉说:"我想,就是丁教授,也不会坚信这样真的能捉住雷球。"

丁仪一直没有说话,对刚才发生的一切他也无动于衷,他点点头说:"如果一切都精确地按林少校的方案去做,我就能确信。"

两个飞行员走了,会议室只剩下许大校、林云、丁仪和我。长时间的沉默后,许大校严肃地说:"林云,你这次太过分了。你把自己进入基地后的行为前前后后仔细想一想:在工作上,你一贯我行我素、独断专行,为了实现自己的想法不择手段,习惯于超出自己的职责范围去干涉一切,常常绕过基地领导自行其是。这次,更是通过特权和非正常渠道,越过好几级机构,直接向最高领导层传达你的主观臆想,传达不真实的信息,你这样下去是很危险的！不错,基地的其他同志以前都容忍了你,但这都是为了工作,军队也不是处在真空中,我们清楚你的背景对这个项目的分量,也珍惜你这个下情上传的渠道。但你把这种容忍和同志们的信任当成了纵容,越来越不像话了……这个试验完成后,我将向上级写一份客观的报告,说明你的行为,同时,如果你有自知之明,就请自己离开基地和这个项目,大家已经很难与你共事了。”

林云低着头,两手放在双膝之间,刚才的冷静与果断荡然无存,像一个做错了事的小女孩儿,她低声说:“如果试验失败,我会承担更大责任的。”

“试验成功,你的做法就对吗?”上校说。

“我觉得没什么不对的。”丁仪说,“非常规的研究就需要采用非常规的推动方式,否则在这个僵化的社会里,科学将寸步难行。唉,如果我当时脑子活一些,超级加速器项目也不会被取消。”

林云抬头感激地看了他一眼。

丁仪站起身来回踱起步来,脸上又露出了那惯有的坏笑,“至于我,我是不会承担什么责任的,我们理论物理学家的任务就是提出假设,如果得不到实验验证,我们的责任无非是再提出一个。”

“可是,验证您的假设是要冒生命危险的。”我说。

“与要得到的东西相比,这是值得的。”

“您到时候又不在那两架直升机上,这么说当然容易。”

“什么?”丁仪突然暴跳如雷,“你的意思是让我也上直升机,以显示某种气概？没门儿！我这条命已经有主了，那就是物理学！告诉你，我不上直升机！”

“没人让您上，丁教授。”许大校摇摇头说。

散会后，我走到没有人的地方，拿出手机拨通了那个号码，只响了一声铃，就听到了林将军沉稳的声音，“陈博士吗？”

他能猜出是我令我十分吃惊，这至少说明高层也在关注我们的研究。我将会议的情况向将军说了，他立刻回答：

“你说的情况我们都已经清楚，但这是非常时期，急需这个项目的成果，所以，一些险是必须冒的。当然，林云这种做法不好，甚至可以说是非常恶劣的，但她就这性子，有时候也没办法，我们以前在这方面也考虑不周，明天将向基地派出一个总部的特派员，负责研究一线与上级的沟通。不过陈博士，还是谢谢你的信息。”

“将军，我主要想说的是，丁教授的理论也太玄、太令人难以置信了。”

“博士，现代物理学的哪个理论不玄，哪个又能令人轻易置信呢？”

“可……”

“林云拿来的丁教授的理论设想和计算过程，我们已经让更多的学者和专家看过了，对她设想的试验也经过了慎重考虑。另外，你可能不知道，丁仪并非第一次参加国防项目，我们对他的能力是有信心的，不管他的理论多么玄，这个险值得冒。”

在以后的两个星期里，我才真正体会到军人与平民的差异。像这样一个以常识来看十分荒唐的试验,项目组的大多数成员都持坚决反对的态度,同以林云为代表的少数人形成尖锐对立,如果是放到地方上的研究机构中,是不可能顺利进行下去的,每个反对者都会以让人抓不住把柄的方式消极怠工或暗地里拆台。但在这里不同,每个人都真正地尽心尽力,林云发出的命令被坚决执行,很多执行者的军衔都比她高。当然,也不否认这里面她的个人魅力在起作用,项目组里有几个高学历的年轻军官,不管对错总是死心塌地跟着她跑。

一同参加试验的还有刚调来的“探杆防御系统”的几名工程师,他们改进了系统的硬件部分,将探杆增长了一倍半,并将系统安装到直升机上。同时,系统的控制软件也进行了修改,除了软件的目标识别部分外,还对其触发判定部分进行了反向设置,使探杆在目标熄灭的瞬间弹出。

正式试验这天,基地的所有人都来到起飞场地,使我想起了一个多月前第一次空中放电试验时的情景。与那次一样,这也是一个晴朗无风的清晨。这时,真正轻松的似乎只有那两个将经受生命危险的飞行员,他们像第一次一样在救护车旁与护士们自如地谈笑着。

林云穿着一身作训服,像每次起飞前一样,走向装有探杆系统的那架直升机,但刘上尉拦住了她。

“少校,探杆系统是自动运行的,上面有一个飞行员就行了。”

林云无言地推开上尉的手臂,登上了后排座舱。上尉盯着林云看了几秒钟,也爬进座舱,默默地帮助林云系好伞包,他手指上被雷球烧掉的指甲还未长出来。

丁仪又在一边嚷嚷起来,生怕别人将他拽上直升机,再次声称他的命是属于物理学的，全然不在乎旁人鄙视的目光，还说他又进行了更深入的计算，更加确定了自己理论的正确，雷球肯定能被捉回来！现在，这人在我们眼中的形象，也只有江湖骗子能对上号了。目前除了他和林云，没有人对试验结果抱任何希望，只是祈祷直升机上的人能逃过这一劫而已。

两架直升机轰鸣着起飞了，当电弧在空中噼啪作响地出现时，地面上每个人的心都抽紧了。按计划，当雷球被激发后，电弧立即熄灭，装有探杆系统的那架直升机将靠近目标至二十五米左右的距离，当雷球熄灭时，探杆将自动弹出，牵引着一根直径不到半厘米的超导线接触那被丁仪认为存在空泡的位置，那根导线连接着放置在机舱内的已放空的超导电池。

直升机编队渐渐飞远，电弧变成了清晨蓝天上的一颗银亮的星星。下面发生的事情是我们以后才听说的。

起飞后二十四分钟左右，一个球状闪电被激发了。电弧熄灭后，装备探杆的直升机向空中飘浮的雷球靠过去，将距离缩短至二十五米左右，并将探杆对准它。这是第一次激发雷球以来直升机距雷球最近的距离。这种跟踪飞行是十分困难的，雷球不受气流影响，谁也不知道是什么决定着它的飘行轨迹，这种轨迹变幻不定，毫无规律。最危险的是，它可能突然接近直升机。事后我们从录像中发现，雷球距直升机最近时只有十六米！这是一只发出橘黄色光芒的普通雷球，在白天看上去不太显眼。它在被激发后一分钟三十五秒时消失了，这时它与直升机的距离为二十二点五米，直升机里的刘上尉和林云清楚地听到了外面雷球爆炸的声音。与此同时,探杆系统动作,二十多米长的探杆闪电般弹出,将拉出的超导线的一端准确地点在雷球消失的位置,录像显示,从雷球消失到超导线到位,只间距零点四秒。

紧接着,林云身边发出了一声巨响,机上的什么东西爆炸了,机舱内立刻弥漫着灼热的蒸汽。但直升机仍然保持着正常的飞行姿态,直至返回基地降落。

直升机降落在欢呼的人群中,正如许大校所说,这次试验,安全返航就是胜利。

经过检查,发现爆炸的是地勤人员遗忘在后座下面的一瓶矿泉水,那颗雷球的能量释放在水中,使水瞬间变成过热蒸汽了。幸运的是矿泉水放在座位下面,爆炸时塑料瓶是以一个整体破裂的,没有碎片,只有林云的右小腿被穿透作训服的蒸汽轻微烫伤了。

“我们真是幸运,直升机的冷却系统用的是冷却油,如果像汽车那样用水箱的话,它就变成一颗炸弹了。”刘上尉心有余悸地说。

“你们还忽略了一个更大的幸运,”丁仪凑过来神秘地笑着说,仿佛这一切与他无关似的,“你们忘了,除了那瓶矿泉水,直升机上还有水。”

“在哪儿?”林云问,但立刻恍然大悟,“天啊,在我们身体里!”

“对了,还有你们的血液。”

所有人都倒吸了一口冷气,真无法想象他们两人体内的血液瞬间变成过热蒸汽的情形。现在,所有人才真正意识到他们刚才经历的危险有多么可怕。

“这说明,球状闪电在选择释放能量的目标时,目标的边界条件很重要。”丁仪若有所思地说。

有人说:“丁教授,您现在要考虑的应该是那个已经释放能量的雷球,您把它叫什么？空泡吧,它应该就在那个超导电池中了。”

丁仪点点头,“整个捕捉过程进行得很精确,它应该在那里了。”

人们又兴奋起来,开始从直升机上卸下那节超导电池。这种兴奋里有很多讥讽的成分,大多数人都已预测到结果是什么,大家把这当成一出庆祝直升机安全归来的消遣喜剧了。

“教授,什么时候能将空泡导出来让大家看看呢?”当沉重的电池卸下后,有人又问,大多数人都预测丁仪会将这个电池深藏到实验室中,让尽可能少的人看到他的失败,但他的回答出乎预料:

“马上。”

人群中响起一阵欢呼声,我感觉到他们真像一个人被砍头时的一群兴奋的围观者。

许大校登上一节直升机的舷梯,大声说:“大家注意,空泡从电池中导出是一件很慎重的事,要有一个充分准备的过程,现在将电池运回实验室,我们会及时通知大家结果的。”

“大校,大家经过了这么多天艰苦的努力,特别是刘上尉和林少校还冒了生命危险,我想他们是有权立刻获得成果的!”丁仪说,他的话又赢来了一片欢呼声。

“丁教授,这是一个重大的试验项目,不能当儿戏,我命令将电池立刻运回实验室。”许大校坚决地说。我感到大校真是个好人,这种时候也在努力维护丁仪的尊严。

“大校,不要忘了,试验的空泡导出部分应该是由我全权负责的,我有权决定这个试验步骤怎么做和什么时候做!”丁仪对许大校说。

“教授,劝您冷静些。”上校在丁仪旁边低声说。

“林少校的意思呢?”丁仪问一直没有说话的林云。

林云一甩头发,毅然地说:“就现在吧,不管是什么,我们应该早些面对它。”

“很对,”丁仪挥了一下手,“下面请超导所的工程师到前面来!”

负责操作超导电池的三名工程师挤到前面,丁仪对他们说:“导出的操作过程我们昨天已经讨论过,我想你们都清楚,约束磁场装置带来了吗?”得到肯定的回答后,他说,“那我们开始吧。”

圆柱形的超导电池被放置在一个工作台上,一名工程师将一根超导线连接到电池的负极上,导线末端有一个开关。丁仪指着它说:“我只要按下这个开关,导线就与电池联通,电池中的空泡就将导出。”

两名工程师在那根导线的另一头安装了一个装置,它由几个有一定间距的线圈组成,丁仪接着对众人介绍说:“空泡导出后,没有任何容器可以盛装它,它可以穿过一切物体,自行飘走。但根据理论预测,空泡将带有一定量的负电荷,所以能够被磁场约束住。这个装置将产生一个约束磁场,这个磁场能将空泡固定在这里,供大家参观。好了,现在启动约束磁场。”

一名工程师扳动了一个开关,磁场发生装置上的一个小红灯亮了。

“为了让大家更清楚地看到空泡,我带来了这个。”丁仪从身后的地上拿起了一个正方形的东西,人们惊奇地看到那是一个围棋棋盘。

“下面,就让我们迎来这个历史性的时刻吧。”丁仪走到超导电池旁,把手指放到那个红色的开关上,在众人的注视下,他按下了开关。

什么都没有发生。

丁仪脸上仍如刚才那样死水般平静，他指着磁场发生装置的位置，庄严地宣布："这就是处于未激发状态的球状闪电。"

那里什么也没有。

一阵死寂，只能听到磁场发生装置发出的轻微的嗡嗡声。我这时感觉到时间黏滞得像胶水，只希望它快些流走。

突然，我们身后响起了噗的一声，把大家吓了一跳，回头看去，看到笑得直不起腰的刘上尉，他刚刚喝进一口矿泉水，笑的时候忍不住将水吐了出来。

"哈哈哈……你们看丁教授，他……像不像皇帝的新衣里面的那个裁缝？"

大家都觉得他的比喻很妙，一起大笑起来，笑这位物理学家的厚颜无耻和幽默感。

"大家静静，听我说！"许大校挥手平息了笑声，"对这个试验我们应该有个正确的认识和心态，我们早就知道它会失败，并已经达成共识：试验人员的安全归来就是胜利！现在，这个结果应该是很圆满的！"

"可总得有人为这个结果负责啊！"有人大声说，"上百万元的投入，以一架直升机和两个人的生命为赌注，就换来了这么一场滑稽表演？"他的话立刻引起了众人的共鸣。

这时，丁仪将那个围棋棋盘举起来，悬在磁场发生装置上方，他的这个动作吸引了众人的注意力，吵闹声很快平息下来，待完全平静后，丁仪将棋盘缓缓降下去，直到它的底边与装置相接触。人们凑近了去看棋盘，震惊使他们变成了一群一动不动的雕塑。

棋盘上的一部分正方形小格发生了变形，变形的区域清晰地勾勒出一个圆形,如同放在棋盘前的一个透明度极高的水晶球。

丁仪撤走了棋盘,人们弯下身体放平了视线,现在不借助那个工具也能看到空泡了,它那球形淡淡的边缘在空气中隐约可见,看上去像一个没有彩纹的肥皂泡。

在这群凝固了的人们中,最先有动作的是刘上尉,他伸出一根没有指甲的手指战战兢兢地去点空泡,但最终还是收回了手指,没敢接触它。

“没关系的,你就是将脑袋伸进去都没有关系。”丁仪说。

上尉真的将脑袋伸进了空泡里,这是人类第一次从球状闪电内部看外面的世界,上尉没发现什么异样,他看到人们再次欢呼起来,这一次他们的狂喜是发自内心的。

宏电子

基地距康西草原很近,为了庆祝试验成功,我们去那里吃烤全羊。餐桌就放在露天,在那个不大的草原边缘。

许大校致辞说:“在古代,肯定有一天有一个人恍然大悟,明白自己生活在空气中;后来,人们又知道他们被引力束缚着,知道周围荡漾着电磁波的海洋,知道宇宙射线在随时穿过我们的身体……现在我们又知道了空泡,它们时刻飘行在我们周围这看似空无一物的空间里。现在,让我代表所有的人,对丁教授和林少校表示应有的钦佩。”

大家再次鼓掌欢呼。

丁仪走到林云面前,对她举起了酒碗,“少校,我以前对军人是有成见的,认为你们是机械思维的象征,但你让我改变了这个看法。”

林云无言地看着丁仪，我从来没有看见她用那种眼光看过任何人，我甚至相信，包括江星辰。

我这才发现，在周围这些穿军装的人中，丁仪显得鹤立鸡群，在草原上吹来的热乎乎的夏风中，他似乎是由三面旗帜组成的，一面是他的飘动的长头发，另外两面分别是他那过分宽大的背心和短裤，被风吹得鼓动不已，他麻秆似的瘦长身条就如同一根串起三面旗帜的旗杆。晚霞中，他旁边的林云显得楚楚动人。

许大校说："现在大家最迫切的愿望，就是请丁教授告诉我们，球状闪电到底是什么。"

丁仪点点头，"我知道，有很多人为解决这个自然之谜进行了艰苦的努力，其中包括陈博士和林少校这样的人。他们用尽毕生精力，把那些电磁和流体方程式缠扭到令人头晕目眩的程度，使它们接近断裂的极限；再打上一个摞一个的补丁，以补上到处出现的漏洞；架上一根又一根额外的支杆，以撑住那摇摇欲坠的大厦；最后出现的是一个庞大复杂、奇丑无比的东西……陈博士，知道你们失败在什么地方吗？你们不是想得不够复杂，而是想得不够简单。"

这话我在林云的父亲那里也听到过，两个不同领域的超人在这个高度上不谋而合。

"还能怎么简单呢？"我迷惑不解地问。

丁仪没有回答我的问话，"下面我就告诉大家球状闪电是什么。"

这一时刻，天空中刚刚出现的几颗稀星仿佛停止了闪动，对于我，则犹如聆听上帝的最后审判。

"它不过是一个电子。"

我们面面相觑，然后各自进行了一会儿艰难的思索，最后，又都将目光无助地集中到丁仪身上。由于答案太离奇，使我们连进一步提问的能力都没有了。

“一个足球那么大的电子。”丁仪补充说。

“电子……怎么会是那样的呢?”有人傻傻地问。

“那么你们认为电子应该是什么样的呢？一个不透明的致密小球?是的，这是大多数人头脑中电子、质子和中子的形象。在这里，我首先要告诉大家现代物理学所描述的宇宙图像：宇宙是几何的而不是物理的。”

“您不能说得稍微形象一些吗?”

“换句话说，宇宙中除了空间之外什么都没有。”

大家又静下来各自进行着力所不能及的思考，刘上尉首先发话，他晃晃手中的半根羊骨头说：“怎么会什么都没有呢？怎么会都是空间呢？比如说这烤全羊就是实实在在的，难道说我刚才吃下去的都是空间?”

“是的，您吃下去的都是空间，您自己也是空间，因为羊肉和您是由质子中子和电子组成的，而这些粒子，都是在微观尺度上弯曲的空间。”他挪开一些盘子，在桌布上比画着，“假如空间是这块布，原子粒子就是布上微小的皱褶。”

“您这么说我有些明白了。”刘上尉若有所思地说。

“不过，这与我们传统的宇宙图像真有很大差别。”林云说。

“但这是最接近真实的图像。”丁仪说。

“这就是说，电子像一个空泡?”

“一个自封闭的弯曲空间。”丁仪郑重地点点头。

“可是,电子……怎么可能这么大?”

“在宇宙大爆炸后极短的时间内,整个空间都是平滑的,后来,随着能量级别的降低,空间出现了皱褶,这就诞生了各种基本粒子。一直让我们迷惑的是,这些皱褶为什么都是微观尺度?难道没有宏观尺度的皱褶吗?或者说没有宏观尺度的基本粒子吗?现在我们知道,有的。”

我这时的第一个感觉是可以呼吸了,我的思想已被窒息了十几年,这期间,我像是潜行在浑浊的水中,到处是一片迷蒙。现在突然浮出了水面,呼吸到了第一口空气,看到了广阔的天空,盲人复明亦不过是这个感觉。

“我们之所以能看到空泡,是因为这一处弯曲的空间使经过它的光线弯曲,这形成了它可见的边缘。”丁仪继续解释道。

“那你为什么认为它是电子,而不是质子或中子呢?”许大校问。

“问得好,其实答案也很简单:空泡被闪电激发成球状闪电再恢复成空泡的过程,实际就是电子由低能级被激发成高能级,再跌回低能级的过程。在三种粒子中,只有电子能够被这样激发。”

“也正因为它是电子,才能够沿着超导线传输,并在超导电池中像循环电流一样永不停息地运行。”林云恍然大悟地说。

“可很奇怪的,它的直径与那节电池差不多。”

“对于宏电子来说,波粒二象性中波的形态占很大比重,所以它的大小的意义与我们常识中的完全不同。它还有很多令人难以置信的特性,我们以后会慢慢看到的,我相信这会改变大家对世界的看法。不过现在,我们要先给这些大电子取一个名字,它们是宏观尺度的电子,就叫宏电子吧。”

“那么，像刚才说的，是否存在宏质子和宏中子呢？”

“应该存在，不过由于它们不能被激发，我们很难发现它们。”

“丁教授，你的梦实现了。”林云说，除了丁仪和我，别的人还不太明白她这话的意思。

“是啊是啊，真有西瓜这么大的基本粒子摆上物理学家的桌面了，下一步我们肯定要研究它们的内部结构，那也是由弯曲的空间构成的结构，虽然也很难，但我相信比研究微观粒子的结构不知要容易多少倍。”

“那也存在宏原子了？三种宏粒子应该是能够组成原子的啊！”

“是的，应该有宏原子。”

“我们所捕获到的那个空泡，哦，那个宏电子，是自由电子呢，还是一个宏原子中的电子？如果是后者，那这个宏原子的原子核在哪里呢？”

“呵呵，您问住我了。不过，原子中的空间很大，如果一个原子有一个剧场大厅那么大，原子核只是大厅中央的一个核桃大小，所以，如果这个宏电子真的属于一个宏原子，那它的原子核距离我们是相当远的。”

“天啊，还有一个大问题：如果存在宏原子，那一定有宏物质，也有宏世界了？”

“我们已经在进行宏伟的哲学思考了。”丁仪向提问者微笑着说。

“您说到底有没有宏世界啊？”有人追问。这时，我们就像一群被故事强烈吸引的孩子了。

“我相信存在宏世界，或者说宏宇宙，但它是什么样子，还是未知中的未知。也许与我们的世界完全不同，也许完全对应，像猜测中的正反物质宇宙那样，存在着宏地球和宏的你我他，要是那样的话，我在宏世界的脑袋一定大得能装下这个宇宙的银河系……这是不是平行宇宙的另一种表现形式呢?”

这时,夜已降临,我们仰望夏夜灿烂的星空,每个人都极力使自己的目光横越广漠的星海,都想在银河之上,在宇宙天鹅绒般的深广虚空中,发现丁仪的脑袋那巨大的轮廓,我想象中的那个由宏原子组成的超级头颅应该是像水晶般透明的。我们都惊奇自己的思想竟一下子变得如此深邃。

宴席散后,充满醉意的我们在草原上散步,我看到丁仪和林云走在一起,他们挨得很近,谈得也很亲密。丁仪那三面旗帜在夜风中潇洒地飘扬,我知道,这个瘦得像麻秆的家伙可以轻易地击败充满男性魅力的航母舰长,还有我,这就是思想的力量。不知为什么,我的心中充满了一种难言的苦涩。

苍穹中的星海像那个泰山之夜一样灿烂,在草原之上的夜空中,无数幽灵般的宏电子正在飘行。

武　器

自从对空泡的捕获取得成功后,研究的道路豁然开阔,进程也变得平滑起来,成果一个接着一个出现,真有种坐在过山车上的感觉。继我提出球状闪电的激发猜想,丁仪从理论上描述了宏电子的存在后,林云的技术天才开始发挥关键性作用。

研究的下一步自然是收集宏电子,丁仪的理论研究所需的数量并不多,但对于基地的武器研究来说则所需数量十分巨大。这本是一件非常困难的事,因为传统的电弧采集方式危险性很大,几乎不可能再次进行。人们想出了各种解决方法,其中被考虑最多的是使用遥控飞行器,这虽然可以解决安全问题,但对于采集大量宏电子来说,则耗资巨大,效率很低。

林云则考虑直接探测未激发状态的宏电子,她认为,既然宏电子在近距离能够被肉眼看到,那么它也一定能被高灵敏度的光学观测手段在远距离定位。她设想了一种大气光学探测系统,这种系统可以在一个巨大的空间范围内探测到透明但对光产生折射的实体。系统有两束扫描大气的激光,相互垂直,在地面有一套高灵敏度图像采集和识别系统,将两束激光在大气中的折射变化组合成三维图像,其算法与CT扫描类似。

一时间,基地里充满了许多不穿军装的人,他们是软件工程师、光学专家、模式识别专家,甚至还有天文望远镜的制作者。

系统建成后,我们在屏幕上看到的并不是宏电子,而是大气纷乱的扰动和气体流,这些大气运动平时是看不到的,这个系统则使其十分清晰地显示出来。我惊奇地看到,平时看去宁静如水的大气竟是一个如此骚动的世界,如同一个巨大洗衣机中的水流。我意识到这套系统在气象学上一定有很大用处,但由于精力集中在宏电子探测上,这方面并没有向深处细想。

宏电子的影像混在这庞杂的扰动气流影像中,但由于其显著的圆形形状,模式识别软件可以很容易地将它们从一片混沌中提取出来。这样,就实现了大批量宏电子的空中定位,定位后的采集就很容易了,因为未被激发的宏电子没有危险。采集时也不再用探杆,而是使用一张由超导线织成的大网,有时一次就能收集到多个宏电子,这过程很像在空中捕鱼。

现在,要获得球状闪电并将其变成人类的收藏品已是轻而易举了,回想人类研究它的艰难历程,那些像张彬和郑敏一样献出了毕生精力甚至生命而一无所获的人,那西伯利亚密林深处悲壮的3141基地,大家感慨万分,我们现在才发现自己走了多少弯路,绕了多么大的一个圈子。

许大校说:“这就是科学研究,以前的每一步不管多荒唐,都是必不可少的。”

他是在为直升机编队送行时说出这些话的。以后,为了节约资金,宏电子的捕获使用氦气飞艇进行,基地的研究工作再也用不着直升机了。我们与两个曾一同历尽艰辛和危险的飞行员依依惜别,那无数次拉着雪亮的电弧的夜航,将成为我们一生中最珍贵的记忆,我们相信,科学史也会记下这些。

临别前,刘上尉对我们说:“加油干吧,我们等着装备你们的雷球机关枪呢!”

这是继雷球之后飞行员创造的第二个名词,以后在球状闪电武器领域,它一直沿用下去。

对未激发状态宏电子光学探测的成功,激发了我们的另一个希望,但最后只是证明了我们在物理学上的浅薄。系统首次试验成功后,我和林云兴冲冲地找到丁仪。

“丁教授,我们现在应该能够找到宏原子的原子核了!”

“是什么让你们这么想?”

“找不到宏原子核,是因为宏质子和宏中子不能像宏电子那样被激发,可现在,我们用光学手段就可直接定位空泡了!”

丁仪笑着摇了摇头，像是在宽容两个小学生的错误，“找不到宏原子核主要不是因为它们不能被激发，而是因为我们根本不知道它们是什么样子。”

“什么？它们不是空泡吗？”

“谁告诉过你它们是空泡？从理论上推断，它们的外形与宏电子完全不同，就像冰与火的外形完全不同一样。”

我实在想象不出还能有什么形状的宏粒子飘浮在我们周围，只是觉得周围这看似空无一物的空间充满了诡异。

现在，我们在实验室内就可以激发球状闪电。激发装置是这样的：起点是一个存贮空泡的超导电池，空泡从这个超导电池中释放出来以后，在一个磁场中被加速，然后连续通过十个闪电发生器。这些闪电发生器产生的闪电能量总和远大于以前在空中激发雷球时所用的电弧。开启几道闪电，依试验的需要而定。

对于武器制造而言，我们现在最想知道的就是宏电子能量释放时对目标的高度选择性，这也是球状闪电最令人困惑和恐惧的魔鬼特性。

丁仪说：“这与宏粒子的波粒二象性有关，我在理论上已经建立了一个能量释放模型，我设计了一个观察试验，将使你们看到最不可思议的景象。这个试验很简单：把雷球的能量释放过程放慢一百五十万倍来看。”

“一百五十万倍?!”

“是的，按现在我们已存贮的最小体积的宏电子，我粗略计算了一下，大概就是这个倍数。”

“这就是……每秒钟三千六百万幅画面！能找到这样快的高速摄影设备?”有人疑惑地问。

“那就不是我的事了。”丁仪说,悠然地点燃了好长时间没动过的烟斗。

“能找到,我想应该有这种设备的!”林云肯定地说。

当我和林云走进那个国防光学研究所的实验大楼时,立刻被门厅里的一张大幅照片吸引住了:照片上是一枝握在手里的手枪,巨大的枪口正对着摄影师,枪口内有红色的火光,烟雾刚刚露出头。照片最吸引目光的焦点是悬浮在枪口前方的一个球体,它表面光滑,呈黄铜色,那是从枪口中刚刚射出的子弹。

“这是我们建所初期拍摄的一张高速摄影照片,时间分辨率大约为十万分之一秒,以现在的标准看嘛,只能算一般的快速摄影而不是高速摄影,达到这种标准的照相设备,现在你在任何一家专业摄影器材商店都能买到。”研究所的负责人说。

“那么,拍摄这张照片的烈士是谁?”林云问。

负责人笑了起来,“是一面镜子,这是通过一个光反射系统拍摄的。”

研究所为我们召开了一个由几名工程师参加的小型会议,林云首先提出了要求,她说我们需要使用超高速摄影设备,对方的几个人都面露难色。

负责人说:“目前,我们的超高速摄影设备与世界水平还有一定的距离,设备在实际运行中还很不稳定。”

“先说明你们要求的指标,我们看情况再说吧。”一位工程师说。

我战战兢兢地说出了那个数字,“大约每秒钟拍摄三千六百万幅画面。”

我本预料对方大摇其头,没想到这几个人都哑然失笑,负责人说:“说了半天,你们要求的只是普通的高速摄影!二位对超高速摄影的概念是上个世纪50年代的了,现在我们能达到的最高拍摄频率是每秒四亿幅画面,世界最高水平是每秒六亿幅。”

这可怕的数字让我和林云目瞪口呆,我问:“什么样的胶片能经得住这样速度的圈动?!”

对方又笑了起来,一位工程师说:“现代高速摄影中胶片是不动的,动的是镜头:有的用旋转反射镜成像到胶片,有的采用变像管来传递和记录瞬变的光学图像,但像我们刚才提到的每秒上亿幅的拍摄频率,则是采用更复杂的技术。”

在我们放宽心后,负责人带领我们参观研究所。他指着一个显示屏问我们:“你们看这像什么?”

我们看了一会儿,林云说:“好像一朵正在缓缓绽开的花朵,很奇怪,花瓣发光。”

负责人说:“所以说,高速摄影是最温柔的摄影,它能把最暴烈的过程变得柔和轻盈。你们看到的,是一颗聚能爆破穿甲弹击中目标时爆炸过程的记录。”他指着“花朵”正中的一束明黄色“花蕊”说,“看,这就是爆炸形成的超高温超高速射流,它正在切穿装甲。这个拍摄频率大约每秒六百万幅。”

我们走进第二间实验室,负责人说:“我们下面看到的,就是能满足你们要求的高速摄影,拍摄频率为每秒五千万幅。”

在这幅图像上，我们好像看到了一个平静的水面，有一粒看不见的小石子落到水面上，先是激起了一个水泡，接着水泡破裂，细碎的液体向各个方向飞散开来，一圈圈水波在水面上扩散……

“这是高能激光束击中金属表面的图像。”

林云好奇地问：“那些每秒上亿幅的超高速摄影都拍些什么？”

“那些图像均属绝密，我当然不能让二位看。不过我可以告诉你们，那种摄影经常拍摄的题材之一就是托卡马克装置中受控核聚变的过程。”

对雷球能量释放的高速摄影很快进行了，试验中宏电子将经过所有的十道闪电，因而将被激发到很高的能量状态，其所含能量已远大于自然雷电所激发的球状闪电，这将使其能量释放过程更明显一些。被激发后的雷球进入靶区，靶区设置了形状和材料各异的靶体，如正方形的木块、锥形的塑料块、金属球、内部填满刨花的纸箱子、圆柱形的玻璃等等，它们被放在地上一个个高低不同的水泥台上，下面都铺着一张雪白的纸，整个靶区看上去像是一个现代派雕塑展。雷球进入靶区后，将被一个阻尼磁场减速，在靶区中飘行，释放能量或自行熄灭。高速摄影机就架在靶区边缘，共有三台，它们体积很大，结构复杂，如不说明谁也不会想到是一架摄影机。因为事先无法预知雷球能量打击的目标，只好期望能碰运气拍到那个目标。

试验开始了。由于危险性很大，现场人员全部撤离，试验的全过程由距实验室三百米远的一个地下控制室遥控进行。

从监视屏中看到，由超导电池中释放出来的第一个空泡触发了第一道电弧，监视系统的拾音器传来了失真的哗哗声，但闪电的巨响从三百米外的实验室直接传过来。被激发的球状闪电出现了,在磁场的作用下缓缓前移,在途中又接连触发了九道电弧,雷鸣声不断地从实验室方向传来。每触发一道电弧,球状闪电的能量就增加一倍,它的亮度并不随能量的增加而增大,但色彩却在变化:由暗红变为橘黄、纯黄、白色、鲜绿、天蓝、绛紫,最后,这紫色的火球进入了加速区,在加速磁场中,它像被卷入了一条激流一样,速度骤然增加,转眼进入了靶区,立刻像被冲进了一个平静的水池,速度缓下来,开始在靶标间悠然地飘行。我们屏住呼吸等待着,发生了能量爆发,一道闪光之后,实验室方向传来了一声巨响,把地下控制室的几个玻璃柜震得嗡嗡响。这次能量爆发把一个塑料锥体烧成了白纸上的一小堆黑灰。但操纵高速摄影机的摄影师报告说,这不是摄影机所对准的靶体,什么也没拍下来。后面又接着发射了八个雷球,其中的五个发生了能量爆发,但其击中的目标都不是三台高速摄影机中任何一台所对准的。最后一次能量爆发还击中了一个放置靶体的水泥台,把它炸塌了,纷飞的水泥块把靶区搞得一塌糊涂,不得不暂停试验,进入那充满臭氧味的实验室重新整理。

靶区重新布置好后,试验继续进行。宏电子一个接着一个地向靶区发射,三台高速摄影机进行着捉迷藏似的拍摄。光学研究所的工程师们担心他们那三台摄影机的安全了,那是距靶区最近的设备。我们硬着头皮把试验做下去,终于在第十一次能量爆发的时候,捕捉住了一次靶体被击中的图像,这次被击中的靶体是一个边长为三十厘米的正立方体松木块。这是球状闪电能量的一次完美的演示:那个木块被彻底烧成浅色的灰,这灰最初还保持着正立方体的形状,但一触就散了。把灰清理后,铺在下面的那张纸光滑洁白如初,没有任何烧痕。

当未被处理的高速摄影图像被输入计算机时,我们如按普通速度播放,它将长达上千小时,而真正记录靶体被击中过程的图像只有二十秒钟左右。当我们借助计算机从这上千小时的影片中把这二十秒钟找出来时,已是深夜了。我们屏住呼吸盯着屏幕,看着这个神秘魔鬼被揭开另一层面纱。

整个过程用每秒二十四帧的正常速度播放有二十二秒长,能量爆发时雷球距木块约有一点五米,这很幸运,使我们在画面中能同时看到雷球和木块。在头十秒钟,我们看到雷球的亮度急剧增大,再看看那个木块,我们本期望看到它发出火光,却吃惊地发现它在失去色彩变得透明,最后,它变得只能隐约看出一个正方体的轮廓,当雷球的亮度达到最大值时,那个正立方体轮廓也完全消失了。然后雷球的亮度开始减弱,这过程又有约五秒钟,在这五秒钟内,原来放木块的位置空无一物!接着,那个透明的正立方体轮廓又在那个位置隐现,很快有了色彩变成实体,但呈灰白色,已是一块正立方体的灰了。这时,雷球正好完全熄灭。

我们全都呆若木鸡,过了好一阵才想起重放图像。我们用慢速一格一格地放,当放到木块变成那个透明轮廓时,我们定格图像。

"它多像一个立方体的空泡!"林云指着那个透明轮廓说。

图像再往下,画面中只有正在暗下去的雷球和雷球下方一张空空的白纸,画面一张一张向下翻,每一张我们都盯着看好长时间,那白纸上确实什么都没有!再往下翻,透明轮廓重新出现,幻化成了那块立方体的灰……

这时,一团烟雾笼罩了屏幕,那烟雾是丁仪从后面喷过来的,他不知什么时候已点燃了烟斗。

“你们刚刚目睹了物质的波粒二象性!”丁仪指着屏幕大声说,“在那短暂的瞬间,空泡和木块都呈现了波的性质,它们发生了共振,共振中两者合为一体,木块波接受了宏电子波释放的能量,然后它们各自又恢复了粒子性质,烧焦后的木块重新在原位会聚成实体。这就是那个让各位困惑的谜:雷球能量释放目标的选择性的解释,目标在被能量击中时呈一束波的状态,根本就不在原来那个位置上,这能量自然对它周围相邻的一切毫无影响了。”

“那为什么只有目标物体,比如这个木块呈现波的性质,而下面的那张白纸没有呢?”

“这是由一个物体的边界条件决定的,其机理很像图像处理软件从一张照片中自动抠出人像的功能。”

“还有一个谜也得到了解释:球状闪电的穿透性!”林云兴奋地说,“当宏电子呈现出波的性质时,它自然可以穿透物体,遇到与它尺寸相当的孔洞时还会发生衍射。”

“球状闪电呈现波性质时,就能覆盖一定的范围,所以雷球能量爆发时,能波及与它有一定距离的物体!”许大校也恍然大悟地说。

……

就这样,蒙在球状闪电上的迷雾渐渐散去。但这些理论成果对球状闪电武器的研制并没有什么直接作用。对于武器研制而言,首先是要收集大量的具有杀伤力的宏电子,在这点上,理论提供不了任何帮助。不过,到目前为止基地已采集并存贮的宏电子数量过万,还在迅速增加,这就使我们有条件采用不依赖于任何理论的笨办法。我们已经知道,能量释放所选择的目标种类是由宏电子本身的性质决定的,与激发它的闪电能量无关，如果一个宏电子在一次能量释放中选择一种目标，那么下次它必然还会选择这类目标，这就是我们选择试验的依据。

我们开始大量进行动物实验，过程十分简单：将与人体目标相近的动物，如实验兔、猪、羊等，放入靶区，然后释放宏电子并激发球状闪电，如果这个球状闪电爆炸时杀伤了动物目标，就将这个宏电子挑选出来作为武器贮备。

每天，看着一批批的试验动物被球状闪电烧成灰，精神不受到刺激是不可能的，但林云提醒我说，与在屠宰场的遭遇相比，动物死于球状闪电的痛苦要小得多，她说得有道理，我的心理也就平衡了许多。但随着试验的深入，才发现事情远不是那么简单，球状闪电对能量释放目标的选择有时达到精细的程度，有些宏电子释放的能量专门烧毁动物的骨骼，甚至专门汽化动物的血液，而不伤及其肌肉组织，受到这种攻击的动物，其死状是十分可怖的。好在丁仪的一项发现结束了这噩梦般的试验。

丁仪一直在研究用闪电之外的手段激发球状闪电，他首先想到的是激光，但没有成功；后来又想到用大功率微波，也没有成功。但在进行后一项试验时，他发现微波经过宏电子后，被调制成一种复杂的频谱，不同的宏电子有不同的频谱，如同它们的指纹一样。将能量释放于同一类目标的宏电子，都具有相同的频谱。这样，只要得到少数对目标的选择性符合要求的宏电子，记录它们的频谱，就可能在不经过激发试验的情况下，通过识别频谱特征而找到更多的这类宏电子。于是，动物试验便没有必要了。

研制球状闪电可用于实战的发射器的工作也在同时进行，其实，以前面的工作为基础，这种技术原理已水到渠成。雷球机关枪由以下几部分组成:1. 存贮空泡的超导电池;2. 磁场加速导轨:这是一条三米长的长筒形金属架,筒内每隔一定距离设有一个电磁线圈,线圈内的电流可在空泡通过的瞬间反相,以使其产生的磁场在空泡通过的前后分别对其产生拉力和推力,经过一系列这样的线圈,空泡将被磁场加速到一定的速度;3. 激发电极:这是一排放电电极,当被加速后的雷球通过时,产生人工闪电使其激发;4. 附属机构:包括给整个系统供电的超导电池,机关枪的瞄准系统等。由于是采用现有的试验设备,第一挺雷球机关枪只用了半个月就装配完成。

在频谱识别技术产生后,寻找武器级宏电子的速度大大加快,我们存贮的这类宏电子已达上千个。它们在激发后释放的能量只攻击有机生命。这样数量的球状闪电,足以在短时间内杀死一座小城市中的所有守卫者,而不必打碎其玻璃柜橱中的瓷器。

“你的良心里就没有一点不安吗?”我问丁仪,我们正站在人类第一套球状闪电武器前,它看上去不像一件攻击性武器,更像一个通信设备或雷达,因为加速导轨和激发电极的样子很像某种天线。它的末端是两个超导电池,都是高一米的金属圆柱,里面存贮着那上千个武器级宏电子。

“你干吗不去问林云?”

“她是军人,你呢?”

“我无所谓,我所研究的东西,尺度要么在十的负三十次方厘米以下,要么在一百亿光年以上,在这两个尺度上,地球和人类都微不足道。”

“生命微不足道吗?”

“从物理学的角度看,生命这种物质运动形式,与其他的物质运动相比并没有更高的含义,从生命中你找不到新的物理规律,所以从我的角度看,一个人的死与一块冰的消融没有本质的区别。陈博士,你这人有时候想得太多,你应该学会从宇宙终极规律的角度看待生活,这样过得就舒服多了。”

而唯一让我感到舒服些的是,球状闪电武器并不像初看上去那么可怕,防御它是可能的,宏电子能够与电磁场发生作用,它既然能被磁场加速,也能被它偏转。这种武器的威力可能只是在投入战场的初期才能显示出来,所以军方对这个项目的保密工作十分重视。

在球状闪电武器诞生后不久,张彬来到了基地,他的身体已经很虚弱了,但还是在基地待了一整天。他出神地看着那些被禁锢在磁场中的宏电子,看着它们一个个地被激发成球状闪电,激动万分,仿佛一生都浓缩在这一天里。

在与丁仪相识后,他激动地说:“我就知道,最终解开球状闪电之谜的应该是您这样的人,我爱人郑敏与您是同一个系里毕业的,她也是个与您一样的天才,要是活下来的话,这些发现可能就不是由您来做出了。”

张彬临走时对我说:“我知道自己没有多少时间了,现在唯一的愿望就是死后能用球状闪电火化。”

我本想说些安慰的话,但想到他真的不需要这类安慰了,就默默地点点头。

观察者

球状闪电武器部队成立了,最初只有一个连的兵力,指挥官是一名叫康明的陆军中校，一个很沉稳的人。部队的代号为“晨光”，这名字是我和林云想出来的，第一次激发球状闪电是我们终生难忘的时刻，当时那个球状闪电将周围的一片薄云映成了红色，仿佛一次微型的日出。

晨光部队立刻开始了紧张的训练，训练的核心内容就是实弹打靶。为了尽可能地接近实战条件，训练一般都在露天进行，但必须在阴天进行，以防卫星侦察。由于这个原因，几个靶场都选在多雨少晴的南方，训练点不断在它们之间转移。

在这些靶场上，飞行着一串串雷球机关枪发射的球状闪电，它们或成一条直线或成扇形向目标飞去。它们在飞行中发出的声音，像凄厉的号角，又像一阵扫过原野的狂风。雷球爆炸声十分奇怪，没有方向性，仿佛来自整个空间，有时甚至如同来自你的体内！

这天，我们随晨光部队刚转移一个新的靶场，丁仪来了，他负责理论研究，这里本来没有他什么事的。

“我来指出你们可能陷入的一个误区，并向你们展示一个奇观。”丁仪说。

部队在进行实弹射击的准备时，丁仪问我们：“平时，你们常进行哲学思考吗？”

“我很少。”我回答。

“我没有。”林云回答。

丁仪看了林云一眼，“不奇怪，女人嘛。”在林云瞪了他一眼后又说，“没关系的，今天将强迫你们进行哲学思考。”

我四下看看，阴云下的靶场是一片潮湿的林中空地，空地的另一端有几个作为靶标的临时建筑和废旧车辆，实在看不出这里将会与哲学发生什么关系。穿着迷彩服的康中校走过来,问丁仪对这次射击的要求。

“很简单,第一,关闭现场的一切监视设备;第二,也是最重要的,射击时在瞄准目标后闭上双眼,包括指挥官在内的所有人,都闭上眼睛,听到我的指令后再睁开。”

“这……我能问为什么吗?”

“我会解释的。中校,我现要问您一个问题,在这个距离上你们发射的球状闪电对目标的命中率是多少?”

“几乎是百分之百,教授。因为雷球不受气流的影响,加速后的轨迹很稳定。”

“很好,开始吧。记住,瞄准后所有人都闭上眼睛!”

当听到“瞄准好”的喊话后,我闭上了双眼,很快听到雷球加速导轨上激发电弧发出的噼啪声,让人起鸡皮疙瘩。紧接着,球状闪电的呼啸声响了起来,我感觉那些雷球仿佛是射向自己,头皮一阵发紧,但还是克制着自己没有睁开眼睛。

“好了,大家可以睁开眼睛了。”丁仪说,同时被球状闪电爆炸时产生的臭氧呛得咳嗽起来。

我睁开眼睛,感到一阵短暂的眩晕,在对讲机中听到报靶员的声音:“发射十发,命中:一,脱靶:九。”接着听到他小声说,“邪门了!”我看到,有几名士兵正在扑灭靶标附近被脱靶的球状闪电引燃的野草。

“怎么搞的?”康中校责问雷球武器后面的射手,“不是让你睁着眼瞄准好再闭上眼吗?”

“我是那样做的,瞄准绝对正确!”那名上士说。

“那……检查武器!”

“不用了，武器和射手的操作没问题。”丁仪一摆手说，“不要忘了，球状闪电是一个电子。”

“你是说，它呈现量子效应？”我问。

丁仪肯定地点点头，“确实如此！当有观察者的时候，它们的状态坍缩为一个确定值，这个值与我们在宏观世界的经验相符，所以它们击中了目标；但没有观察者的情况下，它们呈量子态，它的一切都是不确定的，其位置只能用概率来描述，在这种情况下，这一排球状闪电实际上是以一团电子云的形态存在的，这是一团概率云，击中目标的位置只占很小的概率。”

“您是说，雷球打不中目标是因我们没看它？”中校难以置信地问。

“正是这样，是奇观吧？”

“这也太……唯心了。”林云迷惑地摇摇头。

“看，哲学了吧，女人迫不得已也会哲学的。”丁仪冲我使个怪眼色，然后对林云说，“别在哲学上教训我。”

“是，我没资格，要是每个人都有你那么终极的思想，那世界太可怕了。”林云耸耸肩说。

“你不会不知道一点儿量子力学原理吧。”丁仪问。

“是，我知道，还不是一点儿，但……”

“但没想到在宏观世界看到它，是吗？”

中校问：“这难道是说，如果雷球要击中目标，我们就必须自始至终看着它？”

丁仪点点头说：“或敌人看着它也行，但必须有观察者。”

“再试一次，让我们看看概率电子云是什么样子的吧！”林云兴奋起来。

丁仪摇摇头,“不可能的,量子态只在无观察者的情况下呈现,观察者一出现它就坍缩为我们的经验现实,我们永远不可能见到概率云。”

“装一台无人值守的摄像机不就行了吗?”中校说。

“摄像机也是观察者,同样会引起量子态的坍缩。这也是我让所有监视装置都关闭的原因。”

“可摄像机本身并没有意识啊。”林云说。

“看看,是我唯心还是你唯心?观察者并不需要有意识。”丁仪对林云坏笑了一下。

“这就不对了,”我觉得自己终于抓住了丁仪的一个破绽,“那照你所说,球状闪电周围的什么东西不是观察者呢?就像在摄像机的感光系统上留下自己的影像一样,球状闪电同样在空气中留下了电离痕迹,它们发出的光会对周围的植物产生影响,它们发出的声音震动地面的沙粒……周围的环境总是或多或少地留下它们的痕迹,这与摄像机摄下图像并无本质的差别。”

“是的,但观察的强度是有极大区别的,摄下影像是强观察,而地面的沙粒被震离原位只是弱观察,弱观察也能引起量子状态的坍缩,但很微小。”

“这理论玄乎得让人难以相信。”

“如果不是实验证据,真的没有人会相信它,但量子效应在上世纪初叶就在微观世界中被证实,只不过到现在我们才见到它的宏观表现……玻尔要活着有多好,德布罗意要活着有多好,海森堡和狄拉克要活着有多好……”丁仪渐渐动起感情来,梦游似的来回走着,嘴里喃喃自语。

“不过爱因斯坦幸亏死了。”林云说。

我这时想起一件事：在基地进行宏电子激发的实验室，丁仪坚持要求安装了四套监视系统，我现在向他提起这件事。

“是的，这是出于安全考虑，如果所有的监视系统都失效，球状闪电就会处于量子态，那时，基地的相当大一部分都会笼罩在概率电子云之中，球状闪电可能在其中的任何位置突然出现。”

我现在明白了，为什么在历史上大多数目击案例中，球状闪电都是飘忽不定，踪影神秘，常常凭空突然出现，附近并没有可以激发它的闪电。这很可能是因为当时目击者处于一个宏电子概率云中，他或她偶然的观察使球状闪电的量子态突然坍缩。

我感叹着说：“我本以为对球状闪电已经很了解了，没想到……”

“你还有更多没想到的，陈博士，大自然之诡异你真的难以想象。”丁仪打断我说。

“还有什么呢？”

“还有一些事，我甚至都不敢同你讨论。”丁仪压低了声音说。

我最初没有在意他的话，但再一想却打了个寒战，抬起头，看到丁仪正用蛇一样怪异的目光看着我，让我浑身发冷。在我意识的深处，有一个最幽暗的阴影区，我一直在努力忘掉它，几乎成功了，我现在真的不敢去触动它。

在以后两天的试验中，球状闪电的宏观量子效应得到了进一步的证实。只要去除观察者，雷球武器发射的球状闪电的弹着点就会严重发散，对目标的命中率只及存在观察者时的十分之一。我们又运来了更多的设备，进行了更复杂的试验，主要是试图确定一个宏电子在量子态时所产生的概率云的大小。其实,在严格的量子力学意义上,这种说法是很不严谨的,一个电子(不论是宏观的还是微观的),其概率云与整个宇宙一样大,处于量子态的球状闪电有可能在仙女座星云出现,只是这种概率极其微小。我们所说的概率云大小,是工程学意义上的,指的是这样一个模糊的边界,在边界以外,概率云已经稀薄到可以忽略不计。

但在第三天,出现了一次例外,在没有任何观察者的情况下,雷球机枪发射的十颗球状闪电全部准确地击中了目标,这是一类以金属作为能量释放目标的宏电子,激发能量很高,那个作为靶标的报废装甲车有三分之一被熔化了。

“肯定有疏忽,出现了观察者,也许是哪个摄像机没关,更有可能是哪个战士偷着睁了一下眼,想看看宏电子云什么的。”丁仪相当肯定地说。

于是在下次发射前,拆除了仅有的两部摄像机,将靶场上的所有人员全部撤到与外界隔绝的一个地下掩蔽部里,靶场上空无一人,已瞄准完毕的雷球机枪改为自动发射。

但这次发射的十五颗球状闪电仍全部准确命中。

我很高兴有能够难住丁仪的事,哪怕是暂时难住也行。看到结果后他确实显得很担心,但这种担心与我想的是两回事,他显然并没有被难住。

“立刻停止试验和实弹训练吧。”他对林云说。

林云先是看看丁仪,然后看了一眼天空。

我说:“为什么要停呢?这可是一次绝对没有观察者的发射,量子效应却没有出现,总该搞清楚原因吧。”

林云向上扬了一下头，“不，有观察者。”

我抬头看天空，这才发现这些天一直密布的阴云不知什么时候裂开了一道缝，一条狭窄的蓝天露了出来。

烧毁芯片

从南方回到基地后，发现北京已到深秋，晚上已经有些冷了。

随着气温一起降下来的，还有军方对球状闪电武器的热情。一回到基地我们就从许大校那里得知，总参和总装备部都不准备把这种武器大规模装备部队，晨光部队的规模也不再扩大。上级的这种态度，主要是基于对球状闪电武器可防御性的考虑。在我们现在得到的球状闪电武器中，已经蕴含着它的克星：球状闪电能被磁场加速，同样可以被它偏转，这就使得敌人可以用反向磁场来防御球状闪电，所以这种武器在投入实战后可能很快会面临有效的防御。

基地的下一阶段研究，在试图找出突破电磁场防御办法的同时，将球状闪电武器的打击目标由人员转向武器装备，特别是高技术武器装备。

最先想到的是收集能够烧熔各种导线的宏电子，这是使敌方高技术武器瘫痪的有效方法。但在试验中发现了一个严重问题：能够烧熔导线的球状闪电同样也会在大块金属上释放能量，而烧熔大体积金属的过程能量消耗是巨大的，所以这类球状闪电所释放能量的大部分都消耗在大块金属上，作用于导线上的能量只是一小部分，效率很低，对武器设备的摧毁能力十分有限。

下一步很自然想到了电子芯片，这是球状闪电武器能够攻击的最绝妙的目标。首先，芯片的材质十分特殊，一般不会像导线那样，存在与它相近但无关紧要的物体来分散球状闪电的能量。同时，芯片体积很小，不大的能量释放就可以破坏大量的芯片。电子芯片被烧毁，对现代高技术武器来说绝对是致命的打击。但以芯片为能量释放目标的宏电子（我们叫作“吃”芯片的宏电子）十分罕见，被我们视为球状闪电中皇冠上的明珠。要想收集到足够数量的这类宏电子，就需要捕捉巨量的宏电子并在其中进行频谱识别，这又需要巨额经费，而上级已经停止了对这个项目的进一步资金投入。

为了赢得上级重视，争取研究经费，许大校决定用已经收集到的“吃”芯片宏电子进行一次攻击演习。

演习在2005型坦克的测试基地进行，为了了解“探杆防御系统”，我和林云曾来过这里，现在，这里完全安静下来，野草从纵横的车辙印中长出。现在这里只能看到两辆2000型主战坦克，是昨天刚刚调来当试射靶子用的。

来观看试射的原定只有总装备部的有关人员，但在两小时前接到通知，观看的人数一下子增加了一倍，他们大部分来自总参，其中还有一名少将和一名中将。

我们首先带他们参观靶区。试射的靶子除了这两辆坦克外，还有几辆装甲车，内部都装载着军用电子设备，其中一辆里装着一套跳频通信设备，另一辆装着一套雷达主机，还有一辆中放着几台加固型军用电脑，这些电脑都启动着，屏幕上跳动着屏保程序的各种图形；用作靶子的还有一枚已淘汰的旧式地对空导弹,所有这些车辆和装备摆成一排。

在观看这些作为靶子的装备时,我们特意打开了装备的电子控制部分,让他们看那些完好无损的电路板上的集成块。

“年轻人,你是说,你们的那个新武器能把这些集成块全破坏掉?”那位中将问我。

“是的,将军,而别的部分几乎完好无损。”我回答。

“是不是这样的:这些集成块是被那种闪电产生的电磁感应破坏的?”少将问,他很年轻,显然也是一位技术型将领。

我摇摇头,“不是的,那种一般闪电产生的电磁感应,会因坦克和车辆金属外壳的法拉第笼效应而大大减弱。球状闪电能穿透装甲,把这些集成块烧成灰。”

两位将军对视了一下,都笑着摇了摇头,显然觉得太不可思议了。

林云和许大校接着带所有的人回到五百米外的射击点,让他们看雷球机枪。它安装在一辆卡车上,这卡车原来是用于运载火箭炮的。

中将说:“我对武器有一种第六感,一件威力巨大的武器,不管其外形是什么样,总是透出一种无形的锋芒,可在这个东西上,我看不到这种锋芒。”

许大校说:“首长,第一颗原子弹看上去只是个大铁筒,您从中同样看不到任何锋芒,您的第六感只适用于传统武器。”

将军说:“但愿如此吧。”

试射就要开始了,为了安全起见,我们用沙袋为观察者修建了一道简易的掩体,参观者陆续走到掩体后面。

十分钟后,试射开始了。对雷球机枪的操纵很像传统的机关枪,它也有一个类似于扳机的击发装置,瞄准装置也几乎与机枪一样。在最初的设计中,射击是在电脑的控制下进行的,用鼠标移动电脑屏幕上的十字光标,使其套住目标,雷球机关枪的发射架就自动瞄准,但这就需要一套很复杂的电子和机械系统。而雷球武器是不需要很精确瞄准的,即使有一定的误差,球状闪电也能摧毁目标。所以我们决定用最原始的方式来操纵这件最先进的武器,这一方面是由于时间紧张,另一方面也会使武器变得简洁可靠。现在操纵它的那名上士,就是部队上一名出色的机枪射手。

我们首先听到了一串震耳的噼啪声,这声音是发射架上用于激发的人工闪电发出的,紧接着,三个球状闪电,发着橘红色的光芒,以约五米的间隔排成一条直线,在凄厉的呼啸声中向坦克飞去,球状闪电击中目标后消失了,仿佛融化在坦克中,随即从坦克内部传出了三声爆炸,这爆炸声很清脆,好像炸点不是在坦克内部,而是在每个人的耳边。接着射击其余的目标,向每个目标发射的球状闪电,数量从两个到五个不等。激发电弧的噼啪声、球状闪电的呼啸声和它们击中目标时的爆炸声此起彼伏,在五百米外的目标区,飘浮着两个脱靶或穿过靶体未爆炸的球状闪电……

在最后一颗雷球击中那枚地对空导弹后,一切都平静下来。两个脱靶的球状闪电在目标区上方飘浮了一会儿,先后无声地消失了。有一辆装甲车中冒出了一缕黑烟,但其他的目标仍静静地放在那里,好像什么都没有发生过似的。

“你们的那儿串信号弹都做了些什么?”一位大校问林云。

“您会看到的!”林云满怀信心地说。

所有的人都走出掩体,向五百米外的靶区走去。虽然对将看到的结果有信心,但看到周围有这么多将决定这个项目命运的高级军官,我心里还是不免有些紧张。前方,那辆装甲车已不再冒烟,空气中有一种清新的味道,随着我们向靶区走近,这种味道越来越浓,一位将军问这是什么味。林云说:"是臭氧,球状闪电能量爆发时发出的,首长,它可能就是未来战场上的硝烟味了。"

我和林云首先把所有的人带到一辆装甲车前,参观者们围着车体仔细看,显然是想从上面找出焦痕什么的,但什么也没找到,车体完好如新。当我们打开后车门时,又有几人探进头去看,除了更浓烈的臭氧味外,也丝毫看不出损伤的痕迹,四台军用电脑整齐地摆放在车内,但他们应该能发现,与上次离开时不同,所有电脑的屏幕都黑了。我们从中搬出一台电脑放在地上,林云打开了它那墨绿色的外壳,我把电脑搬起来并把它倾斜,从机箱里倒出了一股白色的灰末,灰末中还夹杂着一些黑色的小碎块。我把机箱高高举起,让所有的人看到其内部,我听到人群中发出了一阵惊叹声。

在机箱内的主板上,有三分之二的芯片消失了。

接下来惊叹声不断,参观者们看到,在2000型主战坦克内,在那台通信设备里,在那套雷达主机里,都有一半以上的芯片变成了灰或被烧焦。当最后旋开那枚地对空导弹的头部时,这种惊叹达到了高潮,我们看到导弹的制导部变成了一个芯片的骨灰盒。那两个负责拆卸弹头的导弹连士官抬起头来惊恐地看着我和林云,又透过人群的缝隙看了看远处的雷球机枪,露出见了鬼似的神情。

中将大声说:"这真是万军丛中取上将首级!"

参观者们热烈地鼓掌,如果要为球状闪电武器想一条广告词,没有比这句更贴切的了。

回到基地后,我发现了自己的损失:曾带到演示场去的笔记本电脑无法启动了。我把电脑拆开,发现里面布满了细细的白灰,我吹了一下,白灰飞出来,呛得我直咳嗽。再看电脑的主板,发现CPU和2条256MB内存条都不见了,被烧成刚才飞散的灰烬。

在射击演示时,为了观察和记录,我所处的位置与球状闪电弹着点的距离只有别人的一半,但仍远远大于习惯上规定的五十米安全距离。

其实我早就应该想到这点,芯片的体积很小,每个只能吸收少量的球状闪电释放的能量,那剩余的能量就会作用到更远的距离上。对于像芯片这样细小的目标,球状闪电的威力圈扩大了许多。

异象之三

这天夜里,月亮很好,我、林云和丁仪在基地内安静的小路上散步,讨论球状闪电武器如何克服磁场防御的问题。

“现在已经可以肯定,只要使用带电荷的宏电子,这个问题就不可能解决。”林云说。

“我也是这样想。”丁仪说,“我最近正在试图通过宏电子的运动状态定位它所归属的原子核,这在理论上是极其艰深和困难的,有些障碍几乎不可能克服,这将是一条漫长的路,我怀疑人类在本世纪内都不能取得这个突破。”

我抬头看看在月圆之夜变得很稀疏的星空,极力想象着那些直径为五百至一千公里的原子是什么样子。

丁仪继续说:"话又说回来,如果真能找到宏原子核,那就意味着我们可以得到不带电的宏中子,它肯定能穿透电磁屏障。"

"宏中子无法像宏电子那样被激发,也就不存在能量释放,如何能够作为武器呢?"林云问出了我也正想问的问题。

丁仪正要回答,只见林云将一根手指放到嘴上,"嘘——听!"

我们这时正走到球状闪电激发实验室旁边,在频谱识别法出现之前,为了选出武器级宏电子,曾在这里进行了大量的动物试验,几百只试验动物被球状闪电化为灰烬。这个建筑就是林云第一次带我来基地时,向我演示闪电武器的地方,它由一座大型仓库改建而成,现在在月光下呈现出一个没有任何细节的巨大黑影。随着林云的示意我们停下来,当脚步声消失后,我听到实验室里传出了一个声音。

那是羊叫声。

但实验室里这时已经不可能有羊了,动物试验已停止了近两个月,在这段时间里,这个实验室一直处于关闭状态。

我又听到了那声音,确切无疑是羊叫,时隐时现,听起来带着一丝凄凉。很奇怪,这声音竟使我想起了球状闪电的爆炸声,两者有一个共同之处:虽然听者能够分辨出声音的来源方向,但同时又感到它充满了整个空间,有时甚至像是源于自己身体的内部。

林云向实验室的大门走去,丁仪也跟了过去,但我的两脚像灌了铅似的,站着没有动,又是那种感觉,我浑身发冷,像被一只冰冷的巨掌攥在其中,我知道他们看不到羊。

林云推开实验室的大门,高大的铁门沿轨道滑开时发出很大的轰轰声,淹没了隐隐约约的羊叫声,待这开门的声音平息后,羊叫声也消失了。林云打开灯,透过大门我看到了宽阔的建筑内部的一部分,那里有一个用两米多高的铁栅栏围起来的正方形场地,那就是在激发试验中放置目标的地方,就在那里,几百只实验动物被球状闪电毁灭,现在,这块场地内空荡荡的。林云在宽大的实验室内来回寻找,如我预料,她什么也没有找到。丁仪站在门口没有动,灯光将他那瘦长的影子长长地投到外面。

“我明明听到羊叫声的!”林云大声说,她的声音在高大的建筑内部发出回音。

丁仪没有回答林云的话,而是转身向我走来,在我身边低声问:“这些年,你没遇到什么事吗?”

“你指的什么?”我极力使自己的声音不颤抖。

“一些……你本来认为不可能遇到的事。”

“我不明白。”我努力笑了一下,一定笑得很难看。

“那就算了。”丁仪拍拍我的肩膀,他以前从未这么做过,这个动作使我感到一丝安慰,“其实在大自然中,异常往往是正常的另一种表现形式。”就在我回味这句话时,丁仪对还在实验室内的林云喊道,“别找了,出来吧!”

林云出来前顺手关了灯,就在大铁门关上前,我看到一束月光透过高高的窗子照进已处于黑暗中的实验室,在地上投下了一个梯形的光斑,正位于那块铁栅栏围起来的死亡场地中央,我觉得建筑里面很阴很冷,像被遗忘已久的陵墓。

核电厂

球状闪电武器的真正使用比我们预料的要早。

这天中午，晨光部队接到了上级的紧急命令，命令部队携带全部装备以战斗状态立刻出发，并说明这不是演习。部队中的一个排携带两套雷球机枪，乘直升机出发，许大校、我和林云一同前往。直升机只飞了十多分钟就降落了，在这一公路畅通的地区，这个距离乘汽车也用不了多长时间，可见事情很紧急。

走出舱门后，我们立刻知道自己在什么地方了。前面是一片在阳光下十分耀眼的白色建筑群，它最近多次在电视上出现。建筑群中部的一个高大的圆柱形建筑十分引人注目，这是一座大型核反应堆，这里是刚刚落成的世界上最大的核能发电厂。

从这里看去，发电厂的厂区见不到一个人，十分安静。我们周围却是一片紧张和忙碌，几辆军车刚刚到达，全副武装的武警一群群从车上跳下来。在一辆军用吉普旁，三名军官举着望远镜长时间地向发电厂方向观察着。在一辆警车旁，一群警察正在穿防弹衣，他们的枪散乱地扔在地上。我顺着林云的目光向上看，看到身后的楼顶上有几名狙击手，正端着步枪瞄着反应堆方向。

直升机降落在发电厂招待所的大院里，一名武警中校一声不响地领着我们来到了招待所内的一间会议室，这里显然是临时的指挥中心，几名武警指挥官和警方官员围着一个穿黑色西装的领导在看一张宽大的图纸，好像是发电厂的内部布局图。据领我们来的军官介绍，那一位就是行动总指挥。我认出了他，他常在电视上出现，这样级别的中央领导出现在这里，说明了事态的严重性。

“怎么把正规部队也弄来了？别把头绪弄得太多！”一名警方官员说。

“哦，是我要总参调他们来的，他们的新装备也许能起作用。”总指挥说，这是我们进来后他第一次抬起头来，我看到，他并没有周围军官和警官们的那种紧张和焦虑，反而显示出例行公事的隐隐的倦怠，在这种场合下，这却是一种内在力量的显示，“你们的负责人是谁？哦，好，大校，我提两个问题：第一，你们的装备，真的能够在不破坏建筑内部所有设施的情况下摧毁其中的有生目标？”

“是的，首长。”

“第二……嗯，你们先去看看现场情况，我再问这个问题吧。我们继续。”他说完，又同周围的人专注于那张大图纸上。带我们来的那位中校示意我们跟他走，走出会议室，来到相邻房间的门前，门半开着，穿出许多根临时布设的电缆。中校示意我们止步。

“时间不多，我只能简单介绍一下情况。今天上午九点钟，核电厂的反应堆部分被八名恐怖分子占领，他们是劫持了一辆运送入厂参观的小学生的大客车进入的，在占领过程中他们打死了六名发电厂保卫处的警卫。现在他们手中有三十五名人质，除了随大客车入厂的二十七名小学生外，剩下的八人是发电厂的工程师和运行人员。”

“他们是从哪儿来的？”林云问。

“伊甸园。”

我知道这个跨国恐怖组织，即使是一种温和无害的思想，演变到极端也是危险的,伊甸园组织就是一个典型的例子。它的前身是一群技术逃避者,在太平洋的一座小岛上建起了一个实验型的小社会,试图远离现代技术,回归田园的生活。与全球许多这类组织一样,他们最初只是一个自我封闭的,不具任何攻击性的社团。但随着时间的推移,这些与世隔绝者的思想在孤独中渐渐变得极端起来,由逃避技术发展到憎恨技术,由远离科学演变到反科学。一些极端思想的骨干开始走出那被他们称为现代伊甸园的小岛,以在全世界消灭现代科技、回复田园时代为使命,进行恐怖活动。

与其他形形色色的恐怖组织相比,伊甸园袭击的目标令大众困惑,他们爆破欧洲核子中心的超大型同步加速器,烧毁北美洲的两个大型基因实验室,破坏了位于加拿大一个矿井深处的大型中微子探测水箱,还暗杀了三名诺贝尔物理学奖获得者。由于这些基础科学设施和科学家几乎毫无防备,伊甸园屡屡得手,但袭击核反应堆这还是第一次。

“你们采取了什么措施?”林云又问。

“没有,只是远距离包围,连靠近都不敢,他们在反应堆上安装了爆炸物,随时可以引爆。”

“可据我所知,这些超大型反应堆的外壳是十分厚实坚固的,钢筋水泥就有几米厚,他们能带进去多少炸药呢?”

“没多少,他们只带了一小瓶红药片。”

中校的最后一句话让我和林云浑身发冷。伊甸园虽然憎恨技术,但为了达到摧毁它的目的却并不拒绝使用它,事实上伊甸园是科技素质最高的恐怖组织,它的很多成员原来都是一流科学家。那种被称为红药片的东西就是他们的发明,那实际上是一小片被某种纳米材料包裹的浓缩铀，只要有足够的撞击力，不用向心压缩也能发生裂变爆炸。他们通常的做法是将一支大口径枪的枪口焊死，把几片红药片放到焊堵的枪口处，枪的子弹是磨平了顶部的，只要开枪，子弹撞击红药片就会引发战术核武器爆炸。伊甸园就用这玩意儿，成功地在地表将位于地下几百米深的世界上最大的同步加速器炸成了三截，一时间，这种东西令全世界胆寒。

中校在带我们进入房间前警告说："进去以后说话要注意，这里与对方已接通了双向视频通信。"

走进房间后，我们看到几名军官和警官正注视着一个大屏幕，屏幕上的情景出乎我的预料，一时间觉得是不是搞错了：一位女教师正在给一群孩子讲课。背景是一个宽阔的控制屏，许多屏幕和仪表在闪动着，这可能是反应堆的一间控制室。我的注意力集中到女教师身上，她三十多岁，穿着素雅，清瘦的面容上，那副精致地带着下垂金链的眼镜显得很大，镜片后的眼睛透着智慧的光芒，她的声音柔和温暖，听到它，处于紧张惊恐中的我也得到了安慰。我的心中立刻充满对这位女教师的敬佩，她带自己的学生来参观核电厂，身陷险境而从容自若，以崇高的责任心安抚着孩子们。

"她就是伊甸园组织亚洲分支的头目，这次恐怖行动的主要策划者和指挥者。去年三月，她在北美一天内刺杀了两名诺贝尔奖获得者并成功逃脱，在各国通缉的伊甸园要犯中排名第三。"中校指着屏幕上的女"教师"低声对我们说。

我像头上挨了一棍，一时间失去了对周围一切现实的把握，扭头看看林云，她倒没显出太多的震惊。再看屏幕，立刻发现了异常：那些孩子们紧紧地挤成一团，把无比惊恐的目光集中在“教师”身上，像面对一个横空出世的怪兽。我很快发现了他们惊恐的原因：地板上躺着一个男孩，他的头盖骨被打碎了，成大小不一的几个碎片散落在四周，他大睁着双眼，用一种迷惑的目光侧视着地板上那幅由他的脑浆和鲜血构成的抽象画。地板上还有几个“教师”留下的血鞋印，再看她右手的袖子，上面有斑斑的血点，她用来击碎这孩子头骨的手枪就放在身后的控制台上。

“好，孩子们，我亲爱的孩子们，前面的课上得很好，我们现在进入下一阶段。我提个问题：组成物质的基本单位是什么？”“教师”在继续讲课，她的声音仍是那么柔美温和，我却感觉像被一条冰凉柔软的细蛇缠住了颈部，那些孩子一定和我有一样的感觉，只是强烈百倍。

“你，你来回答，”见没有孩子说话，“教师”就指定了一个小女孩，“没关系孩子，答错了也不怕的。”“教师”脸上带着和蔼的微笑轻声说。

“原……原子。”女孩儿用颤抖的声音说。

“看，果然答错了，不过没关系的，好孩子，下面听我告诉你正确答案：组成物质的基本单位是——”她庄重地一字一下挥着手，“金、木、水、火、土！好，大家念十遍：金、木、水、火、土！”

孩子们跟着念了十遍金、木、水、火、土。

“好孩子好孩子，这就对了，我们要让被科学搅得复杂的世界重新简单起来，让被技术强奸的生活重新纯洁起来！谁见过原子？它与我们有什么关系？不要受那些科学家的骗，他们是这个世界上最愚蠢最肮脏的人……请再等一会儿，我讲完这一小节谈判再继续，不能耽误了孩子们的课程。”最后这句话“教师”显然是对我们这边说的，她显然也能通过某个显示设备看到我们这边，因为她说话时转头向另一个方向看了一眼，被什么吸引了。

“咦,女人？哦,这里终于有一个女人了,您真的很有魅力！”她显然指的是林云,她把两手握在胸前,露出似乎很真诚的惊喜。

林云冷笑着向“教师”点点头。这时我在她身上居然感到了一种依靠,我知道“教师”的冷酷不会令她恐惧,因为她也同样冷酷,因而有着与“教师”对峙的精神力量。而我是绝对没有这种力量的,我在精神上已经被“教师”轻易地击垮了。

“咱们之间有共同语言,”“教师”像对一个密友那样微笑着,“我们女人从本质上是反技术的,不像那些机器般让人恶心的男人。”

“我不反技术,我是工程师。”林云平静地说。

“我也曾经是,但这并不妨碍我们去寻找一个新生活。您的少校肩章真漂亮,那是古代盔甲的残留物,就像人性,已经被技术剥蚀得就剩那么一点点了,我们应该珍惜它。”

“那你为什么杀那个孩子？”

“孩子？他是孩子吗？”“教师”故作惊奇地看了一眼地上的尸体,“我们的第一节课的内容是人生导向,我问他长大想干什么,这个小傻瓜说什么？他说想当科学家,他那小小的大脑已经被科学所污染,是的,科学把什么都污染了！”她接着转向孩子们,“好孩子们,咱们不当科学家,也不当工程师或医生什么的,咱们永远不长大,咱们都是小牧童,坐在大水牛背上吹着竹笛慢悠悠地走过青草地。你们骑过水牛吗？你们会吹竹笛吗？你们知道还有过那么一个纯洁而美丽的时代吗？在那时,天是那么蓝,云是那么白,草地绿得让人流泪,空气是甜的,每一条小溪都像水晶般晶莹,那时的生活像小夜曲般悠闲,爱情像月光一样迷人……

“可科学和技术剥夺了这一切，大地上到处都是丑陋的城市，蓝天没了白云没了，青草枯死溪水发黑，牛都被关进农场的铁笼中成了造奶和造肉机器，竹笛也没了，只有机器奏出的让人发疯的摇滚乐……

“我们来干什么？孩子们，我们要带人类重返伊甸园！我们首先要让人们知道科学和技术有多丑恶，怎么做到这一点呢？如果让人们感受一个脓疮有多恶心该怎么办呢？就是切开它，我们今天就要切开这个技术脓疮，就是这座巨大的核反应堆，让它那放射性的脓血溢得到处都是，这样人们就看到了技术的真相……”

“能答应我一个请求吗？”林云打断“教师”喋喋不休的演讲。

“当然，亲爱的。”

“我去代替那些孩子作人质。”

“教师”微笑着摇摇头。

“哪怕就换出一个也行。”

“教师”继续微笑着摇头，“少校，你以为我看不出你是个什么东西？你的血和我一样冷，你进来后，会用零点五秒抢走我的枪，再分别用零点二五秒把两颗子弹送进我的两个眼窝。”

“听你的说话方式，确实像个工程师。”林云冷笑着说。

“让所有的工程师都下地狱吧。”“教师”微笑着说，转身拿起控制台上的手枪，把枪口对着镜头凑过来，直到我们看清了枪管内壁的膛线。我们只听到半声枪响，随着摄像机被打坏，屏幕上一片空白。

走出了房间，我像从地狱里出来似的长出了一口气。中校又向我们简单介绍了反应堆和控制室的结构，我们就又回到了会议室。正好听到一位警方官员在说：

“……如果恐怖分子提出了条件，为了孩子的安全，我们肯定会先答应条件再想办法，现在的问题是他们根本不提任何条件，他们来就是为了爆炸反应堆，之所以现在还没有引爆炸弹，只是因为他们正在用一个自己带进去的小型卫星天线试图向外界转播实况。现在情况已经很紧急了，他们随时都会引爆的。”

看到我们进来，总指挥说：“情况你们知道了，现在我问第二个问题：你们的这种武器能够区分成年人和孩子吗？”

许大校说不可能。

“能不能避开孩子们所在的控制室，只攻击反应堆建筑的一部分，也就是操纵炸弹的恐怖分子所在的那部分呢？”一名警官问。

“不行！”没等许大校回答，一名武警大校抢先说道，“‘教师’也带着遥控起爆器。”看来他们已经在用“教师”这个绰号称呼那个可怖的变态女人了。

“没有这种情况也不行，”许大校说，“反应堆和控制室结合成一个建筑。我们的武器是将建筑物作为一个整体攻击的，墙体挡不住它，从建筑物的大小看，不管瞄准哪一个局部，整幢建筑都在杀伤范围内，除非将孩子们带出并远离反应堆建筑，否则他们肯定会被杀伤。”

“你那是什么东西，中子弹吗？”

“对不起，只有在总装备部一号首长授权后我才能做更详细的介绍。”

“没必要了，”大校转身对总指挥说，“看来这东西没用。”

“我认为有用的！”林云说，她令我和许大校都很紧张，因为这种场合轮不到她说话的。她走到总指挥的办公桌对面，双手撑着桌子身体前倾,用灼人的目光直视总指挥,后者抬起头,沉着地迎接着她的注视。

“首长,现在事情就像一加一等于二那样清楚了。”

“林云!”许大校厉声制止她。

“让少校同志说下去。”总指挥不动声色地说。

“首长,我说完了。”林云垂下视线,退到后面去了。

“好吧,除了紧急指挥中心成员,其他同志先出去等候吧。”总指挥说,也垂下视线,但没有再看那张建筑图。

我们来到了招待所的楼顶上,与晨光部队的其他成员会合。我看到,两挺雷球机枪已经架设到楼顶边缘,分别盖上了一张绿色篷布,篷布下面的四个超导电池中的两个存贮着激发球状闪电所需的强大电能,另外两个,则存贮着两千颗杀伤型宏电子。

前方二百多米处,核反应堆高大的圆柱体在下午的阳光中静静地立着。

当武警中校离去后,许大校低声地对林云说:“你是怎么搞的!你清楚球状闪电武器目前面临的危险,一旦泄密,敌人就能够很容易地建立起对它的有效防御,那它还有什么战场优势?在现在的紧张形势下,敌人的侦察卫星和间谍注意着我们每一个地区的每一处异常,我们一旦使用……”

“这就是战场啊!这座反应堆的容量是切尔诺贝利的十多倍,一旦被炸毁,方圆几百公里将变成无人区,可能有几十万人死于核辐射!”

“这我清楚,如果上级下令使用,我们坚决执行,问题是你不应该越出自己的职权范围去影响首长的决策。”

林云沉默了。

“其实,你渴望使用那件武器。”我忍不住说。

“那又怎么样? 这不是一种很正常的心态吗?”林云低声对我说。

之后我们谁都没有再说话,盛夏的热风吹过楼顶,楼下不时响起急刹车的声音,紧接着是士兵下车时急骤的脚步声、武器和钢盔相互之间的碰撞声,除了几声简短的命令,没有更多的话音。在这声音中,我却感到一阵恐怖的死寂压倒了一切,其他的声音仿佛都极力想从这死寂中挣脱出来,但很快被它的巨掌窒息了。

没等多长时间,那名武警中校又出现了,楼顶上所有人都站了起来,他简短地说:“晨光部队的军事指挥官跟我来。”康明中校站了出来,正了正钢盔跟着他走了。其他的人还没来得及重新坐下,康中校就回来了。

“准备攻击! 发射数量由我们自己定,但要对反应堆建筑中的有生目标确保摧毁。”

“发射数量由林云少校决定吧。”许大校说。

“两百发耗散型,每挺发射一百发。”林云说,显然早就考虑好了。这次武器中装载的宏电子均属于耗散型的,建筑内的有生目标均已被摧毁后,剩下的球状闪电就将携带的能量以电磁辐射形式逐渐消耗掉,慢慢熄灭而不发生爆炸,不会再有破坏力。而其他类型的球状闪电在这种情况下仍有可能以爆炸方式骤然释放能量,对特定目标类型以外的其他目标产生随机的破坏。

“第一和第二射击组到前面来。”康明中校说着,分开人群来前面,他指着前方,“武警部队将向反应堆靠近,到达一百米安全距离线时,他们会停下,这时立刻射击。”

我的心立刻抽紧了,放眼望去,前方那巨大的圆柱体在阳光中发出刺目的白光，让我无法正视，我一时产生了幻听，仿佛吹过楼顶的风送来了孩子们的声音。

两挺雷球机枪上的篷布被掀开，两根加速导轨的金属外壳在阳光下闪亮。

“这个让我来吧。”林云抢先坐到了一挺雷球机枪的射击位置上，康中校和许大校互相看了一眼，默许了她。我在她的眼神和动作中看到了难以掩饰的兴奋，像一个孩子终于拿到了自己最热爱的玩具，这让我浑身发冷。

楼下，武警的散兵线已经开始向反应堆方向移动，在前方那高大的建筑面前，这一排人影显得很小。散兵线推进很快，正迅速接近反应堆一百米的安全线。这时，雷球机枪加速导轨上的激发电弧被点燃了，尖利的噼啪声使楼下的人们都抬头向上看，连散兵线中的士兵们也都回过头来。当散兵线在距反应堆建筑一百米处停下时，两排球状闪电从楼顶飞出，飞向反应堆。这死亡的飓风呼啸着越过了两百多米的空间，当第一颗球状闪电击中反应堆建筑时，仍有球状闪电从加速导轨中不断地射出，它们拖着的火尾连成一线，在招待所楼顶和反应堆建筑之间形成了两条火流。

以后的情形是我事后从控制室中的录像看到的。

当一群球状闪电飞入控制室时，“教师”已经停止了讲课，正伏在控制台上鼓捣着什么，仍挤成一堆的孩子们由一个持冲锋枪的恐怖分子看押着。由于射入建筑的球状闪电曾有短暂的时间失去观察者，进入概率云状态，当观察者重新出现而使概率云坍缩成确定态后，它们已失去了速度，只是沿随机路线低速飘行了。这时所有人都抬起头来，惊恐而迷惑地看着那些飘荡的火球,它们的尾迹在空气中形成了一幅复杂且瞬息万变的图案,它们发出的声音像万鬼号泣。在控制室摄像机拍摄的图像中,“教师”的脸看得很清楚,她的眼镜反射着球状闪电橘黄色和蓝色的光芒,她的眼神中没有其他人的恐惧,而只有迷惑,后来她甚至笑了一下,也许是为了放松自己,也许真觉得这些火球有趣,这是她在这个世界上最后的表情。

当球状闪电爆炸时,强烈的电磁脉冲使摄像机的图像消失了,但在几秒钟后恢复,这时画面中已空无一人,只有残存的几个球状闪电还在飘行,并在渐渐熄灭中,随着自身能量的降低,它们发出的声音听起来已不那么恐怖了,像是安魂曲。

在招待所的楼顶上,我听到爆炸声从反应堆建筑中传过来,整座楼的玻璃都被震得嗡嗡响,这声音震动的不是耳朵而是五脏六腑,让人感觉到一阵阵恶心,显然有很多次声波的成分。

走进反应堆控制室前,我觉得自己会支持不住的,但我还是和林云一起走了进去,精神的虚弱使我两腿发软,站立不稳。自我看到爸爸妈妈的灰烬十几年后,又看到了孩子们的灰烬,虽然不是我的孩子。除了少数几个残缺不全的炭化遗骸外,大部分死者都被烧得十分彻底,衣物却基本完好无损。在一个普通焚化炉中,有两千多度的高温,要将一个人体烧成灰也需几分钟时间,而球状闪电却在一瞬间做到了这件事,除了它内部那一万多度的高温外,物质波的共振使能量均匀地作用于每一个细胞。

有几名警察围在“教师”的那堆灰旁,在她的衣服里翻找着什么。其他七名恐怖分子也被干净利落地消灭，包括两名准备引爆“红药片”的。

我小心翼翼地绕行在孩子们的灰烬之间，这一堆堆来自花朵般的生命的白色灰烬上放着一套套孩子的衣物，那些灰烬有许多还保持着孩子倒地时的形状，头部和四肢都能清楚地分辨，控制室的整个地板变成了一幅巨幅抽象画，它由球状闪电创作，描述着生命和死亡，我一时间竟感到了一种超脱和空灵。

我和林云在一小堆灰烬前停住了脚步，从完好无损的衣服看这是一个小女孩儿，灰烬将她最后的姿势保存得十分完好，看上去她仿佛是在跳着欢快的舞蹈进入另一个世界的。与别的灰烬不同，她身体的一小部分逃过了毁灭，那是她的一只小手。这小手白润稚嫩，每个手指根部的小小肉窝都看得清清楚楚，仿佛它从来就没有脱离过生命的躯体。林云蹲下身去，轻轻拿起了那只小手，双手握着它，我站在她身后，就这样一动不动地待着，对于我们，时间已停止了流动，我真希望自己能化作一尊没有感觉的雕塑，与这些孩子们的灰烬一起直到世界尽头。

不知过了多长时间，我才发现身边又有了一个人，是总指挥。林云也看到了他，轻轻地把小手放下，站起身来说：

“首长，让我去见孩子们的父母吧，武器的攻击是由我进行的。”

总指挥缓缓地摇摇头，“决定是我做的，后果与你无关，与参加行动的任何同志都无关，你们做得很好，我为晨光部队请功，谢谢你们，谢谢。”他说完迈着沉重的步伐离去，我们都知道，不管各方面对这次行动的评价如何，他的政治生涯已经结束了。总指挥走了几步又停了下来，没有回头，说了一句肯定让林云终生难忘的话：

“另外，少校，也谢谢你的提醒。”

一回到基地，我就提交了辞呈。所有的人都来挽留我，但我去意已定。

丁仪对我说："陈兄，你应该理性地想这件事，如果不能用球状闪电武器，那些孩子同样会死，而且可能死得更痛苦，与他们一起死的还有成千上万的人，他们会死于辐射病和血癌，他们的后代会出现畸形……"

"好了，丁教授，我没有你那纯科学的理性，也没有林云军人的冷静，我什么都没有，只好走了。"

"如果是因为我不好……"林云慢慢地说。

"不不，你没错，是我，像丁教授说的，我这人太敏感，也许是因为小时候的经历吧，我真的没有勇气再看到有人被球状闪电烧成灰，不管是什么人。我没有研制武器所需要的那种精神力量。"

"可我们现在正在收集烧毁芯片的宏电子，这种武器反而会减小战场上敌方的人员伤亡。"

"对我来说都是一回事，我现在甚至都不敢再见到球状闪电了。"

这时我正在基地的资料室，交还我工作中使用的所有保密资料，这是离开基地的最后一道手续了，每交一份文件我就签了个字，每签一个字，我就离这个不为外界所知的世界远一步，在这个世界里，我度过了自己残存的青春岁月中最难忘的日子，我知道，这一次离开，自己再也不会回来了。

走的时候林云送了我很远，分手之际她说："球状闪电的民用研究可能很快就会开始，到时候我们能再合作的。"

"有这一天就太好了。"我说，这对我也确实是个安慰，但另外一个直觉，让我没有期待未来的重逢，而把早就想对她说的话在这时就说了出来。

“林云，在泰山第一次见到你时，我有一种从没有过的感觉……”我看着远方的成为北京屏障的群山说。

“我知道，但我们太不一样了。”林云也随着我的目光遥望远方，我和她在一起的时光总是这样，从来没有互相对视过，但却都看着同一个方向。

“是啊，太不一样了……你多保重。”在这战云密布的严峻形势下，她应该能理解我最后那四个字的意思。

“你也保重。”她轻轻地说。车走了很远，我回头见她还站在那里，深秋的风将大片的落叶吹过她的脚下，她仿佛站在一条金黄色的河流中，这就是林云少校留给我的最后记忆。

以后，我再也没能见过她。

异象之四

回到雷电研究所，我陷入了一种十分消沉的状态，整天在宿舍中酗酒，昏昏沉沉地打发日子。这天高波来看我，他说：

“你这人，我只能用愚蠢两字来形容。”

“怎么讲?”我懒洋洋地问。

“你以为离开武器研制就立地成佛了？任何一种民用技术都可能用于军事，同样，任何一门军用技术都能造福于民。事实上，几乎上一世纪所有的重大科学进展，像航天、核能利用、计算机等等，都是科学家和军人这两拨不同路的人在一起合作的结果,这么简单的道理你怎么就不懂?”

“我有我自己的特殊经历,有别人没有的创伤。再说我也不信你的话了,我一定能找到一个研究项目,只是拯救和造福生命,而绝不用作武器。”

“我想不可能吧,手术刀还能杀人呢。不过也好,现在找些事干对你是有好处的。”

高波走后天已很晚,我熄灯在床上躺下,像最近的每一夜一样进入一种似睡非睡的状态,这种睡眠比醒着时更累,因为噩梦一个接着一个。梦的内容很少重复,但所有的噩梦都有一个相同的声音作为背景,那就是球状闪电飘行时发出的哀鸣声,像荒野上一只永恒吹奏着的孤独的埙。

一个声音把我唤醒了,这是“嘀——”的一声,虽然短暂,但我能从噩梦世界的杂音中将它区分出来,清楚地意识到它来自梦之外的现实。我睁开眼睛,看到房间笼罩在一片诡异的蓝光中,这光很暗,不时闪动一下,天花板在这蓝光中显得幽暗阴冷,仿佛墓穴的顶部。

我半支起身,发现蓝光是从我放在桌上的笔记本电脑的液晶屏上发出的。下午,收拾从基地带回来后多日懒得打开的一个行李包时,发现了这台电脑,就给它接上网线准备上网,但按了开关后,屏幕上仍一片黑色,只出现了几行ROM自检的错误信息。我这才想起来,这就是那台我曾带到球状闪电武器演示现场去的电脑,在那里它的CPU和内存条都被球状闪电释放的能量烧毁了,都变成了白色的细灰,于是我就把它扔在那里不管了。

但现在，电脑启动了，这台没有CPU也没有内存条的电脑启动了！屏幕上显现出WINDOWSXP的启动画面，随着硬盘发出的轻轻的嗒嗒声，XP的桌面出现了，那片蓝天那么空灵，那片绿草地青翠得刺眼，看去是属于另一个诡异的世界，这个液晶屏幕似乎就是通向那个世界的窗口。

我挣扎着起身去开灯，剧烈颤抖的手好不容易才摸到了开关，在扳下开关到日光灯亮起这短暂的一两秒钟，在我的感觉中竟漫长到令人窒息。灯光淹没了那诡异的蓝光，攫住我全部身心的恐惧却丝毫没减少。这时我想起了丁仪在分手时留给我的一句话：

“如果遇到什么事，打电话给我。”他意味深长地说，还是用那种很特别的目光看着我。

我于是拿起电话，慌乱地拨了丁仪的手机号，他显然还没睡，铃只响了一声就接了。

“你快到我这里来，越快越好！它……它启动了，它能启动，就在刚才……我是说笔记本电脑启动了……”在这种状态下我很难把事情说清楚。

“是陈兄吗？我马上过去，这之前什么都不要动。”丁仪的声音听起来十分冷静。

放下电话后，我又看了一眼笔记本电脑，它和刚才一样静静地显示着XP的桌面，像在等待着什么，XP的桌面像一只盯着我看的蓝绿相间的怪眼，这让我在房间里再也待不下去了，于是起身连衣服也没披就开门走出去。单身宿舍楼的楼道里很安静，能隐约听到相邻房间里年轻人的鼾声，我的感觉好多了，呼吸也顺畅起来，就站在门口等着丁仪。

丁仪很快来了，球状闪电的理论研究将转移到国家物理研究院，丁仪这些天都在联系此事，就住在市里。

“进去吧。”他看了看我身后紧闭的门说。

“我不，不进去了，你去看吧。”我说着转身让开了。

“也许只是一件很简单的事情。”

“对你来说什么都很简单，但我，我实在受不了了……”我揪着自己的头发说。

“我不知道是否存在超自然现象，但你遇到的肯定不是。”

他这句话让我平静了一些，像一个孩子在令他恐惧的黑暗中抓住了大人的手，像一个溺水者终于触到了坚实的岸沿。但这感觉马上又令我沮丧，在丁仪面前我是个思想的弱者，在林云面前我是个行动的弱者，我反正总他妈的是个弱者——也难怪我在林云心中的位置总在丁仪和江星辰之后。是球状闪电把我塑造成这个样子，自少年时代那个恐怖的生日之夜后，精神上的我就已定型了，我注定要用一生来感觉别人感觉不到的恐惧。

我硬着头皮跟着丁仪进了自己的房间，越过他瘦削的肩膀，我看到桌上的电脑已进入屏保程序，是那种星空图像，屏幕黑了下来，丁仪动了一下鼠标，桌面再次显现，那诡异的绿草地又令我移开了目光。

丁仪拿起电脑，打量了一下后递给我，“把它拆开。”

“不不。”我把电脑推开，接触到它温热的机壳时，我的手触电似的闪开了，我感到那是一个活物。

“好吧，我拆，你看着屏幕，找一个十字改锥吧。”

“不用，上次拆了后就没拧上螺丝。”

于是丁仪在电脑上摸索起来，一般的笔记本电脑很难拆开，但我这台是戴尔最新款的组合机型，所以他很轻易地抽开了底部的机壳。他边做边说：“还记得我们第一次用高速摄影机拍下的球状闪电的能量释放过程吗？我们用慢速一格一格地放，当放到那个被烧毁的木块变成透明轮廓时，我们定格图像。还记得当时林云说了句什么吗？”

“她喊：‘它多像一个立方体的空泡！’”

“对了……在我看里面的时候注意看屏幕。”他说，然后把腰弯下去，侧头从下面看拆开的电脑内部。

就在这一刻，我看到屏幕黑了下来，上面只有两行启动自检的错误信息，标明没有检测到CPU和内存。

丁仪将电脑翻过来让我看，我看到在主板上，CPU和内存条的插槽全是空的。

“当我观察的那一瞬间，量子波函数坍缩了。”丁仪将电脑轻轻放到桌子上，它的屏幕仍是黑的。

“你是说，被烧毁的CPU和内存条也像宏电子那样处于量子态？”

“是的，换句话说，在与宏电子发生物质波共振后，每一块芯片也转化成了宏量子，它们处于不确定状态，也就是同时处于两种状态：被烧毁和未被烧毁。刚才，在电脑启动的时候，它们处于后一状态，在那个时候，CPU和内存条完好无损地插在主板上的插槽中，而我的观察使它们的量子态又坍缩到被烧毁的状态了。其实，从本质上说，球状闪电的能量释放，就是它与目标的两团概率云的重叠或部分重叠。”

“那么，在没有观察者的时候，那些芯片何时是处于完好状态的呢？”

“这不确定，只是一个概率事件，你可以认为，这台电脑笼罩在那些芯片的概率云之中。”

“那些被烧掉的试验动物，它们也处于量子态吗？”我紧张地问，预感到自己正在接近一个令人难以置信的真相。

丁仪点点头。

我实在没有勇气问出下一个问题，丁仪平静地看着我，显然早已知道我在想什么。

“是的，还有人，所有死于球状闪电的人，都处于量子态，严格地说他们并没有真正死去，他们都是薛定谔的猫，在不确定中同时处于生和死两种状态。”丁仪站起身来踱到窗前，看着外面浓重的夜色，“对于他们，生存还是死亡，确实是个问题。”

“我们能见到他们吗？”

丁仪对着窗挥了一下手，像是要坚决赶走我脑子中的这个念头，“不可能，我们永远不可能见到他们，因为他们的坍缩态是死亡，他们只能在量子态中的某个概率上以生存状态存在，当我们作为观察者出现时，他们立刻坍缩到毁灭态，坍缩到他们的骨灰盒或坟墓中。”

“你是说，他们活在另一个平行世界？”

“不不，你理解有误，他们就活在我们的世界，他们的概率云可能覆盖着相当大的范围，也许，他们现在就站在这个房间中，站在你背后。”

我的脊背一阵发冷。

丁仪转过身来指着我的身后，“但当你回头看时，他们立刻坍缩到毁灭态。相信我，你或其他任何人永远不可能见到他们，包括摄像机在内的任何观察者也永远不可能探测到他们的存在。”

“他们能在现实世界留下非量子态的痕迹吗?”

“能,我想你已经见过这类痕迹了。”

“那他们为什么不给我写信!”我失态地叫了起来,这时我说的他们只包括两个人了。

“相对于芯片这类物体,有意识的量子态生物,特别是人类的行为要复杂得多,他们是如何与我们的非量子态现实世界互动的,仍是一个难以理解的谜,这中间有许多逻辑上甚至哲学上的陷阱。比如:他们也许写信了,但这些信有多大概率成为非量子态而被你觉察到呢?另外,现实世界在他们眼中是否也是量子态的?要是那样,他们在你的概率云中找到现在这个状态的你是很困难的,对于他们,回家的路一定漫长而渺茫……好了好了,这是些短时间内不可能想明白的事,牛角尖钻下去会把你弄垮的,以后再慢慢想吧。”

我没说话,怎么可能不想呢?

丁仪从桌子上拿起一瓶我喝了一小半的红星二锅头,给我和他自己分别倒上一杯,“来来,这个也许能把那些事从你脑子里赶走。”

当烈酒在我的血液中烧起来时,纷乱的脑子确实空旷了一些。

“我的思想已经混乱到极点了。”我头脑晕沉地倒在床上。

“你应该找些事干。”丁仪说。

下　篇

龙卷风

我很快找到了要干的事，这是我对高波提过的那种只是拯救和造福生命，而绝不能用作军事用途的研究：预报龙卷风。去年夏天与江星辰在那个小岛上目睹龙卷风，给我留下深刻印象。在探测宏电子空泡的光学系统运行时，我看着屏幕上清晰显现的大气扰动，曾经灵机一动，想到这个系统也许可以在龙卷风预报中取得关键性突破。现在，气象学界对龙卷风生成的空气动力学机制已有了深刻了解，建立了龙卷风生成过程的完善的数学模型，将这个模型与空泡探测系统观测到的大气扰动结合起来，就能够判断出可能发展成龙卷风的大气扰动，进而预报龙卷风。

高波解决了这个项目最大的一个障碍：将空泡光学探测技术转为民用。他与军方联系后，发现比想象的容易，因为这个系统与球状闪电并没有直接联系，军方很快同意转让技术。

高波从总装备部回来后，让我直接同研制空泡探测系统的两个单位联系，他们分别是系统的软件和硬件部分的研制者，都是地方机构，现在与基地已没有任何关系。我问高波基地现在的情况,他说自己只是与总装备部的项目管理部门打交道,从来没有与基地联系过。他听说基地的密级提高了许多,现在已与外界断绝了一切联系。想想现在的形势,这是可以理解的,我也发现自己仍时时牵挂着他们。

我的研究进展很快,由于探测大气扰动所需的精度远小于探测空泡所要求的,所以那套光学探测系统拿过来就能用,而且由于降低了精度要求,探测范围扩大了一个数量级。我所要做的就是用适当的数学模型对已得到的大气扰动图像进行判断,识别出有可能生成龙卷风的扰动(后来,这个领域的专业人员习惯于将这种扰动叫“卵”)。在我研究球状闪电的初期,曾付出了巨大的精力鼓捣数学模型,这一段让我不堪回首的弯路,现在看来并没有白走,我在流体和气体动力学方面建立数学模型的能力,在研究中发挥了巨大的作用,使得龙卷风探测系统的软件部分很快完成了。

我们在龙卷风频繁出现的广东省试验这个系统,成功地预报了几次龙卷风,其中一次是擦过广州市区一角的。这个系统能提供十到十五分钟的预警,仅能够在龙卷风到来之前安全地撤离人员,无法避免其他的损失,但在气象学界已经是很了不起的成就。事实上,按照混沌学原理,龙卷风的长期预报基本上是不可能的。

在忙碌的工作中时间过得很快,转眼间一年过去了。这年我参加了四年一度的世界气象大会,并获得号称“气象学界诺贝尔奖”的世界气象组织IMO奖的五人提名,最后虽然由于资历等原因最终没能获奖,但已经引起气象学界的注目。

为了展示龙卷风研究的成果,这次大会的一个分会场——国际热带气旋学术研讨会专门选在北美大陆的俄克拉荷马州进行，这里是著名的龙卷风走廊，那部描述龙卷风研究者的电影《TWISTER》就是以这里为背景的。

我们此行的主要目的是参观世界上第一个实用化的龙卷风预报系统。汽车行驶在平坦的原野上，俄克拉荷马州最常见到的三种景象：广阔的麦田、牧场和油田交替在车窗外出现。在快到目的地的时候，陪同我们的罗斯博士吩咐将窗帘拉上。

“实在对不起，我们将要进入一个军事基地。”他说。

我感到很扫兴，是不是自己永远也无法摆脱军方和军事基地呢？下车后，我看到周围大多是些临时性建筑，有几座雷达天线，都包裹在高大的球形罩中。我还看到一个车载的像天文望远镜的设备，显然是一具大功率激光发射器，这可能是用作大气光学观测的。进入控制室后，我看到一排熟悉的墨绿色军用计算机，操作人员身上穿着熟悉的迷彩服，唯一有些陌生的就是那个高分辨率的超大等离子屏幕，国内一般用不起这东西，都是用的投影仪。

大屏幕上显示着大气光学观测系统采集到的大气扰动图像，这个成果的转让，让高波的雷电研究所赚了一大笔。原来在小屏幕上看似平常的扰动图像，放到这么大竟是如此壮观，那纷乱的湍流仿佛一大群狂舞的水晶巨蟒，时而纠结成一团，时而四下飞蹿，令人感到一种说不出的恐惧和迷惑。

“真想不到，看上去空无一物的天空也是这样一个疯狂世界。”有人感叹说。

还有更疯狂的东西你们没看到呢，我在心里说，仔细地观察着屏幕上那纷乱的扰动，试图从中看到宏电子的空泡，当然看不到，但在这样大面积的图像中肯定藏着不止一个，它们只能被另一种仍属于绝密的图像识别软件认出来。

“今天能看到‘卵’吗？”我问。

“应该问题不大，”罗斯回答，“最近在俄克拉荷马和堪萨斯两州，龙卷风频繁，就在上个星期，俄克拉荷马州境内在一天之内出现了一百二十四次龙卷风，创了历史纪录。”

为了不耽误时间，东道主在基地里还设置了一个会议厅，学术报告会可以在那里继续进行，同时等待“卵”的出现。与会者们在会议厅里还没有坐稳，警报声大作，系统侦测到一个“卵”！大家重新拥进控制中心，看到大屏幕上仍翻滚着透明的“乱麻”，与刚才相比似乎没有什么两样。“卵”没有固定的形状，只有模式识别软件才能将它识别出来，并用一个红圈在图像中标示出它的存在。

“它距这里一百三十公里，已经到了俄克拉荷马城的边缘。”罗斯说。

“估计多长时间生成龙卷风？”有人紧张地问。

“大约七分钟吧。”

“那人员疏散都很困难了。”我说。

“不，陈博士，我们不做任何疏散！”罗斯大声说，“这就是我们今天要带给大家的惊喜！”

大屏幕上分出了一小块正方形的区域，显示出一枚导弹正从发射架上呼啸而出，直插长空，镜头跟踪着它，显示那细细的白色尾迹在天空中划出了一条巨大的抛物线，约一分钟后，导弹越过了抛物线的顶点，开始降低高度，又过了一分钟，它在距地面约五百米的高度爆炸了，在天空背景上，那团灼热的火球如一朵怒放的玫瑰。在大屏幕上的大气扰动图像部分，那个红圈标示出的“卵”的位置上同时出现了一个急剧扩大的水晶球，那个透明球体很快变形消失，扰动的“乱麻”重新填补了它的位置。红圈消失，警报解除了，罗斯博士宣布，“卵”已被消灭，这是这个被称为“龙卷风猎杀者”的系统成功消灭的第九个“卵”了。

罗斯博士介绍说：“大家知道，龙卷风一般脱胎于强雷暴，雷暴中的湿热空气在上升穿过上层的冷空气层时逐渐冷却，空气中的水蒸气凝结成雨滴或冰雹，冷却后的空气夹带着雨滴或冰雹向下沉，随后在下层热空气以及地球自转等因素的作用下重新向上翻卷，最终形成龙卷风。龙卷风的形成过程是不稳定的，其中冷空气的下沉代表一个关键的能量流动，这团下沉冷空气就是‘卵’的心脏。‘龙卷风猎杀者’系统发射携带油气燃烧弹的导弹，对下沉冷空气进行精确打击，这种燃烧弹能在瞬间放出巨大的热量，使下沉冷空气团升温，从而破坏龙卷风的形成，将它扼杀在摇篮里。我们都知道，导弹打击技术和油气燃烧弹技术早已有之，事实上这称不上精确打击，它所需的精确度比军事用途要低一个数量级，所以为了减小成本，我们使用的都是已被淘汰的旧型号导弹。‘龙卷风猎杀者’系统的关键技术就是陈博士的大气光学探测系统，是这项创造使我们能够提前定位‘卵’，也就使得人工消灭龙卷风成为可能，让我们对他表示敬意！”

第二天，在州首府俄克拉荷马城，我被授予“荣誉市民”称号。在接受州长的荣誉证书后，一个金发少女将俄克拉荷马的州花，我从未见过的槲寄生献给我。她告诉我，前年的一次龙卷风夺去了她双亲的生命，在那个恐怖之夜，一场F3级的龙卷风揭开了她家的房顶，将室内的一切都卷到了上百米的空中,她是落到一个水塘中才侥幸逃生。她的叙述使我想起了自己失去双亲的那个生日之夜,也使我对自己的工作充满了自豪感。正是这份工作,使我最终摆脱了球状闪电的阴影,开始了充满阳光的新生活。

仪式后,我对罗斯博士表示了敬意。虽说我在预报龙卷风方面取得了突破,但真正最后征服龙卷风的是他们。

"最后征服龙卷风的是TMD。"罗斯没头没脑地说。

"战区导弹防御系统?"

"是的,几乎是原封不动地使用,只不过是将系统中的来袭导弹识别部分换成您的'卵'定位系统而已。TMD好像就是为消灭龙卷风而定制的。"

我这才意识到两者确实相似,都是自动识别来袭目标,然后引导导弹进行精确拦截。

"我的研究领域本来与气象毫无关系,是负责TMD和NMD的软件系统的,已经搞了很多年了。看到自己开发的武器系统能以这种方式造福社会,我确实有一种前所未有的幸福感,陈博士,这是我特别要感谢您的。"

"这个我理解。"我真诚地说。

"剑都可以铸成犁,"罗斯说,接下来他的声音低了许多,"但有些犁也可以铸成剑,像我们这样的武器研究者,在履行责任的同时,有时不得不承受由此带来的自责和失落……陈博士,这你也能理解吗?"

我从高波那里也听到过类似的话,于是无言地点点头,心里戒备起来。他说的"我们"是指他们还是包括我?他们真的知道我以前从事的工作?

“谢谢,真的谢谢。”罗斯说,我注意到他看我的眼神很奇怪,其中竟然露出一丝悲哀。后来才知道自己多心了,他的话与我无关,而到那时我才真正理解了这眼神的含义。我可能是最后一批出国的学者,回国后的第十天,战争爆发了。

“珠峰号”沉没

生活变得紧张起来,每天除了关注战局外,工作也有了另一层的意义,以前在生活中占主要地位的一些快乐和烦恼都显得不那么重要了。

这天我接到一个电话,是军方打来的,通知我去开一个会,有一名海军少尉开车来接我。

战争爆发后,我不时想起球状闪电武器项目,在这非常时刻,如果研究基地需要我回去,我是会抛弃个人感情尽自己责任的,但这方面一直音讯全无。我关注的战事新闻上也没有出现任何有关球状闪电武器的信息,这本来是它出现的最好时机,但它仿佛是从来就没有存在过一样。我给研究基地打电话,发现他们以前所有的电话都不通了,丁仪也不知去向。我所经历的那一切似乎是一场过去的梦,没有留下任何痕迹。

到达后,我发现到会的大多是海军方面的人员,没有一个我认识的,这才明白这里与球状闪电武器没有任何关系。所有的人都神色严峻,会场的气氛十分压抑。

“陈博士,我们想首先向您介绍一下昨天发生的一场海战的情况。

新闻中还没有报道。”一位海军大校在没有任何开场白的情况下直截了当地说。

“这次海战的具体位置和详细情况您不需要了解,我只介绍有关的情况。在昨天下午三点左右,‘珠峰号’航母战斗群在海上遭遇大批巡航导弹的袭击……”

听到这个名字,我的心里动了一下。

“……来袭导弹数量很大,有四十多枚。舰队立刻启动了防御系统,但很快发现,这次袭击的方式很奇怪:一般情况下,巡航导弹在袭击海上目标时都采用贴海飞行方式,以便突破反导系统的防御,但这批导弹的飞行高度都在千米左右,好像根本不在乎被击落似的。果然,导弹群并没有直接对舰队目标进行打击,而是全部在我们的防御圈之外自爆了,爆炸高度在五百到一千米之间。每个弹头的爆炸威力很小,只是扩散出大量的白色粉末,请看,这是当时的录像。”

投影屏幕上出现了空旷的天空,云很多,好像是暴雨将临的样子。紧接着,天空中出现了许多小白点,那些白点渐渐扩散,仿佛是在水面上滴上了几十滴牛奶。

“这些就是巡航导弹的爆炸点,”大校指着画面上那些扩散的白点说,“很奇怪,我们一时真的不知道敌人想干什么,这些白色物质……”

“现场还有什么别的迹象吗?”我打断了大校的话,一种可怕的预感涌上心头。

“您指的是什么呢? 好像没什么与此有关的迹象。”

“无关的也行,您想想看?”我急切地问。

大校和其他几名军官互相看看,一名戴眼镜的中校说:“敌人有一架预警机在这一空域飞行,这好像没什么异常的。”

“还有吗?”

“嗯……敌人通过低轨道卫星平台向这一海域发射大功率激光,可能是配合那架预警机探测深水潜艇……这与我们所谈的导弹群袭击有关吗? 博士,您不舒服吗?”

但愿真是探测潜艇,上帝保佑是在探测潜艇……我心里紧张地祈祷着,同时说:“没什么,谢谢。那些白色粉末,你们知道大概是什么吗?”

“我刚才正要告诉您——”大校说,同时屏幕上换了一个画面,这一幅由少数几种鲜艳的色彩组合而成,像画家的调色板一样杂乱无序,“这是一幅那一空域的红外假彩色图,看这儿,爆炸点很快都变成了超低温区域,”大校指着画面上的一片醒目的蓝点说,“所以我们猜测,那些白色粉末可能是高效制冷剂。”

我仿佛被一道闪电击中,感到天旋地转,扶住桌子才没使自己倒下去。“快,让舰队撤出那个海区!”我指着屏幕冲大校大喊。

“陈博士,这是录像,事情已经在昨天发生了。”

已被事实击昏的我愣了半天才明白他的意思。

“请看,这是当时从‘珠峰号’上拍下来的。”

画面上出现了空旷的海面和天空,一艘护航的驱逐舰在画面的一角时隐时现。我注意到天空中出现了一个细长的漏斗,漏斗的柄端向海面延伸,很快拉长成一条细丝。当这条细丝的一端接触海面时,吸起的海水立刻使它变成了白色。最初这条连接海天的白丝带很细,它轻柔地摇曳着,最细的腰部几乎要中断。但它很快变粗,由一道自高空垂下的轻纱,变成一根耸立在大海之上支撑苍穹的巨柱,它的颜色也由白变黑,只有表面旋转的海水还在阳光下闪闪发光。

其实我以前想到过这种事,但不相信真有人能做出来。

具备生成龙卷风潜力的扰动,“卵”,其实在大气层中数量巨大,它们中只有一小部分真正演化成龙卷风,就像数量巨大的鸡蛋中只有一小部分真正能孵出小鸡一样。“卵”的核心是一团下沉的冷空气,通过加热而阻止其下沉,就能消灭那些将演化成龙卷风的“卵”,就像我在俄克拉荷马州看到的那样;同时,如果通过制冷而加强那团冷空气,则能“孵化”那些本来会消失的“卵”,促使其发展成龙卷风。由于这种“卵”数量巨大,所以在适当的气候条件下,便可以随时随地制造龙卷风,这其中的技术关键是发现这些潜在的“卵”,而我的龙卷风预报系统提供了这种可能。更可怕的是,这个系统可以发现这样的机会:如果两个以上的“卵”距离很近,甚至重叠,对其中的多个“卵”同时进行“孵化”,就能够巧妙地聚焦大气中的能量,催生出自然界中不存在的超级龙卷风!

我眼前出现的就是这样一个龙卷风,它的直径超过两公里,比自然形成的龙卷风要大一倍,自然界中最大的龙卷风一般是F5级,这已被人们称为“上帝之手”;但这个人工“孵化”的龙卷风,最小为F7级。

画面上,龙卷风缓缓地向右移动,显然是“珠峰号”在紧急转向,企图避开它。龙卷风的推进一般为直线,速度为每小时六十公里左右,与航母的最大航速相当。如果“珠峰号”加速和转向足够快,就有希望避开它。

但就在这时,在那根黑色的擎天巨柱两旁的天空中,又垂下了两道白丝带,它们迅速变粗,很快演化成两根同样的黑色巨柱。

这三个超级龙卷风的间距小于其直径,只有不到一千米,它们形成了一道长达八千米的死亡栅栏，顶天立地进逼而来，“珠峰号”的命运已经确定。

龙卷风的巨柱很快占据了整个画面，在前面，滚滚的水雾汹涌而过，像是横过来的瀑布，龙卷柱内部则是一个幽暗的深渊。画面急剧晃动起来，接着消失了。

据大校介绍，一个龙卷风扫过“珠峰号”的前半部，正如在那座小岛上那名海军中校向我预言的那样，“珠峰号”的主甲板折断，半小时后沉没，包括舰长在内的两千多名官兵阵亡。在龙卷风逼近时，舰长果断地命令对两座压水反应堆进行A级封闭，最大限度地减少了可能的核泄漏，但也使“珠峰号”彻底失去了动力。同时沉没的还有两艘护航的驱逐舰和一艘补给舰。超级龙卷风在扫过舰队后，其中的一个仍继续行进了二百多公里才逐渐消失，比历史记录上龙卷风行进的最长距离远一倍，其间，它在仍具威力时扫过了一个小岛，抹平了岛上的一个渔村，又杀死了包括妇女儿童在内的一百多个村民。

“‘珠峰号’的舰长是江星辰吗?”

“是的，您认识他?”

我没说话，这时想得更多的是林云。

“我们请您来，一是因为您是国内龙卷风研究方面最有成就的学者；第二个原因是，这次攻击‘珠峰号’的是一个代号‘埃洛斯’[①]的气象武器系统，根据情报，它与您的研究成果有关。”

我沉重地点点头，“是这样，我愿承担责任。”

“不，您误会了，我们这次不是来追究责任的，您并没有什么责任，雷

①希腊神话中的风神。

电研究所对这项成果的发表和转让,都是经过有关部门层层审查的,完全合法。当然有人要为此负责,但不是您。在高技术应用于军事方面,我们真的不如敌人敏感。”

我说:“这种武器是可以防御的,只要将舰队的反导弹防御系统与我们的大气光学探测系统相连接就可以,我曾经见过用导弹发射油气炸弹消除龙卷风的方式,但还可以采用更迅捷更有效率的方法:用大功率微波或激光加热下沉冷气团来达到目的。”

“是的,我们正在全力研制这种防御系统,也请您全力协助,”大校轻轻叹息了一下,“不过坦率地说,它可能要到下次战争才能用上了。”

“为什么?”

“失去了珠峰战斗群,对我们的制海权打击很大,在以后的战局中,我们已经没有能力与敌人进行大规模的海上决战了,只能依托岸基火力进行近海防御。”

从海军作战中心出来后,凄厉的防空警报声在城市上空响起,大街上很快空无一人,我在空旷的街道上漫无目标地走着,有民防队员冲我喊,我就像没有听到一样。他们过来拉我,我没感觉地甩开他们的手,继续梦游似的走着,他们以为我是疯子,顾自跑去了。我现在已万念俱灰,只求一枚炸弹结束这痛苦的生活。但爆炸声只是在远处响起,附近反而显得更加安静了。我不知走了多少时间,警报好像解除了,街上的人又渐渐多了起来,我心力交瘁地在一个街心花园的台阶上坐下,发现本来空空的大脑现在被一种感觉占满,这是终于理解了一个人的感觉。

我理解了林云。

我拿出手机，拨打基地的号码，仍然没有人接。于是起身找出租车，战时的出租车很少，等了半小时才打到一辆，立刻向基地驶去。

车行驶了三小时左右到达了基地，我才发现这里已被废弃了一段时间，到处空荡荡的，人和设备都不知去向。我在空无一物的激发实验室的中央孤独地站了好长时间，一缕夕阳的弱光透过破损的窗子照在身上，又慢慢消失，直到夜色降临我才离开。

回到市里后，我到军方有关机构到处打听球状闪电项目组和晨光部队的下落，但没人能告诉我，他们仿佛从世界上蒸发了。我甚至拨了林将军留给我的电话，但同样不通。

我只好回到了雷电研究所，投入了使用大功率微波消除龙卷风的研究。

芯片毁灭

战争拖延下去，又一个秋天来到了。人们渐渐适应了战时的生活，防空警报和食品配给，就像以前的音乐会和咖啡馆一样，成为生活中习以为常的一部分。

我则全身心地投入龙卷风防御系统的研制，这个项目也由高波领导的雷电研究所承担。工作十分紧张，一时忘记了别的事情。但有一天，这似乎遥遥无期的战时平衡终于被打破了。

这天下午三点半左右，我正同雷电所和军方的几名工程师讨论舰载高能微波发射器的一些技术细节，这种设备可以发射出功率为十亿瓦左右、频率在十到一百赫兹的高度聚焦的微波束，而这个频谱内的微波能量能被水分子吸收。几个这样的微波束加在一起，照射的区域能量强度约为每平方厘米一瓦，和微波炉中的能量强度差不多，可以有效加热“卵”中的下沉冷气团，将其消灭在萌芽状态。这种设备与大气光学探测系统一起，构成了对龙卷风武器的有效防御。

这时，突然听到了一阵奇怪的声音，很像一阵急骤的冰雹打在地上发出的噼啪声，这声音从外面由远而近迅速蔓延过来，最后竟在室内响起，我们周围噼啪声四起，最近的一声居然是在我的左胸口响起！与此同时，周围的电脑发生了一件奇异的事情：有许多小碎片穿过主机完好无损的外壳四下飞散，细看发现，那些碎片竟是一个个完整的CPU、内存条和其他芯片，这些飘浮的芯片一度在空气中达到十分稠密的程度，我挥了一下手，有好几个芯片碰到了手臂上，使我得知它们不是幻影，但随后，这些飘浮的芯片纷纷拖着尾迹消失，空气中很快变得空无一物了。电脑屏幕都发生了急剧变化，或者出现致命错误的蓝屏，或者变黑。

我感到左胸有一阵烧灼感，伸手一摸，发现装在上衣口袋中的手机已经发烫，我赶紧把它拿出来，周围的人也在做着同样的动作。我们拿出的手机都冒出一股白烟，我把它拆开来，一小股白灰弥漫开来，里面的芯片已被烧毁了。我们接着拆开周围的几台电脑，它们的主板上，都有近三分之一的芯片被烧毁，一时间办公室中弥漫着芯片烧成的白灰和一种怪味。

紧接着，剩下的电脑屏幕和灯都黑了下来，停电了。

我的第一感觉就是遭到了以芯片为能量释放目标的球状闪电的袭击，但有一点不对：这附近的建筑中都是研究单位，芯片密集，球状闪电释放的能量衰减应该是很大的，所以它的作用半径不应超过一百米，在这样的距离上，肯定能听到它释放能量时无一例外发出的爆炸声，对于像我这样由于大量接触球状闪电而变得异常灵敏的耳朵，甚至可以听到它飘行时发出的声音，但刚才，我除了芯片被烧毁时发出的噼啪声外什么都没听到，所以我几乎可以肯定附近没有球状闪电出现。

我们要做的第一件事就是确定遭受打击的范围。我拿起桌上的电话，发现它已经不通了，只好同几个人一起下楼去观察。我们很快发现，研究所的两幢办公楼和一间雷电实验室中的芯片都遭到了打击，约有三分之一被烧毁。我们分别走访了相邻的大气物理研究所和气象模拟中心，发现这两个单位的芯片也遭到与我们一样的打击。我们到目前为止所知的破坏范围，至少需要几十个球状闪电才能做到，但我没有发现哪怕一个的踪影。

紧接着，高波派了几个年轻人，骑着自行车外出了解情况，我们其余的人在办公室里焦急地等待着。在雷电所里，只有我和高波知道球状闪电武器的事，我们俩不时交换一下眼色，内心比别人更加惶恐。那几个年轻人在半小时之内都先后回来了，他们一个个神色惊恐，看上去像见了鬼，他们都骑出去三到五公里的距离，所到之处，电子芯片都无一例外遭受到这种神秘力量的打击，被烧毁的比例也一样，都是三分之一左右。他们不敢再向前走了，都不约而同地回到所里汇报情况。对于没有手机和电话的状况，大家一时都很不适应。

“如果敌人真有这种魔鬼武器，我们可真没救了！”有人说。

我和高波又交换了一下眼色，心中一片茫然，“这样吧，把所里的四辆汽车向四个方向开出去，在更大的范围内看看情况。”

我开着一辆车向东穿过市区，一路上，看到所有的建筑物内部都是黑的，人们三五成群地聚集在外面，神色紧张地谈论着，很多人的手里还拿着显然已毫无用处的手机。看到这情形，我不用下车也知道发生了什么，但我还是下了几次车，主要是向人们了解是否有球状闪电的迹象，但人们无一例外都没有看到和听到。

出了市区，我仍将车不停地向前开，一直开到一个远郊的小县城，在这里，虽然也停电，但恐慌的迹象比市区要少许多。我的心中涌现了希望，希望已经到了破坏圈的边缘，或至少看到破坏减轻的迹象。我将车停在一家网吧的外面，急不可待地冲了进去。这时已是黄昏，停电的网吧里很黑，但我立刻嗅到了那种熟悉的焦味儿。我抓起一台来到外面，拆开，细细查看它的主板。在夕阳的亮光中我看到，主板上包括CPU在内的一些芯片消失了。主板从我的手中掉到地上，砸到了我的脚面，我没感觉到疼，只是在深秋的凉风中重重地打了个寒战，立刻上车返回。

我回到所里后不久，另外三辆车也回来了，其中走得最远的一辆沿高速公路行驶了一百多公里，所到之处都发生了与这里一样的事。

我们急切地搜寻着外部的信息，没有电视和网络，也没有电话，只有收音机可用了。但那些豪华的数字调谐收音机都是由集成电路芯片驱动的，无一例外都成了废物。好不容易在传达室的一位老收发员那里找到一台能用的老式晶体管收音机，收到了声音质量很差的几个南方省份的播音台，还有两三个英语台，一个日语台。直到深夜，这些电台中才渐渐有了关于这场离奇灾难的报道，从这些支离破碎的报道中，我们了解到以下情况：

芯片的破坏区是以西北某地为圆心，半径约一千三百公里的一个圆形区域，波及三分之一的国土，面积之大令人震惊。但芯片的破坏率从圆心向外呈递减趋势,我们这座城市位于这个区域的边缘了。

在以后的一个星期里,我们生活在电力出现前的农业社会里,日子变得艰难起来。水要用罐车运来,每人得到的配给量只勉强够饮用,晚上只能用蜡烛照明。

这段时间,关于这场灾难的谣传多如牛毛,在社会上和媒体上(如今对于我们来说只限于广播电台)流传最广的解释都与外星人有关,但在所有的谣传中,没有一种提及球状闪电。

从这些杂乱的信息中,我们至少可以得出一个结论:这场打击不太可能是敌人发起的,他们显然也和我们一样迷惑,这让我们多少松了一口气。这段时间,我设想了上百种可能性,但没有一个能使自己信服。我肯定这一切与球状闪电有关,但同时又肯定它不是球状闪电,那是什么呢?

敌人的行为也多少令人费解,在我们的国土遭受如此打击,已基本失去防卫能力的时候,他们的进攻却停止了,连每天例行的空袭都消失了。世界媒体对此有一个比较令人信服的解释:面对如此强有力的、可以轻易摧毁整个文明世界的未知力量,在没搞清楚之前谁也不敢轻举妄动。

这倒使我们度过了自战争爆发以来最宁静的一段时光,尽管这种宁静中包含着不祥和肃杀。由于没有电和电脑,整天无事可干,人们心中的恐惧也无从排遣。

这天晚上,外面下起了寒冷的秋雨,我一个人坐在宿舍阴冷的房间里,听着外面的雨声,感到无边的黑暗笼罩了外面的一切,在整个世界上我面前这束摇曳不定的烛苗是唯一的发光体。无边的孤独压倒了我，自己这不算长的人生像电影一样在脑海中回放着：核电厂中那幅由孩子的灰烬构成的抽象画、丁仪放在空泡中的棋盘、夜空中长长的电弧、风雪中的西伯利亚，林云的琴声和衣领上的利剑、泰山的雷雨和星空、大学校园中的时光，最后回到了那个雷雨中的生日之夜……我感觉自己的人生之路转了一个大圈，又回到了起点，只是雨中不再有雷声，面前的蜡烛也只剩一枝了。

这时，响起了敲门声。没等我起身去开，人已经推门进来，他脱下淋湿的风衣，瘦长的身躯因寒冷而哆嗦，当我在烛光中看清了他的面孔时，惊喜地叫了起来。

来者是丁仪。

“有酒吗？最好是热的。”他上下牙打着战说。

我递给他半瓶红星二锅头，他把瓶底放到蜡烛上热着，但很快不耐烦起来，扬起瓶子猛灌了几大口，抹抹嘴说：

“不说废话了，我讲讲你想知道的事儿吧。”

海上伏击

以下是丁仪讲述的我离开球状闪电研究基地后发生的事。

由于核电厂行动的极大成功（至少从军事角度看是这样），渐受冷遇的球状闪电研究又开始得到重视，并追加了大量投资。这些投资主要用于收集专门攻击电子芯片的宏电子，对集成电路的高选择性攻击被认为是球状闪电武器最大的潜力。经过大量的工作，这种十分稀有的宏电子存贮量终于超过了五千颗，已能够形成一个用于实战的武器系统。

战争爆发后，基地处于极端的亢奋状态，几乎所有的人都认为，球状闪电将像一战中的坦克和二战中的原子弹一样，是一种创造历史的武器。他们也热血沸腾地做好了创造历史的准备，但来自上级的指示只有两个字：待命。结果，晨光部队成了战争中最清闲的部队。开始，人们认为统帅部可能是要把这种武器用到最关键时刻的最关键位置，但林云通过自己的渠道很快了解到这是在自作多情，统帅部对这种武器的评价不高，他们认为，核电厂行动是一个特例，并不能证明该武器系统在战场上的潜力，各个军种都对这种武器在战场上的投入没有太大兴趣。果然，研究的投资再次中止了。

“珠峰号”航母战斗群被摧毁后，基地处于一种极度痛苦的焦虑状态，人们都认为，另一种新概念武器已经显示了它的巨大威力，对球状闪电武器仍持这种态度是不可理喻的。他们都觉得这种武器是目前扭转战局的唯一希望。

林云多次直接找父亲为晨光部队请战，但每次都被冷冷地拒绝，一次林将军对女儿说：“小云啊，你对武器的迷恋不应发展到迷信，应该使自己对战争的思考深刻一些、整体化一些，靠一两件新式武器赢得整场战争的想法是十分幼稚的。”

讲到这里，丁仪说：“作为一个科技崇拜者，我的唯武器倾向其实比林云还重，也坚信球状闪电能够决定战争的结局。当时，我把统帅部对球状闪电武器的态度看成是不可理喻的思想僵化，并同基地的大多数人一样对此很恼火，但事情的发展最终证明了我们的幼稚。”

事情终于有了转机，基地和晨光部队接到命令，将对进入近海的敌航母舰队进行一次试探性攻击。

在南海舰队司令部召开了一次作战会议，与会人员级别不高，显示上级对这次作战行动并不重视。主持会议的是两名大校，一位是南海舰队作战部部长，另一位来自陆军，是海岸防御体系南方战区的副参谋长。其他的二十多名军官大多来自潜艇部队和南海舰队的近海舰艇部队。

副参谋长首先介绍了战场形势，“由于大家都知道的原因，我们的远洋制海权遭到严重削弱，敌海上力量正逐步逼近我领海。敌舰队已经有几次进入了我岸基反舰导弹的射程，但我们的攻击都失败了，敌舰队的导弹防御系统成功地拦截了大部分反舰导弹。如果能够破坏或部分破坏敌导弹防御系统的预警能力，我们的岸基导弹就能够对敌人进行有效打击。这就是这次作战行动的主旨：用‘枫叶’系统破坏敌舰队导弹防御系统的电子设备，使其瘫痪或部分瘫痪，为我岸基反舰导弹提供打击机会。”

“枫叶”是球状闪电武器的代号，这个软绵绵的名字多少反映出上级对这种武器的印象。

作战部长说：“下面制定作战方案，首先大家共同确定一个大框架，然后各军兵种分小组制定细节。”

“我有一个问题，”一位陆军上校站起来说，他是岸基导弹部队的指挥官，“听说‘枫叶’只能进行视距内打击，是这样吗？”

许文诚大校做了肯定的回答。

“那你们这玩意儿有什么用？进行超视距打击是现代武器的基本要求，我看‘枫叶’只能算是近代武器吧？”

“上校，我看您的思想才是近代的。”林云没好气地说，引来了与会者们不满的目光。

“好了，首先请‘枫叶’的指挥官谈谈他们对作战方案的设想。”作战部长说。

“我们计划用潜艇作为‘枫叶’的射击平台。”许大校说。

“‘枫叶’能在水下射击吗？”一名潜艇部队的上校问。

“不行。”

“在海上进行视距内攻击，即使在理想的天气条件下，也得接近目标至八千到一万米，让潜艇在距敌反潜核心这样近的距离上浮出海面，这不是自杀吗？”潜艇部队指挥官生气地说。

“在‘枫叶’攻击后很短的时间内，敌舰队的电子系统将被摧毁，反潜系统将彻底瘫痪，也就失去了对你们的威胁。”林云说。

潜艇部队指挥官令人难以察觉地哼了一声，显然不屑于理会这个少校女孩，只是看了一眼作战部长，那意思很明白：您能相信这孩子的承诺？

作战部长坚决地摇摇头，“否决，这个想法不行。”

一阵沉默后，一位海军中校提出了另一个方案，“用隐形高速鱼雷艇埋伏在敌舰队视距之外，目标出现后高速进入视距攻击。”

“这也行不通，”另一位海军军官说，“鱼雷艇在视距外根本隐蔽不了，你忘记了敌舰队的空中侦察，在近海巡航时，敌人的空中巡逻强度很大,所谓隐形只是对雷达而言,这次行动要同时攻击整个舰队,所需要的鱼雷艇数量也不少,这样大的目标肯定会被空中侦察发现,除非鱼雷艇编队埋伏在敌人的三百公里空中巡逻圈之外,但那在作战上也就没意义了。”

一名陆军上校四下看了看,“空军没人来?不能考虑空中攻击吗?”

许大校说:“‘枫叶’没有机载型号,再说,空中视距内攻击的危险性也同样大。”

又是沉默,球状闪电部队的人能感觉出其他与会者的潜台词:你们这个破玩意儿,真让人伤脑筋。

作战部长说:“大家把思路都集中到这样一个问题上面:有什么能够在视距距离上接近敌舰队?”

林云说:“只有一样东西,渔船。”

会场上响起了几声笑。

“据我们观察,对航线附近的渔船,敌舰队一般并不理会,对小吨位渔船更是如此,所以我们可以用渔船作为‘枫叶’的发射平台,这甚至可以接近到比视距极限更近的距离。”

会场上的笑声更多了,副参谋长摇摇头说:“别说气话嘛少校,大家这不都在积极想办法嘛。”

许大校说:“不,这确实是我们正式制定的一个方案,而且是我们认为最可行的一个方案,这个方案在上级下达作战命令之前我们已经酝酿了很长时间,并派专门小组做过很多的调查研究。”

“这简直是……”一名海军军官刚说了一半,作战部长就挥手打断了他。

“别说,这还真是个办法！看来他们是动了脑筋的。”

“哈哈,这才真是近代的做法。”那名被林云攻击过的导弹部队指挥官说。

“我看近代都算不上,”潜艇部队指挥官说,“你们听说过日德兰和对马海战中用渔船去攻击军舰吗?”

“如果那时有‘枫叶’,他们会的!”林云说。

“这不像现代海上作战,倒像海盗,传出去不是让人笑话吗?”一名海军上校说。

“那有什么？如果真的能为岸基火力创造一个打击机会,别说海盗,小偷我们都愿做。”作战方案的决策者之一,陆军来的副参谋长说。

作战部长说:“渔船的缺陷一是没有任何防御武器,二是航速慢,但在如此近的距离上,面对敌人整只舰队的打击力量,在这两点上它与鱼雷艇的差别可以忽略不计了。”

没人说话了,与会者都在对这个方案进行认真的思考,几位海军军官还不时低声交换意见。

“从现在看,基本上是可行的,不过……”一位海军军官说。

会场又沉默了,人们是为那个“不过”沉默的,每个人都知道它的含义:一旦攻击失败,或者攻击成功而岸基攻击导弹未能及时到达,在一支强大的舰队的舰炮面前,那些小渔船是没有机会逃脱的。

但作为战争时期的军人,他们也知道,这个“不过”没有必要再讨论了。

“好了,就照这个框架,各军种小组立刻制定具体作战方案吧。”与副参谋长低声交换意见后,作战部长大声说。

第二天,晨光部队连同全部装备,分乘三架军用运输机在沿海战区的一个机场降落了。丁仪和林云最先走下飞机,他们看到在两侧的跑道上,歼击机和轰炸机一架接一架地降落,更远一些的跑道上,有大量的运输机降落,从它们那宽大的机身后部吐出一群群穿着迷彩服的士兵和一辆辆坦克,更多等待降落的机群在空中盘旋,发出巨大的轰鸣声。远处的公路上,军用车辆的钢铁洪流在尘土中不停奔流着,看不见首尾。

“已经开始部署反登陆作战了。”林云神色黯然地说。

“球状闪电会使它没必要。”丁仪安慰她说,他自己这时也真有信心。

讲到这里,丁仪说:“当时我说完那句话,林云看了我几秒钟,那完全是一个找到安慰的小女孩儿的神情,我有一种很好的感觉,第一次感到自己不仅是一个思想者,还是一个强有力的男人。”

“你真的认为,在精神力量上自己比林云更强有力吗?”我好奇地问。

“她有脆弱之处,甚至可以说很脆弱,自‘珠峰号’被击沉,江星辰阵亡后,这种脆弱越来越多地在她身上表现出来。”

林云示意丁仪看不远的草坪,那里戒备森严,全副武装的士兵看守着堆积如山的货物,那全是些墨绿色的金属箱,每个有标准集装箱的一半大小,大批军用重载卡车正不停把这些东西运走。

“全是C805,也许是为这次作战准备的。”林云低声说。丁仪知道她说的是号称“中国飞鱼”的反舰导弹,是中国的岸基防御体系中最有威力的武器,但眼前的数量让他震惊。

第一批雷球机枪到达后，立即运往港口，装上已等候在那里的被征用的渔船。这些渔船都很小，最大的排水量也不超过一百吨。每挺雷球机关枪的超导电池都放进船舱，发射架太长，只能放到甲板上，用篷布或渔网盖上。所有的渔船上都换上了海军的舵手和轮机员，他们有一百多人，驾驶这五十艘渔船。

从港口出来，林云和丁仪前往战区海岸防御指挥中心，许文诚和康明已率领晨光部队在那里集结，在作战室里，一名海军大校在一个大屏幕前向他们介绍敌情。

“……敌舰队的核心，是三艘航空母舰，它们是：‘卡尔·文森号’‘斯坦尼斯号’和‘合众国号’，这均是上世纪80年代以后下水的最新式核动力航母。战斗群的其余部分组成如下：巡洋舰三艘、驱逐舰十四艘、护卫舰十二艘，还有三艘补给舰。共有三十五艘水面舰只。潜艇的情况还不太清楚，估计有十艘左右的攻击潜艇。下面大家看到的是舰队的队形布局示意图。”

大屏幕上出现的图形，像是一个由许多长条形棋子组成的复杂棋局。

“这是我们的伏击队形。”

在示意图中敌舰队行进方向的两侧，出现了两排小点，每排二十五个。

“大家按这个图形，就很容易确定自己的负责的目标。这里要说明：敌舰队进入近海后，可能要改变队形，不过目前显示的已经是典型的近海防御布局，估计变动不会太大，到时候各火力点依实际情况重新调整目标。

“这里要特别强调打击的重点：我刚才了解了一下，大家一致认为打击重点是航母。陆军的同志这样想还情有可原，但有些海军的同志也持这个想法就很可笑了，记住：不要理会航母，打击的重点是巡洋舰！它们是舰队宙斯盾防御系统电子部分的主干和控制中心，然后是驱逐舰，它们是防御系统的有机组成部分，只要这些一瘫痪，整个舰队就是一堆案板上的肉了！同时，从位置上看，它们也是距离各火力点最近的，如果不顾外围先打核心的舰母，那后果不堪设想。再重复一遍：航母是肉，巡洋舰和驱逐舰是舰队的骨头！对每艘巡洋舰，至少要分配八百发，每艘驱逐舰一百五十至两百发。”

大屏幕上出现了一幅一艘军舰的纵剖面图，显示出的内部结构复杂得令人目眩。接着从舰桥上延伸出一条绿线，弯弯曲曲地贯穿了大部分舰体，像一条舰体内的蛔虫。

“这是一艘提康德罗加级巡洋舰的剖面图，这条绿线就是雷球机枪的扫射路线。”

那条弯曲绿线上的不同位置出现了许多小圆圈，每个圆圈旁边都有一个数字。

“现在标出的是重点打击部位，旁边的数字是该部位建议分配的雷球数量。刚刚给你们每人发的那本图册，就是敌舰队所有舰只的剖面图和相应的扫射路线，这么点时间都背下来不可能，每人重点记住自己负责的目标。对于陆军的同志，理解这幅图的原理困难一些，只好死记硬背了。但我可以简单地说明：对于巡洋舰和驱逐舰重点打击其宙斯盾的计算机系统。下面请武器系统技术负责人再补充一些细节。”

林云走到前面说:“该说的我们在北京训练中心都已经说过了,这里我只想再提醒大家一次:按照雷球机枪的平均射速,你们对每个目标的射击将在四十秒至一分钟的时间内完成,这是相当长的一段时间。所以大家不要慌,雷球的弹道很清晰,你们就像用普通机枪打曳光弹那样,先把稳定的弹道建立起来,再开始移动弹着点进行扫射。

“舰队造成的尾浪是一大问题,我们的船都很小,因而造成的波动肯定影响射击。当敌舰队完全进入伏击海域时,伏击线的前半部分还没有尾浪,后半部分的尾浪已基本平息,所以射击时受影响最大的是伏击线的中部,我们在那里部署的是最熟练的火力小组,他们曾在海上训练过,对在海浪的颠簸中射击较有经验……这些本来应该进行更长时间的训练,但来不及了,只能靠大家战场上发挥了!”

“你放心少校,能打航母的机枪手怎么会发挥不好?”一名少尉说。

“我再说一遍:航母不在攻击范围内!别总想着它!谁在它上面浪费弹药是要负责任的!”海军大校生气地喊道,引起了一阵笑声。

天黑后,晨光部队来到了一个靶场上,在这里,他们看到了一支奇怪的模拟舰队。那是用几十张大硬纸板剪出的各种舰只的侧面形状,每张硬纸板下面都有两个小轮,由一个士兵在后面推着它前行,这些硬纸板排成敌舰队的阵形缓缓地移过靶场。每一位射手用一挺轻机枪向他负责的目标瞄准,每挺机枪的枪管前部都捆着一个激光教鞭,用来在靶子上指示弹着点。射手们努力使那个红色光点在靶子上按预定的扫射路线移动。这种练习一直进行到深夜,直到每个人对自己负责的目标的射击过程都很熟悉为止。那些在黑暗中缓缓移动的船形,以及那些船形上同样缓缓移动着的红色光点,构成了一幅抽象而神秘的画面,且极具催眠作用,最后令大家都昏昏欲睡。

后半夜他们都去一座海军营房大楼里睡觉。据说在诺曼底登陆的前夜,有一位心理学家去观察士兵们的睡眠情况,他本以为在这血战的前夜无人能入睡,但恰恰相反,所有的人睡得比平时还深,他认为这是人体对即将到来的超量消耗的一种本能反应,这种反应只有在群体中才能表现出来。这时大家也很快入睡,这是无梦的一夜。

清晨,晨光部队来到出发的码头上,太阳还在地平线下,那五十条渔船停在港口中,在晨雾里随着海浪微微起伏。

在登船前,林云开着一辆敞篷吉普车赶到了,车上放着几个大迷彩包,她将那几个包搬下车,打开来,里面装满了军服。晨光部队在营地就换上了发着海腥味的渔业公司工作服,这些军服显然是他们留在营地的。

"林云,你这是干什么?"康明中校问。

"让战士们都穿上军服再套上工作服,作战完成后立刻脱掉工作服。"

康明沉默良久,缓缓地摇摇头说:"谢谢你的好意,但晨光部队有自己的准则,我们不能被俘,让船上的海军同志们穿吧[1]。"

"中尉以上的军官另当别论,但执行这次任务的战士都是雷球机枪的射手,他们知道的很少,关于这事我请示过,上级是默许的,真的,请你们相信我。"

林云说的也是实情,在晨光部队训练初期,按康明的意见是要训练

①只有身穿本国军装被俘的战斗人员,才能享受日内瓦公约中的战俘权利。

多面手,既能使用又能维护雷球机枪,但遭到林云的坚决反对,她极力主张将武器操作和技术维护人员严格分开,后来就照她的意见执行了。对于雷球机枪的射手,不准拆卸武器,没有任何机会接触到武器的原理和任何有关技术信息,只管使用。甚至直到现在,所有的射手都不知道他们发射的是球状闪电,只以为是指挥官向他们介绍的一种新型电磁辐射弹。现在看来,林云这样的做法不只是出于保密需要,实在是用心良苦。

“这样的任务,在现代作战中已经非常少见了,如果攻击失败,只要及时销毁武器,我们真的不能对战士们要求更多了。”林云真诚地说。

康中校犹豫了几秒钟,对部队一挥手,“好吧,立刻穿上军装,快些!”说完他转向林云,把一只手伸给她,“林少校,谢谢。”

“从这件事上,你也能看出林云的脆弱之处。”丁仪讲到这里时说。

十分钟后,这五十艘渔船陆续开出了港口,这看上去是一幅典型的清晨出渔的图景,谁也不会想到这些简陋的小渔船要去攻击这个星球上最强大的舰队。

以下的故事是丁仪后来断断续续听说的。

船出港后,在一艘作为指挥船的稍大些的渔船上,康明和海军方面的指挥官开了一个小会。指挥这上百名驾驶渔船的舵手和轮机手的是一名海军少校、一名上尉和两名中尉。

海军少校对康明说:“中校,我看您的人还是躲到底舱去吧,一看你们就不像打鱼的。”

“我们都受不了下面的鱼腥味。”康明苦笑着说。

上尉说：“命令只是要求我们将把渔船开到指定的海域，当敌舰队出现时接受您的指挥，上级说这次任务极其危险，让我们自愿报名，这可真不多见。”

一名中尉说：“我是旅大级上的航海长，要是在这小破船儿上被击沉，多少惨了点儿。”

“如果这艘小破船是去攻击航母战斗群呢？”康明问。

中尉点点头，“这就壮烈多了，攻击航母当然是我和同学们的最高理想，其二才是当舰长，其三是找个能忍受我们长期出海的好女孩儿。”

“我们的船负责的目标是一艘巡洋舰，如果成功，敌航母将在几分钟内被击沉。”

四个海军军官顿时目瞪口呆，“中校，您不是说着玩儿的？”

康明说：“干吗这么大惊小怪？你们老前辈的气魄哪儿去了？建国初期，海军曾经用木帆船击沉过驱逐舰。”

“是啊，照此发展下去，我们就该驾着冲浪板去攻击海上战略平台[①]了！”少校说。

一名中尉说：“就算是这样，也得有武器啊？我们船上的武器，就咱们这几把手枪了。”

康明问：“你们认为我们带上船的装备是干什么用的？”

“那是武器吗？”少校看看另外三名同事问。

上尉说：“那好像是电台雷达之类的东西吧，甲板上放的那玩意儿不

①海上战略平台为一种构想中的巨舰，呈半潜水的平台状，以中远程导弹为主要武器，为航空母舰的换代品。

是天线吗?”

“我现在告诉你们,那就是我们将用于攻击航母战斗群的武器。”康明说。

少校笑笑说:“中校同志,您让我们怎么也严肃不起来。”

另一名中尉指着两个超导电池自作聪明地说:“我知道了,这是深水炸弹,上面那个铁架子是抛射导轨。”

康明点点头,“我不能告诉你们这件武器的真实名称,就把它叫深水炸弹好了。”他让海军军官们看一个超导电池上的一个红色按钮,“这是自毁按钮,紧急情况下我们要做的第一件事就是按下它后把这件武器沉到海里,无论如何不能让敌人得到它。”

“这,上级反复强调过,您请放心……如果没别的事,我们还要干活儿去,这台破轮机,到处漏油。”

在中午到达设伏位置后,便开始了漫长的等待。这期间,康明除了沿伏击线巡视了一圈,检查一下各船雷球机枪的状态外,再没有别的事了。康明所在的船上有一部电台,用它与总部只联系过两次,一次是报告所有船只到达指定位置;另一次则解决了一个枝节问题:康明对计划中的天黑后所有船只实行灯火管制一点提出质疑,认为这毫无意义,反而会引起敌人怀疑,总部认可了这一点,指示入夜后各船照常开灯。关于敌舰队的行踪,总部没有给出任何信息。

他们的紧张和兴奋很快被炎热的太阳给消磨尽了,不再举着望远镜不停地朝北方的海平线处看。为了不引起注意,船不时在小范围内来回行驶,徒劳地把网撒下去又拽上来。那名海军上尉干这个很在行,真打上几条鱼来，交谈中康明得知他来自山东的一个渔村。

更多的时间他们在甲板上的背阴处打扑克聊天，海阔天空什么都谈，唯独不谈眼前的任务和这支小小的伏击船队的命运。

入夜，经过这么长时间的等待，部队有些松懈了。自最后一次同总部联络已有八个多小时了，这期间，电台一直寂静无声。在海浪拍打船帮单调的节奏中，连续几夜没睡好的康明渐生睡意，但他努力保持着清醒。

有人轻轻推了他一下，是海军少校，“向左前方看，动作别太明显。”他低声说，这时，暗红的月亮刚从天边升起，海面变得清晰起来，康明向那个方向看去，首先看到的是海面上有一道V形的尾波，再看尾波的头部，竖起一根黑色的细杆，细杆的头部有一个球状物。这景象使他想起了在什么地方见过的一幅尼斯湖怪兽的照片，照片上怪兽长长的脖颈从黑色的湖水中伸出。

“潜望镜。”少校低声说。

那根细杆以很快的速度移动着，划过海面时在它的根部激起一道弧形的水花，船上的人能听到这水花轻微的哗啦声。但细杆的移动速度渐渐减慢，它根部的水花越来越小，最后消失了。潜望镜移到船头的正前方，在距他们二十米左右的海面上完全停住了。

“别看它了。”少校说，他说这话时脸上带着轻松的微笑，似乎在同康明进行着很有趣的聊天。

在康明把目光移开之前的一刹那，他清楚地看到了细杆头部那个球状物上玻璃的反光。这时上尉和两名中尉从驾驶舱走出来，手里拿着一个网梭，一屁股坐在盖着篷布的发射架上，在月光下补起渔网来。康明盯着上尉熟练的双手，也跟着补起来，脑子却集中在背后海面上盯着他们的那只怪眼上，感到如芒刺在背。

上尉说："我把这网扔下去，准能缠住那狗日的螺旋桨。"他说话时懒洋洋地面带倦意，好像对这么晚还要干活发牢骚似的。

"然后扔这两颗深水炸弹。"一名少尉笑嘻嘻地说，然后对康明说，"说点什么。"但康明还是什么也说不出来。上尉指指渔网问康明："我补得怎么样？"康明举起刚补好的网在驾驶室透出的灯光中打量着，同时对上尉说："让他们看看你的手艺。"少校说："它又动了。"上尉警告康明："别回头。"过了一会儿，他们又听到了那哗啦声，回头一看，细杆正以越来越快的速度移向远方，同时越来越低，最后没入水中。

上尉扔下网梭，站起来对康明说："中校，我要是那个艇长早就看出破绽了，你拿网梭的姿势不对！"

这时，电台收到总部的简短信息，告之敌舰队将到达埋伏海区，准备攻击。

不一会儿，听到了隐隐约约的轰鸣声，这声音很快增大。他们向北方的天空望去，看到夜空中出现一排黑点，数了数有五个，有一个黑点恰好位于月亮的光盘中，可以清楚地看到转动的旋翼。这五架直升机很快飞近，从他们上方轰隆隆地飞过，机腹闪动着的红色标志灯。有一架直升机扔下了一个棒状物，在距他们船不远处的海面上溅起一团白色的水花，飞过一段距离后，另一架直升机又扔下一个这种东西，康明问那是什么，刚从驾驶室中出来的少校说：

"声呐浮标，探测潜艇用的，敌人很注意反潜。"

直升机群很快消失在南方的夜空中，一切又都沉静下来。这时，康明耳朵中的微型耳机响起了来自总部的声音,这只耳机是与船舱里的电台相连的。

“目标已经接近,各船进入射击状态,完毕。”

这时,月亮已被云层遮住,海面上又黑了下来,但北方的天空上却出现了一大片光晕,在基地时,每天晚上康明都能看到远方城市上空的这种光晕。他举起望远镜向那个方向看,一时误以为看到了灯光灿烂的海岸。

“我们的位置太靠前了!”少校放下望远镜喊道,然后跳进驾驶舱,渔船的轮机轰响起来,在海上转头向回驶去。

北部夜空的光晕越来越亮,当他们的船再次掉回头时,不用望远镜也能在海天连线处看到那“海岸”的灯光了。再从望远镜中看,已能清楚地分辨出单个的舰体,这时康明耳机中的声音又响了起来:

“各船注意,目标的队形基本没有变化,一切按原计划进行,完毕。”

康明知道,此时的战场指挥权已完全转移到他们这条船上了。如果一切按照预想的发展,只需等到敌舰队最前方的巡洋舰航行到他们小船的正前方时命令开火即可,因为按照敌舰队已知的队形,那时它们正好全部进入伏击圈。现在他们做开火前的最后一件事:穿上救生衣。

舰队很快逼近,当用肉眼也能从那一片灯海中分辨出单个舰体时,康明开始辨认各个目标,却听到海军上尉喊:“看,‘斯坦尼斯号’!”可能在海军学院里,这艘航母的形状就已深深印到他的脑海中了。他喊的同时看了看康明,那潜台词很明白:我看你们现在怎么干?康明站在船头,不动声色地看着迅速逼近的舰队。

现在,他们面前的海面上,纷乱地晃动着舰队的探照灯投下的许多巨大的椭圆形光斑，渔船不时被这光斑圈住，在海面上拉出长长的影子，但探照灯的光柱很快移开了，这些不起眼的小渔船显然没有引起注意。这时的海面上，庞大的舰队已经尽收眼底。最前方的两艘巡洋舰的细部在月光和舰上的灯光中已能看得很清楚了，两边的六艘驱逐舰还只是黑色的剪影，它们组成的舰阵正中是三艘航空母舰，它们那巨大的身躯在海面上投下三道巨大的阴影。这时渔船上的人听到头顶有一阵急剧增大的尖利呼啸声，仿佛天空正被一把利刀划开，让人头皮发麻。他们猛地抬头，看到四架歼击机正从上空掠过。他们开始听到如巨浪拍岸的轰鸣声，这是那些钢铁巨舰的舰首冲击海浪发出的。巡洋舰细长的白色舰身从他们前方的海面上移过。接着驶来的是几艘铁灰色的驱逐舰，虽然它们的体积比巡洋舰小得多，但由于处于舰队的这一侧，离他们最近，所以看上去反而比后者庞大许多，舰体复杂的上部结构和林立的各种天线让人眼花缭乱，可以清楚地看到舰上走动的水兵。很快，先前被驱逐舰挡住看不到的三艘航母出现在前方海面上，这三座由核动力驱动的海上城市，三座带来死亡的钢铁大山，其巨大的轮廓初看去真不像是人类的造物。在这支庞大的舰队面前，渔船上的人们有一种超现实的感觉，仿佛他们突然降落到一个表面布满巨大的钢铁城堡的陌生星球上。

康明从衣领中拉出了那个小小的无线电话筒，船上一直待在舱里的晨光部队的两个射手掀起了雷球机枪上的篷布，伏到机枪上向正在通过的一艘巡洋舰瞄准，发射架随着它缓缓移动。康明用不高的声音说：

“各火力点，开始射击。”

发射架前端的闪电出现了，那一串小小的雷霆发出震耳的爆音，急剧闪动的青色电光把周围的海面照得雪亮。一串发着红光的雷球贴着海面飞出去,它们拖着长长的尾迹,发出尖利的呼啸声。这串球状闪电轻盈地飞过了第一艘驱逐舰的尾部,又飞过了第二艘驱逐舰的头部,直向巡洋舰飞去。与此同时,其他渔船火力点也向舰队射出一串串球状闪电,远远看去它们是一条条亮线。当闪电串在一个位置上停留的时间稍长,它就会在那个位置的弹道上留下一道发着荧光的痕迹,这痕迹是由被电离的空气形成的,闪电串移开后,痕迹仍长时间地发出荧光。这一道道笔直的荧光线形成了以各艘渔船为中心点的一个个扇形,这扇形随着球状闪电串的移动而扩大。从整个战场看,那一串串球状闪电球和数量更多的荧光线,构成了一张网住舰队的巨网。

战争史上的辉煌时刻似乎已经到来。

但就在第一批球状闪电即将飞抵目标之际,它们的弹道突然被无形的巨手弯曲了,那些球状闪电或者向上射入空中,或者向下掉入大海,或者向两侧飞去,从目标的舰首或舰尾远远地飞过,而这些球状闪电在飞至相邻的舰体时,会再次改变方向。仿佛舰队中的每艘军舰都罩在一个巨大的球状闪电无法穿透的玻璃罩中。

“屏蔽磁场!”

这是康明脑海中的第一个反应,这无数次出现在球状闪电武器研制者噩梦中的东西,现在终于变成了现实。

“全体攻击部队,停止射击! 销毁武器!!”康明大声命令。

船上的两名射手之一,一名晨光部队的上士按下了雷球机枪上的那个红色按钮,然后与其他人一起把它从船上推下海去。时间不长,听到水下传出一声沉闷的爆炸声,海面滚出的涌浪使船摇晃起来。这是作为机枪能源的超导电池短路后发生的爆炸,其威力真的相当于一颗深水炸弹,雷球机枪现在已在水下被炸成碎片了。

从所有渔船上射出的球状闪电串同时中断了,舰队上空飘行着大群失去目标的球状闪电,它们拖着的尾迹在空中织出了一幅发光的巨毯,球状闪电发出的声音也由整齐划一的呼啸变成了杂乱的蜂音,仿佛是一片凄厉的哀鸣。

康明看到了驱逐舰上舰炮的闪光,但他只是用眼睛的余光看到的,当炮弹击中指挥船时,他正看着远处的海面,那些落入大海中的球状闪电仍在水里幽幽地亮着,像发光的鱼群。

舰炮密集地响起,舰队两侧的海面上,夹带着渔船碎片的高大水柱此起彼伏,当三分钟后射击停止时,五十艘渔船中的四十二艘被击沉,这些船太小了,大部分不是沉没,而是被大口径炮弹直接炸成碎片,最后只剩下零星的八艘渔船被锁定在探照灯的光圈中,像大海舞台上这出悲剧的几个孤独的谢幕者。

球状闪电以电磁辐射形式发散自己的能量,很快相继熄灭,电离的空气在舰队上方形成了一个荧光华盖,而海面则因球状闪电的电磁辐射而覆盖了一层白蒙蒙的水蒸气。有几颗长命的球状闪电在空中渐渐飘远,它们发出的声音已经隐约而缥缈,像随风而去的几个凄凉的招魂灯笼。

敌人是如何得知球状闪电武器的存在,并建立起相应的防御系统,到现在也不是很清楚。但有一些零星的线索:一年前在南方的试验靶场,雷球机枪射出的球状闪电在失去我方观察者后仍未进入量子态,说明已有其他观察者;核电厂行动几乎可以肯定是球状闪电武器秘密的另一次泄露(当然也不能由此认为这次行动是错误的)。敌人不太可能知道球状闪电的基本原理和武器的技术细节，但他们也同样多年研究这种自然现象，甚至还可能像西伯利亚3141项目那样进行过大规模的应用研究，所以推测出那些零星的情报中显示的是什么东西也并不困难，而电磁场能够对球状闪电产生作用，也是学术界早就知道的事，与球状闪电的本质无关。

在回研究基地的运输机上，林云抱着钢盔蹲坐在机舱黑暗的一角发呆，她那本来就纤细的身躯缩成一小团，像一个在寒冬的旷野中迷路的小女孩儿，看上去是那么孤独无助。丁仪看到她，顿生怜悯之心，就走过去坐在她身边，安慰她说：

“其实，我们的成果还是很伟大的，通过宏电子，我们可以从宏观上看到物质最深的秘密，这在原来只有进入微观世界才能看到，与这项成果相比，球状闪电的军事用途真是微不足道……”

“丁教授，被球状闪电烧毁的人是处于量子态吗？”林云打断丁仪的话没头没脑地问。

“是的，怎么？”

“你说过那个女‘教师’会来袭击我？”

“我那是信口胡说，再说你不是也不相信吗？”

林云把下巴支在膝头的钢盔上，两眼直勾勾地看着前方，“不，你提到那事以后，我每天都枕着打开保险的手枪睡觉，我其实很害怕，又不好意思让别人知道。”

“对不起，我吓着你了。”

“您说这事儿有可能吗？”

“理论上……也许有吧，但概率太小了，在现实中不可能发生。”

“那就是有可能了。”林云喃喃地说，“‘教师’能袭击我，我也能袭击敌人的航母。”

“什么？”

“丁教授，我可以再乘一艘小渔船接近敌人的舰队。”

“……干什么？”

“在那里用球状闪电把自己烧掉，那样我不就变成量子战士了吗？”

“你在胡说些什么？！”

“您想啊，量子态的我可以潜入航母，敌人不可能发现我的，因为他们一看到我，像您说的那样，我的量子态就坍缩了。航母上有大型的弹药库，还有几千吨的燃油库，只要找到这些地方，我就能很轻易地摧毁航母……”

“林云，我发现这次失利让你变成孩子了！”

“我本来就不大。”

“你该好好休息一下了，到北京还有两个小时，睡一会儿吧。”

“我说的没有可能吗？”林云从钢盔上转过头看着丁仪，那目光像是在祈求什么。

“好吧，那我告诉你量子态究竟是怎么回事：量子化的你，哦，假设你已经被球状闪电烧掉了，只是一团概率云，在这团云中，你的一切都是不确定的，你并没有决定自己在哪里出现的自由意志，在概率云中的什么位置出现，甚至出现时是处于生还是死的状态，都不确定，都要由上帝扔一个骰子来决定。如果在渔船上被烧掉，那么你量子化后的概率云就是以渔船为球心，在周围的空间中，航空母舰上的弹药库和油库只占很小的比率，你最可能出现在海水里，如果这时你正处于活的状态，将很快被淹死，那样你的量子态中就不包含活的概率了，你的所有可能都是死了。退一万步说，就算你真有中百万大奖的概率，出现在敌人航空母舰的致命部位，你在那里是处于活状态吗？你能在那儿待多长时间？一小时还是零点儿一秒？同时，只要有一个敌人，或一台敌人的摄像机看到你，你就立刻坍缩回概率云球心那一堆灰的状态和位置，等待着下一个中百万大奖的机会，而另一次机会到来时，航母早已跑到十万八千里之外，地球上可能已经没有战争了……林云，你现在就像那个卖火柴的小女孩儿，看到各种各样的幻象，真的需要休息了。”

林云突然扔掉钢盔，伏到丁仪肩上哭了起来，她哭得很伤心，纤细的身躯在丁仪怀中颤抖着，仿佛要把有生以来的悲伤一下子发泄出来……

“你能想象我当时的感觉，”讲到这里，丁仪说，“我本以为自己是这样一个人，在理性思维之外的其他感情中能进能退，以前的几次经历也证明了这一点，但现在我知道，除了理性外，还有一种东西能占据一个人的全部身心……我发现这时的林云真的变小了许多，以前那个向着目标冷酷前进的少校，现在这个脆弱无助的小女孩儿，哪个才是真正的她？”

“也许两者合起来才是吧，比起你来，我更不懂得女性。”我说。

“江星辰阵亡后，她的心情就很压抑，这次失败已经突破了她的精神所能承受的极限。”

“她这种状态不太好，你应该与她父亲联系。”

“看你说的，我怎么能同那么高级别的人联系上？”

“我有林将军的电话，是他亲自给我的，托我照看林云。”我发现丁仪一动不动地盯着我。

“没有用了。”

丁仪的话让我惊恐，直到这时我才意识到一件事：丁仪前面的讲述都笼罩在一层淡淡的忧伤之下。

丁仪站起身，走到窗前，默默地看着外面凄冷的雨夜，良久才转过身来，指着桌上的已空了的酒瓶问我：“还有吗?”我又摸出一瓶酒，开盖后给他倒了半杯，他坐下来，直勾勾地盯着那个杯子说：

“后面还有事儿，你无论如何想象不到的事儿。”

弦

这次致命的失败后，球状闪电武器的研究和部署工作都停止了，人员也大量调出，虽然机构还没有取消，但整个基地处于萧条之中。正在这时，张彬去世了。

“张彬毕竟是国内球状闪电研究的先驱，我们决定遵照他的遗愿，用球状闪电为他举行葬礼。这就涉及保密方面的问题，由于你已是圈外人了，所以就没通知。”丁仪解释说。

我轻叹了一口气，在这个非常年代，导师的离去对我的触动也不是太大。

葬礼在研究基地的闪电试验场举行，这里现在已杂草丛生，人们在场地的中央清出了一块空地，张彬的遗体就放在那里。当所有的人都退到一百米外的安全距离后,一颗被激发到很高能量的球状闪电以很慢的速度从试验场的一角飞向遗体,它在遗体上空缓缓飘行着,发出低沉的埙声,仿佛在讲述着这个平凡的探索者遗憾的一生。十多秒钟后,球状闪电在一声巨响中消失,遗体冒出了一缕白烟,覆盖着的白布塌了下去,下面只剩下很细的骨灰了。

由于基地的工作都停止了,丁仪便回到物理研究院继续宏电子的理论研究,他在市里错过了张彬的葬礼。他见过张彬保存下来的计算稿,其工作量令他震惊。张彬在他的眼里,是属于那种没有想象力或机遇去发现真理的大道,而在泥泞的荒原上终结一生的人,既可敬又可怜。他觉得自己应该到这位先驱者的墓上去看一看。

张彬的墓在八达岭附近的一个公墓里,林云开车送他去。下车后,他们沿着一条石径走向公墓,脚下踏着一层金黄的落叶,长城在满山红叶的远方露出了一段。又是秋天了,这是死亡的季节,是离去的季节,也是写诗的季节。正在落下去的夕阳从两座山间的缝隙中射下一束光来,正好照在那片林立的墓碑上。

丁仪和林云在张彬简朴的墓碑前静立着,都在想着自己的心事,直到太阳完全落下去。

金黄色的树林里分出两条路,
可惜我们不能同时去涉足,
但我们却选择了,
人迹罕至的那一条,
这从此决定了
我们的一生。

林云喃喃地吟起了弗罗斯特[①]的那首诗，声音像林间的清泉。

“想过再选择另一条路吗？”丁仪问。

“有吗？”林云轻轻地问。

“战后离开军队，同我一起去研究宏电子，我有理论能力，你有工程天才，我创建理论你负责实验，我们很可能取得现代物理学中伟大的突破。”

林云对丁仪微笑了一下，“我是在军队中长大的，除了军队，我真的不知道自己能全身心地属于别的什么地方，”她犹豫了一下，又加上一句，“和什么别的人。”

丁仪没有再说什么，走到墓碑前，把自己带来的鲜花放到碑座上。放下花后，他好像被墓碑上的什么东西吸引了，迟迟没有直起腰来，后来索性蹲下来，仔细地察看着，脸几乎与碑面贴在一起。

“天啊，这碑文是谁起草的？”他惊呼道。

林云感到很奇怪，因为墓碑上除了张彬的名字和他的生卒日期外，没有别的什么，这也是张彬的遗愿，他觉得自己这一生没有什么值得总结的。林云走过去察看，立刻惊得目瞪口呆：除了那几个大字外，墓碑上还密密麻麻刻满了小字，这些小字甚至覆盖了碑顶和碑的背面，那些小字全是方程和计算公式。仿佛是这块墓碑被放到由方程和公式组成的液体中浸过一样。

“啊，它们在变淡，在消失！”林云惊叫道。

丁仪猛地推了一把林云，“转过身去！少一个观察者，它的坍缩就慢些！”

①美国诗人，生于加利福尼亚，长于马萨诸塞州，被誉为“新英格兰的田园诗人”。其作品朴实无华又细致含蓄，耐人寻味。

林云转过身去,紧张地搓着双手,丁仪则伏在墓碑上,开始逐行读那些细密的碑文。

“是什么？你看出什么来了吗?”

“别说话!”丁仪大声说,同时目不转睛地读着。

林云摸摸衣袋,“要不要到车上去找纸笔来?”

“来不及了,别再打扰我!”丁仪说着,以惊人的速度读着碑文,他的双眼狠狠地盯着碑面,像要用目光将它刺穿似的。

这时,西方的最后一线天光给墓碑群涂上了一层诡异的蓝色,周围的林地隐没于一片昏暗之中,刚刚出现的几颗晶莹的稀星一眨不眨地悬在苍穹上,时而有未落的树叶在微风中极轻的沙沙声,但旋即消失,仿佛被某种力量嘘着制止一样,寂静笼罩着一切,仿佛整个世界都在同丁仪一起全神贯注地读着那量子化的碑文。

十分钟后,丁仪读完了正面,迅速扫视完碑顶和侧面,然后开始读背面。天已完全黑下来,他摸出打火机打着,借着火苗的微光疾读着。

“我去拿手电!”林云说完,穿过排排墓碑间的小道向停车的地方跑去。当她拿着手电跑回来时,看到打火机的火苗已经消失了,她用手电照去,看到丁仪背靠着墓碑坐着,两腿平伸在地上,仰头看着星空。

墓碑上,碑文已经消失得无影无踪,大理石光洁的平面像镜子似的反射着手电光。

手电光也使丁仪如梦初醒般回过神来,他伸手拉住林云,拉着她转到墓碑后面,指着碑的根部说:“看这儿,留下了一行,非量子态的,也是碑文中唯一的一行汉字。”林云蹲下去,看到了墓碑根部那一行娟秀的刻字:

彬，引起F的速度只有426.831米/秒，我好怕。

“我认识这字体！”林云盯着那行字说，她曾不止一次看过张彬留下的那本被球状闪电隔页烧毁的笔记。

“是的，是她。”

“她都刻了些什么？”

“一个数学模型，全面描述宏原子的数学模型。”

“哦，我们真该带个数码相机来的。”

“没关系，我都记在脑子里了。”

“怎么可能呢？那么多？”

“其中的大部分内容我也已经推导出来了，但我的理论体系卡在几点上，让她一点就通了。”

“这应该是很重要的突破了！”

“不仅仅如此，林云，我们能找到原子核了。”

“宏原子核？”

“是的，通过观测一个宏电子在空间中的运动，借助这个数学模型，我们就能精确定位这个宏电子对应的原子核的准确位置。”

“可我们怎么样才能探测到那个原子核呢？”

“同宏电子一样，这事情同样惊人地简单：我们能用肉眼看到它。”

“哇……它看上去是什么样儿？你好像说过，原子核的外形与宏电子的空泡形状完全不同。”

“弦。”

“弦？”

“对，一根弦，它看上去是一根弦。”

“多长多粗的弦呢?”

“它与宏电子基本处于一个尺度级别,长度大约在一到两米之间,依原子的种类不同而异,至于粗细,弦是无限细的,它上面的每一点都是没有大小的奇点。”

“我们怎么可能用肉眼看到一根无限细的弦?”

“因为光线在它的附近同样会发生弯曲。”

“那它看上去是什么样子呢?”

丁仪半闭着双眼,仿佛一个刚刚睡醒的人在回忆着刚才的梦,“它看上去,就像一条透明的水晶蛇,像一根无法自缢的绳索。”

“后一个比喻好奇怪。”

“因为这根弦已经是组成宏物质的最小单位,它是不可能被剪断的。”

在回去的路上,林云对丁仪说:“还有一个问题:你已经是国内理论物理的顶峰人物,很难相信几十年前另一个研究球状闪电的人碰巧也是。张彬对自己爱人的评价肯定有主观因素,郑敏真的有能力做出那样的发现?”

“如果人类生活在一个没有摩擦力的世界,牛顿三定律可能会在更早的时候由更普通的人来发现。当你本身已经成为一个量子态的宏粒子,理解那个世界自然比我们要容易得多。”

于是,基地开始了捕获宏原子核的工作。

首先,用空泡光学探测系统精确观测宏电子在空间中的自由运行状态,现在知道,宏电子或它被激发后形成的球状闪电那轨迹复杂的飘行,实际上是一种不断的量子跃迁,但在我们的视觉中它的运行是连续的。运用张彬墓碑上出现的那个伟大的数学模型,通过对这种跃迁运动各种参数的复杂计算,就能够确定宏原子核的位置,如果这个宏电子确实是属于某个宏原子的话。

首批观察了十个宏电子的自由运行,它们都是在五百米的空中被发现的。对每个宏电子要连续观察半个小时才能得到足够的原始数据。计算结果表明,这十个宏电子中,有两个是自由电子,其余八个都各自依附一个宏原子核,它们与自己的原子核的间距在三百至六百公里之间,与丁仪最初估计的宏原子的大小十分接近。其中有三个原子核的位置在大气层外的太空中,一个在地层深处,四个在大气层内,其中两个在国境外,境内有两个。于是,研究人员起程去寻找其中的一个宏原子核,它距被观测的宏电子五百三十四公里。

在这战时状态,直升机已不可能调用,好在基地拥有捕获宏电子专用的三艘氦气飞艇,它们使用方便,飞行成本很低,缺点是速度太慢,即使全速也就和高速路上的汽车差不多。

这一天华北地区晴空万里,是最好的捕获时机。向西飞行了四个多小时后,进入山西境内,下面出现了连绵的太行山。相对于宏电子而言,宏原子核的位置是相对恒定的,但也是处于慢速的移动中,所以基地必须对那个宏电子进行连续的监测,随时将计算出的宏原子核当前的位置通知捕获飞艇。当基地观测组告知飞艇已到达目标位置后,飞行员打开了飞艇上的光学探测系统,模式识别软件已经进行了修改,将识别目标由圆形改为线段。对宏原子核的定位误差约在一百米左右,光学探测系统对这一片小空域进行仔细观察,很快发现了目标。飞艇微微下降后,飞行员说目标就在驾驶舱左前方几米处。

“也许我们能直接看到它！”丁仪说。除了视力极好的人，一般人很难直接在空中看到宏电子。但据丁仪说宏原子核的外形在视觉上要更清晰一些，且它的移动慢而有规律，便于跟踪。

“就在那里。”飞行员向左下方一指说，向那个方向看，只能看到下面起伏的山脉。

“你看到了吗？”林云问。

“没有，我是根据它的数据说的。”飞行员指指探测系统的显示屏说。

“再下降一些，以天空为背景看。”丁仪对飞行员说。

飞艇微微下降，飞行员边操作边看显示屏，很快再次使飞艇悬停，向左上方一指：“在那里……”但这次，他的手没有放下来，“天啊，真有东西！看那里！在向上移动呢！！”

于是，继发现宏电子后，人类第一次亲眼看到了宏原子核。

在蓝天的背景上，那根弦影影绰绰地出现，与空泡一样，它是透明的，仅靠着对光的折射来显形，如果处于静止状态，凭肉眼根本不可能看到，但弦却在空中不停地弯曲扭动着，这是一种奇怪的舞蹈，变幻莫测且充满狂放的活力，对观察者有一种强烈的吸引和催眠作用，以后，理论物理学中多了一个充满诗意的名词：弦舞。

“你想到了什么？”丁仪目不转睛地盯着宏原子核问。

“既不是水晶蛇也不是无法自缢的绳索，”林云回答，“我想到了湿婆，印度教中永恒舞蹈着的神，她的舞一旦停止，世界就会在巨响中毁灭。”

“很妙！看来你最近对抽象之美敏感起来了。”

“对武器美的关注消失了，感觉中的空白总得有别的东西来填补的。”

“你马上会重新关注武器的。”

丁仪的最后一句话让林云把目光从机舱外的宏原子核上收回来，奇怪地看了丁仪一眼，到目前为止，她还没有将这根在空中舞蹈的弦与武器联系起来，当她重新将目光移向宏原子核时，费了好大劲儿才重新找到它。

难以想象，就是这样一根跳舞的透明弦，居然与遥远处的一个晶莹的空泡组成了一个半径五百多公里的原子！那么由这些原子组成的那个宏宇宙有多大呢？这想象让人疯狂！

捕获宏原子与对宏电子的类似操作一样，由于宏原子核中的宏质子带正电，所以它能够被磁场吸附，但与宏电子的区别是，它不能沿超导线传输。飞艇的舱门打开，一根探杆小心地伸向空中的弦，探杆的头部安装着一块强力电磁线圈。由于宏电子的存在，整个宏原子是呈电中性的，但现在，这艘飞艇是潜入到这个原子的深处，接近电荷还未被中和的原子核，这又是一个匪夷所思的场景。当探杆头部的电磁线圈接近弦时，它暂时减慢了舞蹈的节奏，进行了一次旋转，把自己的一端与电磁线圈对接起来，看上去，它似乎知道自己的哪一端应该与线圈对接。然后，它又继续着自己忘情的舞蹈，只是一端固定在线圈上不再移动。

林云和丁仪小心翼翼地将探杆拉回舱内，这动作再一次让他们联想到捕鱼。弦在舱内舞动着，它约一米长，像一缕夏日地面上蒸腾的热气，使透过它看到的舱壁微微扭曲。林云向它伸出手去，但像那个第一次触摸宏电子的直升机飞行员一样，手在半截停住了，不安地看看丁仪，丁仪满不在乎地挥手从弦的中部扫过，弦的舞蹈没有受到丝毫影响。“没关系,它与我们世界的实体物质不发生任何作用。”

与林云一起盯着弦看了半天,丁仪感慨地长叹一声:“恐怖,大自然的恐怖啊!”

林云不解地问:“它又不能被激发成球状闪电,有什么恐怖的?在我看来它是世界上最无害的东西了。”

丁仪又叹息了一声,转身走开了,他的背影似乎留下了一句潜台词:你等着瞧吧。

很快,基地观测组在距飞艇现在的位置三百多公里处又定位了一个宏原子核。飞艇立刻启程,三个多小时后在河北衡水上空捕获了第二个宏原子核。紧接着附近又有三个宏原子核被定位,最远的一个在四百多公里外,最近的一个只有一百多公里。但现在的问题是飞艇上只配备了两个电磁线圈,现在每个线圈上已经吸附了一根弦,林云出了个主意,想在一个线圈上同时吸附两根弦,这样就腾出了一个线圈用于捕获新的弦。

“你在胡说什么!”丁仪厉声喝道,把林云和飞行员都吓了一跳。丁仪接着指指已经吸附有弦的两个线圈,“我再说一遍,这两个线圈之间的距离绝不能小于五米!听到了吗?!”

林云若有所思地看了丁仪几秒钟说:“关于宏原子核,你还有什么没告诉我们……比如,你一直不肯对我讲墓碑上留下的那句话是什么意思。”

“事关重大,我本打算直接同上级谈的。”丁仪躲避着林云的目光说。

“你不相信我?”

"是的,不相信。"丁仪终于下定了决心,正视着林云说,"我可以相信许大校或基地的其他人,但不相信你!我另一个不能相信的人就是我自己,在这一点上我们很相像,我们都可能用宏原子核干出不计后果的事,虽然原因不同:我是出于对宇宙的强烈的好奇;而你呢,是出于对武器的迷恋和已经遭受到的失败。"

"又谈到武器,"林云迷惑地摇摇头,"这些无限细的软软的弦,穿过我们的身体时都毫无感觉,又不能被外部能量激发成高能态的东西,与武器有什么关系呢……你现在不向我交底,已经影响到工作了。"

"其实,照你的知识水平,仔细想想就会想到的。"

"我想不明白,比如,把两根弦放一起有什么可怕之处?"

"它们会缠绕在一起。"

"那又怎么样?"

"想想我们世界的两个原子核缠绕在一起会怎么样?"

丁仪知道这层薄纸已经捅破了,他仔细观察着林云,希望从她脸上看到恐惧和震惊,开始似乎有这样的迹象,但很快被一种兴奋代替了,那是一种孩子发现新玩具时的兴奋。

"核聚变!"

丁仪默默地点点头。

"会释放很大能量吗?"

"当然。球状闪电的能量释放,相当于宏世界的化学反应,而对于同样的粒子量,核聚变的能量至少是化学反应能量的十万倍。"

"宏聚变——是这么叫的吧,它释放的能量是否与球状闪电一样,具有目标选择性呢?"

“从理论上讲这是肯定的，因为它们能量释放的渠道是一样的，都是与我们的世界实现量子共振。”

林云转身依次细看着那两根被吸附着的弦，“这太奇妙了，原来需十亿度高温才能实现的核聚变，现在将两根细弦轻轻缠在一起就能实现了！”

“倒是也没那么容易，我坚持保持两根弦之间的距离只是出于万无一失的谨慎，其实你就是真把两根弦合并在一起，它们也不会缠绕，两根弦之间的电斥力会阻止它们最终接触。”丁仪伸手抚摸着一根舞蹈中的弦，虽然他的手什么也感觉不到，“弦的结合也需要一定的相对速度来克服斥力，你刚才问到那墓碑上那句话的含义，现在应该明白了吧。”

“引起F的速度为426.831米/秒……这么说，F是Fusion[①]？”

“是的，两根弦必须以那个相对速度相撞才能发生缠绕，也就是聚变。”

林云的工程大脑开始飞速运转起来，“从弦带的正电量来看，用两台长一些的电磁加速导轨，将每根弦加速到每秒二百多米并不太难。”

“不要向这方面想，我们现在的首要任务是想出一个安全高效地存贮弦的方法。”

“我们应该开始建立那两条加速导轨……”

“我说过别向那方面想！”

“我只是说我们应该做好准备，要不当上级做出宏聚变试验的决定时，我们就来不及了……”林云说着，突然恼怒起来，在狭窄的舱里来回急走，“你这人是怎么回事？变得这么神经质，这么鼠目寸光，同刚来那

①核聚变。

会儿相比,简直是两个人了!”

“嘿嘿嘿……”丁仪发出一阵怪笑,“少校,我不过是尽我那点儿可怜的责任罢了,你真以为我在乎什么?我不在乎,没有物理学家真的在乎过什么,比如上世纪初那些人,把释放原子能量的公式和方法给了工程师和军人,然后又为广岛和长崎装出一副天真无邪的伤心模样,多么虚伪。其实,我告诉你吧,他们早就想看那些了,早就想看那些被他们发现的力量是如何表演的,这是由他们,或者说我们的本性决定的。我与他们的区别是我不虚伪,我也真想看那两根由奇点构成的弦缠到一起后所发生的事,我还在乎别的什么?笑话!”

丁仪说着,也来回走起来,他们两人的走动使飞艇摇晃起来,飞行员好奇地扭过头来看他们吵架。

“那我们回去建导轨吧。”林云低着头嘟囔着说,一时像泄光了气,显然丁仪的哪句话伤害了她。很快,丁仪找到了答案,在飞回基地的途中,林云同丁仪一起坐在两根舞蹈的弦之间,轻声问:“除了宇宙的奥秘,你真的谁都不在乎?”

“啊,我……”丁仪一时语塞,“我只是说我不在乎宏聚变试验的后果。”

特别领导组

在首次成功捕获宏原子核后,基地向上级了递交了一份研究报告,立刻使已经被遗忘的球状闪电武器项目重新被重视起来。

基地很快接到的是迁移命令,从北京远郊迁至西北某地。首先迁移的是那些已被捕获的宏原子核，这时它们的数量已达二十五个。将它们放在首都附近，无疑是十分危险的。

基地的迁移用了一个月的时间，在这期间，捕获宏原子核（现在都被称为弦）的工作一直没有中断，当基地的迁移最后完成时，已经捕获和存贮了近三百根弦。它们大多是轻原子核，看来宏宇宙与我们的宇宙一样，像氢之类的轻元素的丰度最高。但丁仪坚决反对将它们定义为“宏氢核”“宏氦核”之类的，因为现在已经知道，宏世界的元素体系与我们的世界是完全不同的，那是一个我们完全陌生的元素周期表，宏世界的元素与我们世界的是根本不能一一对应的。这些已捕获的弦存贮在西北戈壁上一大片匆匆建成的简易库房中，它们都被吸附在电磁线圈阵列上，每两个线圈的间距至少在八米以上，且每个弦周围还设置了隔断磁场，以确保它们之间的安全隔离。这些库房远远看去很像一大片暖棚，所以基地对外的称呼索性就定为“抗旱固沙植物研究基地”。

对于基地迁移的原因，上级很明确地说明是出于安全考虑，但基地所在的位置却明确地暗示着另一种可能。

这里就是这个国家第一颗核弹爆炸的地方，那在核爆中扭曲的铁塔残余，还有那块似乎是为了忘却而立的小小的纪念碑，就在基地旁边。走不远的路，就能到达当年为核武器设置的目标区，那里有为观察核爆效应而建造的建筑和桥梁，还有大量作为试验目标的废旧装甲车辆，盖革计数仪在那里已不再噼啪作响，核爆的残留放射性随着岁月消失殆尽，据说这些废弃物的相当一部分已被附近的农牧民运走当废铁卖了。

在北京召开了一次关于弦问题的重要会议，与会者中有包括副总理在内的级别很高的领导人，林云的父亲主持会议，他从紧张的战争指挥中抽出一天时间来开这个会，也说明了弦问题的重要性。

在听完丁仪和其他几位参加弦研究的物理学家长达两个小时的技术报告后，林将军说："刚才的报告很严谨也很全面，下面请丁教授尽量用非专业的语言为我们澄清几个关键问题。"

丁仪说："我们对宏世界物理规律的认识还很肤浅，对弦的研究更是刚刚开始，有些问题只能给出一个很模糊甚至不确定的答案，希望各位首长理解。"

林将军点点头，"首先，当两个氢原子弦以临界速度相撞时，我们有多大把握确定它们会发生核聚变？据我所知，在我们的世界，一般只有氢的两种同位素和氦-3才能发生聚变反应。"

"首长，宏世界与我们世界的物质元素是很难类比的，由于宏原子核特有的弦状结构，使它们之间的融合变得很容易，所以宏原子间的聚变反应比我们的原子要容易得多。而宏粒子的运行速度普遍比我们世界的粒子慢许多个数量级，这样，从宏世界的角度看，每秒四百多米的撞击速度已经相当于我们世界的临界速度了。所以，达到临界速度的相撞肯定会引发核聚变。"

"很好，下一个问题，也是最重要的：宏聚变能量的大小和作用范围。"

"首长，正是这个问题在理论上变数很多，难以确定，所以这也是我们最担忧的。"

"那我们试着给出一个比较保险的上限，比如一千五百万到两千万吨TNT当量。"

丁仪笑着摇摇头,“首长,肯定没有那么大的。”

“为保险起见我们就按这个考虑吧,这相当于人类进行过的最大的热核爆炸的当量,上世纪中叶,美国在海上、苏联在陆地都进行过这样当量的核试验,它的摧毁半径大约为五十公里,完全在控制范围之内,那么你们的忧虑何在呢?”

“首长,我想您忽略了一点,宏粒子的能量释放具有高度选择性。传统的核聚变,其能量释放是完全没有选择性的,它的能量与周围所有的物质都能发生作用,大气、岩石、土壤等等,都能够使其能量迅速衰减,所以传统核聚变虽然能量巨大,但作用范围是有限的。但宏聚变不同,它释放的能量只对特定的物质发生作用,除了这类物质之外,其他物质对宏聚变的能量是完全透明的,如果这种特定物质的量很小,那么宏聚变的能量衰减就很小,可以作用到很大的范围。举个例子:两千万吨级的能量,如果释放目标没有选择性,只是将五十公里半径的区域化为焦土,但如果这能量只与头发发生作用,那么足以将全世界的人都烧成光头。”

这是一个很有趣的比喻,但没有人笑,会场的气氛严肃而压抑。

“那么现在,你们是否能够确定某个弦的特定能量释放目标是什么?”

“可以的。我们早就发现微波经过宏电子后,被调制成一种复杂的频谱,不同的宏电子有不同的频谱,如同它们的指纹一样。具有相同能量释放目标的宏电子,也具有相同的频谱。从理论上讲,这种方法对弦也适用。”

“可是在最初取得某一类宏电子的频谱时是要经过能量释放试验的,你们现在主观地认为与宏电子具有相同频谱的弦也具有相同的能量释放目标,有理论根据吗?”

“有的,我们能证明这一点。”

“那么,在已经捕获到的三百多个弦中,都有哪些能量释放目标呢?”

“各类都有,其中最危险的是以有机生命为释放目标的,一旦发生聚变,其杀伤力难以想象。”

“最后一个问题:有以电子芯片为释放目标的弦吗?”

“与宏电子一样,这种弦很稀少,目前只收集到三个。”

“好的,谢谢。”林将军结束了询问,会场上沉默下来。

“我想,情况已经介绍得很清楚了,请领导小组以外的同志退场吧。”一直没有发言的副总理说。

在千里之外的球状闪电研究基地中,宏聚变试验的准备工作正在紧张地进行着。

弦加速导轨已经建好,它们各有十多米长,很像两座小型的铁路桥,在保密代号中它也确实被称作“1号桥”和“2号桥”。两根弦将分别在两座“桥”中被电磁场加速至二百五十米每秒,然后在一点相撞发生宏原子核聚变。

本次计划试验的弦类型是最具有实战意义的那种:以电子芯片为能量释放目标的弦。目前这种弦只收集到三根。

目标区的设置有最大的工作量。基地开始从国外进口大量的电子垃圾,主要是废弃的电脑主板和电路卡,这是在战时的经济封锁中极少数可以进口的东西,通过第三方,甚至可以从敌国大量买进这类垃圾。加上从国内的收集,最后得到的电子垃圾竟达八万多吨,在戈壁上堆成了几座怪异的小山。这些带有巨量芯片的板卡被设置成以聚变点为圆心的三个目标圈,最里面一圈的半径为十公里,最外圈的半径达一百公里,包括了戈壁边缘的两个小县城。在这一地区,用黄色小旗做的标志星罗棋布,每面小旗下都固定着一个装着几块板卡的黑色密封袋。

在最后一次工作会议上,丁仪说:"我只提醒一点:在宏聚变发生点附近,由于能量密度极大,能量已不存在目标选择性,在聚变点周围两百米半径内,一切都会被烧毁,所以加速导轨只是一次性的,试验人员至少要与聚变点保持两千米以上的安全距离,且注意身上不要携带电子设备。"

大家等着,但丁仪没有再说话。

"就这些?"许大校问。

"该说的话我都在该说的地方向该听的人说了。"丁仪面无表情地说。

"真会发生什么不可预测的事情吗?"林云问。

"到目前为止,对于宏聚变,我还没有发现什么事情是我们能预测的。"

"不过是两个原子核的聚变,虽然是大原子核,但也仅仅是两个,我们世界的微聚变,一颗氢弹也有几吨重的,物质量远远大于这两根弦。"

丁仪没有说话,只是摇摇头,不知是表示自己不清楚,还是对林云的幼稚无可奈何。

第二天,本地卫戍区一个营的兵力开到,加强了基地的警戒,这让人们兴奋起来,因为这是试验即将开始的迹象。

"即使聚变的能量只摧毁了第一目标圈的芯片,我们也得到了一件不可防御的武器,想一想,一支舰队如何防御十公里外的一次爆炸呢?

而这次爆炸将使舰队的所有电子系统瘫痪！”林云兴奋地说。

基地的人们都处于这样一种心态之中，上次的失败使他们失去了一次创造历史的机会，现在这种机会再次来到他们面前，而且更加真实。

这天直到深夜，林云还在同几名工程师对“桥”做最后调试。为了避开空中侦察，两个“桥”被放置在一个大小如一座体育馆的大篷里，试验中，这座大篷将首先被聚变的能量摧毁。丁仪将林云叫了出来，他们在戈壁的寒风中慢慢走着。

“林云，离开基地。”丁仪突然打破沉默说。

“你在说什么?!”

“我让你离开基地，你可以申请调动，或请假，总之要马上离开，必要时请你父亲帮忙。”

“你疯了吗?”

“你留下才是疯了！”

“你有什么话不能告诉我吗?”

“我没有话，只有感觉。”

“你就不想想我的感觉？这时我怎么能离开！”

黑暗中，林云听到丁仪一声长叹：“在上星期，我在弦问题会议上对国家尽到了责任；现在，我对你也尽到了责任。”他两手对着夜空用力一挥，仿佛彻底抛开了什么，“好了，既然你不走，就让我们做好准备，一起欣赏奇观吧，你做梦都想象不到的奇观！”

远处，在月光下广阔的戈壁滩上，在那一大片白色的简易库房里，三百多根弦无声而永恒地舞蹈着。

第二天上午，基地接到上级通知，一个特别领导组将在今天抵达，并全面接管基地的工作。听到这个消息后，人们激动万分，这是宏聚变试验即将进行的最明确无误的信号。

当天下午，特别领导组乘两架直升机抵达。组长是一位少将，名叫杜玉伦，他戴着眼镜，一派儒雅风度，是一名学者型将领。基地负责人和球状闪电项目组的全体成员在降落点迎接特别领导组，当许大校介绍到林云时，丁仪注意到杜将军脸上的笑容消失了，林云向他敬礼时，许大校分明听到她叫了一声："老师。"杜将军只是冷冷地点了一下头，就立刻转向了下一个人。

在去基地办公楼的路上，丁仪听到了杜将军和许大校的对话。

"首长好像认识林少校？"许大校问。

"哦，我曾是她的博士生导师。"

"是这样。"许大校说，没有进一步问下去。显然，他也注意到了将军和林云之间不自然的关系，但杜玉伦并没有转移话题。

"我曾极力阻止她获得博士学位。"杜将军朝远远落在后面的林云偏了一下头说。

"为什么？林少校在专业上是十分出色的。"

"要说专业，从我所带过的所有学生来讲，她是最出色的，得承认，她在技术领域有一种无人能及的灵性。但在我们这个研究领域，我把一个人的道德放在与其才华同等的位置上。"

许大校显然有些吃惊，"哦……是的，林云个性太强，也很任性……"

"不不，"将军摆了摆手，"这与个性无关，我认为，一个把武器当毒品的人，是不适合从事武器研究的，特别不适合从事尖端和新概念武器的研究。”

许大校没有说话，只是悄悄转头看了后面的林云一眼。

“许大校，你大概听说过液体地雷事件吧。”杜将军问。

“是的，总部纪委向我打过招呼……怎么，调查有结论了？”

将军点点头，“就是她把那种东西同时转让给智玻冲突双方的，性质极其恶劣，她将要为此负责的。”

许大校神色黯然地又看了林云一眼，她正在后面和几个年轻的技术军官一起专心地讨论着什么

“林云将被隔离审查，从现在起，严禁她接触与弦研究有关的一切资料和设备。我要特别说明，这是林峰将军的意思，他比我们更了解自己的女儿。”

“可……她是基地的技术核心人物，离了她，眼前的宏聚变试验是无法进行的。”

杜将军意味深长地看了许大校一眼，没有再说话。

会议一开始，基地的人们就发现气氛不对。杜将军的一番话让大家震惊：

“许大校，你的工作是怎么做的？你参加了弦问题会议，应该了解上级的意图，应该知道从来就不存在进行宏聚变试验的计划，更没有做出过这样的决定！之所以命令你们进行试验的准备工作，只是一种预防万一的措施。”

许大校叹口气说：“首长，我把这些反复向基地的同志们强调过，可……他们有自己的想法。”

“那是因为你纵容基地中的某种危险的思想倾向，误导了他们！”

会议室里出现了微微的骚动。

“下面我宣布上级的命令：”杜将军扶了扶眼镜说，“一、立刻停止宏聚变试验的一切准备工作，封存所有试验设备；二、同时停止对宏原子核的一切实验性研究，停止与宏原子核有关的任何试验项目，对宏原子核的研究应严格限制在纯理论范围；三、将已经收集并存贮的宏原子核中的大部分重新释放回大气层中，只留下其中的十分之一供以后的研究使用；四、特别领导组将接管基地的全部设施，除少量留守人员外，球状闪电项目组的全体人员立刻撤离基地，回京待命。”

会议室陷入一片死寂，但这冰窟般的寂静并没有持续多久，就被林云的声音打破了：

“老师，这是为什么？”

“我现在不是你的老师！同时，作为一名基层技术军官，这次会议你只有旁听的权利。”说这话时，杜将军没有看着林云。

“可我有一个军人的职责，在如此严峻的战局面前，仅仅因为那些虚无缥缈的危险，我们就要放弃一次胜利的机会？”

“林云，你最大的浅薄和幼稚之处就在于，认为靠某一件新武器就能赢得战争。再想想你自己的作为，还有资格奢谈职责吗？”杜将军直视着林云说，然后环视了一下会场，“同志们，战局确实严峻，但在为战争负责的同时，我们更应该为整个人类文明负责！”

“您是不是觉得自己特崇高？”林云头一扬，充满挑衅地问。

“林云！”许大校厉声说，“不许这样和首长说话！”

杜将军挥挥手劝止许大校，然后转向林云说：“我是在执行一项崇高的命令，这个命令是那些比你更理智、更有道德、更负责任的人做出的，这些人中包括你的父亲。”

林云没再说话，她的胸脯急剧起伏着，眼眶中充盈着晶莹的泪，目光却如火一般炽热。

“好了，许大校，立刻安排交接工作吧。但我声明，基地的交接工作组中不包括林云少校，她已经被调离球状闪电项目组，会后立刻乘直升机离开基地。”杜将军说，同时意味深长地看了林云一眼，“这也是你父亲的意思。”

林云缓缓坐下了，过了一会儿再看时，丁仪惊奇地发现她好像变了一个人，她心中的狂澜似乎在瞬间消失了，神色平静如水。在会议的后半段，她一直沉默着。

后面的会议又持续了约一个小时，主要讨论基地交接的细节，当散会时，林云逆着离去的人群走上前来，对杜将军说：“老师，叫个人跟着我吧。”

“去哪儿？”杜将军不解地问。

“到聚变点去，我走前要拿些私人用品。”林云平静地说。

“是啊，这些天，为了调试，她一直吃住在‘桥’那里。”许大校说。

“你跟她去。”杜将军对身边的一位中校说。

林云敬了礼后转身走去，消失在外面大戈壁上如血的残阳中。

宏聚变

会后，特别领导组的成员和基地的几名技术负责人留下来，讨论将要保留的少量研究用宏原子核的保存问题，他们一致认为，为了避免因空袭等因素造成的危险，这些弦应存贮在地下防空设施中。

许大校又问起了球状闪电项目组的最后去向问题，杜将军说："刚才我在会上可能太严厉了些，这个项目组的卓越成就上级是有目共睹的，虽然弦的研究暂时停止了，但宏电子的研究还可以继续。"

"首长，普通的球状闪电武器已经陷入了绝境。"许大校苦笑着说。

"哪有那么严重嘛，不就是对舰队攻击的一次失利？舰队本来就是现代战争中防卫最严的目标。但在陆战中呢？敌人不可能每个单兵都扛着一套电磁屏蔽装置吧，我看啊，每辆坦克和装甲车配一套都困难。所以这种武器还是很有前途的，关键要看用在什么地方。另外，上级现在对纯耗散型球状闪电有很大兴趣。"

"纯耗散型？那都是无用的废品啊。"许大校不解地说。所谓纯耗散型，是指那些根本不进行爆发式能量释放的球状闪电，它们被激发后，只是以普通的电磁辐射形式缓慢地释放出自己的能量，被认为是最温和同时也最无军事用途的一类宏电子。

"不，许大校。你们是否注意过它们释放出的电磁辐射？其中几乎包含了所有的通信波段，且强度很大。目前，我军在电子战中采用双盲战略，对敌实施全频段阻塞干扰，但干扰源极易被定位和摧毁，而纯耗散型球状闪电可以作为干扰源，它的最大优势是很难被摧毁。"

"是这样！当一个纯耗散型雷球在空中飘行时，周围很大范围内的无线通信都中断了，而这种球状闪电寿命很长，它的能量释放过程最长达两个小时！"

"而且不易被摧毁，我们做过试验，飞行中的球状闪电被一发炮弹穿过后都不受影响。”

“是啊,首长,我们以前应该想出这个主意的。”

“许大校,主意就是你们想出的,你们上交的技术报告很多,你可能没有注意到那份。”

丁仪说:“我知道这事,那个想法是林云提出来的。”

提到林云,大家都无声了。

正在这时,聚变点的方向传来了枪声。

聚变点距这里有上千米远,声音传到这里已很弱,从周围军人们突然警觉的样子,丁仪才知道那是枪声。紧接着又响了几声,更加急促。会议室的人们纷纷冲到外面,向聚变点的方向看。

聚变点与办公楼之间是一片空旷地带,人们看到,在这片戈壁上有一个人在跑动,他显然是刚从聚变点放置“桥”的大篷中跑出来的。稍近些,人们认出了这是那名陪同林云去聚变点的中校;再近些,可以看到他左手捂着右肩,右手提着手枪,当他跑到办公楼前时,可以看到顺着枪管向下滴的血。

中校推开了要给他看伤包扎的人,径直走到杜玉伦将军面前,喘息着说:“林云少校,她要强行进行宏聚变试验!”

一时间空气凝固了,人们都向聚变点方向看去,一时间,世界的其余部分在他们的视野中消失,只剩下那座大篷赫然而立。

“谁先开的枪?”杜将军问。

“我,他们人多,我不先下手就出不来了。”中校把沾血的手枪放下,疲惫地坐了下来。

“还有伤亡吗?”许大校问。

“我肯定打中了他们中的一个,好像是个上尉,是死是伤不知道。”

“林云呢?”杜将军问。

“她没事。”

“他们共有几个人?”将军接着问。

“加林云六个,其余的是三个少校和两个上尉。”

“竟有这么多人跟她跑?”杜将军看了许大校一眼说。

“在基地的一些有激进主义倾向的年轻人中,林云很有吸引力。”

“聚变试验用的原子核呢?”

“两根弦都已经在‘桥’上了。”

所有人的目光都从远处的大篷转移到杜玉伦将军身上。

“命令基地警卫部队,立刻突击并占领聚变点。”杜将军对刚刚赶来的警卫部队指挥官说。

“首长,这怕不行!”特别领导组的副组长,一位名叫石剑的大校急步走到杜将军面前说,“弦已在‘桥’上,聚变随时都可能发生,应该采取更果断的措施!”

“执行命令。”杜玉伦面无表情地说。

石大校万分焦虑地看着他,欲言又止。

“丁教授,我们一起去劝劝林云吧。”许大校对丁仪说。

丁仪摇摇头,“我不去,没有用的,再说,我理解她。”他坦然承受着众人投来的怪异的目光,补充道,“在这里,可能只有我理解她。”

“那我们走吧!”许大校没有再看丁仪,同警卫部队指挥官一起急步走去。

“不要随便开枪。”杜将军对着他们的背影补充道,警卫部队指挥官回身匆匆说了声“是”。

“是没有用，劝她没用的，我还不了解她……”杜将军自语道，他看上去一下子虚弱了很多，可能是在为自己情感战胜了理智而自责，现在，谁都能看出来，林云是他最珍爱的学生。

警卫部队很快包围了聚变点，包围圈的散兵线快速向大篷收拢，这过程在一片寂静中进行，双方都没有开枪。当散兵线接近大篷时，许大校用一个扩音器向大篷喊话，他自己显然已经乱了方寸，所以进行的劝说杂乱无力，无非是让对方冷静、考虑后果等等。

仿佛是回答许大校，大篷中响起了雷球机枪尖利的放电声，紧接着，一排冷蓝色的球状闪电呼啸而出，如疾风般掠过散兵线上空，战士们都本能地卧倒，球状闪电在他们的背后紧密地爆炸了，一阵急促的巨响后，戈壁滩上的几片红柳丛，还有附近堆放的两堆板条箱，未经燃烧就化为灰烬，只冒出一缕缕青烟，这是一串以植物和木材为能量释放目标的球状闪电。

“这是警告，只有一次。”大篷中的一个扩音器传出了林云的声音，静如止水。

“林云，你……你真想杀害自己的同志战友吗！”许大校绝望地大喊。

没有回答。

“先让部队撤下来吧。”杜将军说。

“我们也应该立即对大篷进行球状闪电攻击，首长，真的不能再拖了！”石剑大校说。

“不行，”一名基地军官说，“林云他们现在使用的雷球机枪是最新型号，本身就带有电磁屏蔽系统，可以在半径五十米的范围上偏转任何球状闪电。”

杜将军想了几秒钟，伸手拿起了电话，拨了林云的父亲林峰将军的号码：“首长，我是杜玉伦，从B436项目基地给您打电话，在特别领导小组接管基地时，发生了突发事件，林云和其他五名年轻军官用武力占领了聚变试验点，要强行进行宏聚变试验，目前两根弦已在加速装置中，聚变随时都可能发生，他们还装备有雷球机枪，您看……”

电话另一端沉默了两秒钟，也只有两秒钟，林将军语气平静地问：“这需要请示吗？”

“可，首长……”

“您被解职了，把电话交给石剑大校。”

“首长！”

“这是命令！”

杜玉伦把话筒递给旁边的石剑大校。大校举起话筒，正要说什么，却立刻听到林将军简洁而果断的命令：

“摧毁聚变点。”

“是！首长。”

大校说完放下电话，转身问一位少校：“最近的战术导弹阵地是哪个？”

“红331，距这里约一百五十公里。”

“立刻向他们传送聚变点坐标，四个精度，并传送攻击授权，给我接通红331指挥官。”

很快，那个导弹基地的指挥官的电话接通了，大校接过话筒，“对，是，收到坐标和攻击授权了吗？对，立刻！好……目标按陆上四类对待……这个你们自定，要确保摧毁！立刻，我不放电话……”

“我说，不能再有别的选择吗？关于宏聚变……”丁仪挤上前来说。

举着话筒的石剑大校神色严厉地看着丁仪，挥起另一只手坚决地向下一劈，不知是表示没有任何别的选择，还是根本就不让丁仪说话。

“好的，知道了。”大校对着话筒说，然后放下电话，他的动作慢了下来，刚才的焦虑消失了，他长吁一口气，像是解除了一个沉重的负担，又像是在后怕。

“导弹已在途中，三分钟后到达。”他说。

“首长，我们再向后撤一些吧。”一位军官对杜将军说。

“不用了。”杜玉伦疲惫地摆摆手，低垂的头没有抬起来。

很快人们就看到导弹了，它从正南方的天空中划出一道白色的尾迹，很像一架飞机的航迹，但速度要快得多。这时，从大篷的扩音器中传出了林云的声音，还是那么平静，似乎正在发生的一切，不过是她弹奏的一首流畅的乐曲，她正在宣布这首曲子的结束。

“爸爸，您晚了。”

宏聚变是无声的，甚至照大多数目击者的说法，宏聚变时比平时都要安静，似乎大自然中的其他声音都被屏蔽了，整个过程都在不可思议的宁静中进行。按照一位目击者简洁的总结，整个宏聚变过程看上去就是一轮蓝太阳的升起和落下。首先是大篷中发出蓝光，很快人们就看到了那个还很小的蓝色光球，因为这时大篷正在变成透明的，仿佛是一张悬在光球上方的大玻璃纸，它很快像熔化似的坍塌了，奇怪的是，坍塌时大篷的各个部分都向着聚变中心收拢，整座大篷就像被吸入一个旋涡似的被吸进了光球之中，在周围没有留下任何残余和痕迹。大篷消失后，光球继续扩大，很快便以一个蓝太阳的形象出现在戈壁滩上，当它停止膨胀时，半径达到二百米，这正好是丁仪预言的距离，只有在这个距离之外，宏聚变的能量才呈现选择性，而在这距离之内，由于极大的能量密度，一切都将被毁灭。

蓝太阳在最大的状态维持了约半分钟，这期间它很稳定，加上此时笼罩一切的诡异的宁静，它居然在这短暂的时间给人一种永恒感，仿佛自世界诞生之日起就在那里似的。蓝太阳使西边已落下去一半的夕阳黯然失色，整个戈壁都淹没在它的蓝光中，使这个世界变得陌生而怪异。这是一个冷太阳，人们即使在近处也感觉不到它的任何热量。

这时，最不可思议的奇观出现了：在蓝太阳那幽深的内部，有许多璀璨的小星星放射状地飞了出来，那些星星一飞出光球的边界，立刻变成一个个物体，大小不一，当人们看出那些飞散的物体是什么时极为震惊：那是一个个的大篷！这些从蓝太阳中飞出的大篷看上去很有质感，绝不是幻影。它们大小不一，最大的比毁灭前的原物还大，成为天空中飘浮的一个巨大的黑影；小的则像一块碎片，细看去还是完整的大篷，仿佛是它的一个精致的模型。这些处于量子叠加态的大篷，在观察者的目光中迅速坍缩为毁灭态，纷纷拖着一个由自己映像叠成的尾迹消失在空中，但量子态的大篷仍不断地从光球中心飞出，这是一个大篷的概率云，它在向空中弥漫，蓝太阳也笼罩于概率云中，只有观察者才能抑制云的膨胀。

终于有声音打破了宁静，这轻微的噼啪声从桌上的电脑里发出，从人们身上的手机中发出——是电子芯片被毁灭的声音。与此同时，人们看到有许多小碎片穿过电脑完好无损的外壳四下飞散，细看发现，那些碎片竟是一个个完整的CPU、内存条和其他芯片，每一个量子叠加态的芯片都同时出现于很多个位置，所以飞散的芯片数量巨大，一时间办公楼笼罩在芯片的稠密的概率云之中，但人们的目光像一把把无形的扫帚，将芯片扫回毁灭态，它们纷纷拖着尾迹消失，坍缩为机箱中的灰烬，空气中很快变得空无一物了。

更大的声音出现了，它是空中传来的一声巨响，人们看到天空中出现了一团大火球，那是来袭的导弹。当它内部的所有芯片都被烧毁时，先是打着旋下坠，然后临空爆炸了。

之后，宁静又恢复了，蓝太阳开始急剧缩小，最后在地表附近缩为一点消失了，一分钟前，就是在那一点，从"桥"上飞出的两个宏原子核以五百米每秒的相对速度相撞，两根由奇点构成的弦瞬间缠绕在一起，从此，在大得无法想象的宏宇宙中，两个氢原子消失了，一个新的原子诞生了，这个事件不可能被宏世界的任何观察者觉察。与我们的世界一样，只有当一亿亿对弦同时缠绕在一起时，才能产生一起能够被他们称之为事件的事件。

夕阳静静地照着大戈壁，照着基地，红柳丛中传出几声鸟鸣，仿佛什么都没有发生过。

人们来到了聚变点，大篷和里面的一切已经消失得无影无踪，没有留下任何残迹，展现在人们面前的，是平放在戈壁滩上的一面半径约二百米的大镜子。这面镜子是由瞬间熔化又瞬间凝结的沙石地面形成的，同被球状闪电烧熔的其他东西一样，这片地面被烧熔时没有放出多少热量，它是以波的状态在另一个时空中被烧熔的，这时，镜子的表面摸上去是冰凉的。镜面平滑得惊人，可以清晰地映出人的面容。丁仪仔细地观察和思考,也想不出在凝结过程中,是什么机制把这片熔化后的戈壁抹得这样平滑。人们默默地站在巨镜周围,看着它映出的西天美丽的晚霞,后来又看到它映出夜空中出现的第一颗星星。

与此同时,宏聚变汹涌的能量正在向四面八方传播,这能量轻易地越过了三个目标圈,将散布在半径为一百公里的区域内的八万吨芯片一举化为灰烬,之后继续推进,又向外扩散了一千多公里才被沿途的巨量芯片完全衰减,将三分之一的国土拉回到农业时代。

林云之二

雨不知在什么时候停了,窗外已经晨光微现。

与少年时代的那个生日之夜相同,一夜之间,我已不再是昨天的我,失去的太多,一时间反而不知失去的是什么,只感觉现在的自己只是一个被掏空的虚弱的躯壳。

“你还接着听下面的事吗?”丁仪两眼通红,醉意朦胧地说。

“哦,不,我不想听了。”我无力地说。

“是关于林云的事。”

“林云？她还能再有什么事呢？说下去吧。”

在宏聚变发生后的第三天,林云的父亲来到了聚变点。

这时,那三百多个被捕获的弦大部分已经被释放回大气中,当吸附它们的电磁铁被断电时,那些弦都在空中舞动着快速飘去,很快消失得无影无踪。留下用于研究的三十多个弦则被转移到更安全的存贮地点。基地的人员也大部撤离,这片在两个世纪中两次释放巨大能量的戈壁滩再次沉寂下来。

陪同林将军来到聚变点的只有许文诚大校和丁仪,比起不久前在弦问题会议上的样子,林将军现在明显憔悴了许多,也老了许多,但他仍坚强地支持着自己的精神,给人一种未被摧垮的感觉。

他们来到宏聚变形成的那面巨镜边缘,镜面已落上了一层薄薄的沙土,但仍然平滑光洁,上面映照着长空中滚滚的流云,仿佛是坠落在戈壁滩上的一片天空,又仿佛是通向另一处时空的一个窗口。林将军一行人默默地站立着,这个世界的时间仿佛已经停止了流动,而在那个镜中的世界,时光在急速飞逝。

“这是一座独特的纪念碑。”丁仪说。

“就让沙子慢慢把它埋掉吧。”林将军说,他头上刚出现的几缕白发在风中飘动着。

就在这时,林云出现了。

是警卫员拉枪栓的哗啦声惊醒了每个人,当他们抬头看时,看到林云远远地站在四百米之外的巨镜的另一端,但就在这么远的距离上,每个人也都能认出是她。她迈步走上了巨镜,向这边走来。林将军和其他人很快发现她是真实的林云,不是一个幻影,因为他们听到了她在镜面上清脆的脚步声,这声音像一个秒针在走动;还可以看到她在镜面上的一层薄尘中踏出的一行清晰的脚印。流云仍然从宽阔的镜面滚滚而过,她就行走在流云之上,不时抬手拂去被戈壁的寒风吹散到额前的短发。林云穿过整个镜面走近后,可以看到她的军装很整洁,像新的一样,脸色有些苍白,但目光清澈而平静。她最后在父亲面前站住了。

“爸爸。”她轻声呼唤。

“小云,你都干了些什么?”林将军说,声音不高,透出深深的悲哀和绝望。

“爸爸,您看上去很累,坐下说吧。”

林将军慢慢坐在警卫员搬过来的一个原来装试验设备的木箱上,他看上去真的很疲惫,也许在他漫长的军旅生涯中,是第一次显露出这种疲惫。

林云对许大校和丁仪微微颔首致意,并露出一丝他们熟悉的微笑,然后她对警卫员说:“我没带武器。”

林将军对警卫员挥了一下手,后者对着林云的枪口慢慢垂下来,但手指仍没有离开扳机。

“爸爸,我真没有想到宏聚变的威力竟这样大。”林云说。

“你已经使三分之一的国土失去了防御。”

“是的,爸爸。”林云说着,低下了头。

“小云,我不想责备你了,都晚了,这已经是一切的终点。我这两天唯一在想的是,你怎么走到了这一步?”

林云抬起头来,看着父亲说:“爸爸,是我们一起走到这里的。”

林将军沉重地点点头,“是的孩子,我们一起走到这里的。这段对你来说不算短的路,好像是从你妈妈牺牲时开始的。”将军眯起双眼看着镜面上的蓝天和流云,仿佛在注视着往昔的时光。

“是的,我记得那个夜晚,那是中秋节,也是星期六,军区幼儿园里就剩我一个孩子了,我在院子里坐在小凳儿上,手里拿着阿姨给的月饼,没有仰头看圆圆的月亮,而是眼巴巴地盯着大门。阿姨说:好孩子,爸爸下部队了，不能回来接云云了，今天云云还得在幼儿园睡。我说：爸爸从来就没有接过我，妈妈会来接我的。阿姨说：你妈妈不在了，她在南疆牺牲了，她再也不会来接云云了。我虽然早就知道这点，但守候了一个多月的梦直到这时才彻底破灭，在那段时间里，幼儿园的大门在清醒时和睡梦中总是出现在我的视野里，不同的是，梦中妈妈总是一遍遍地走进大门，而醒着时那里总是空荡荡的……这个中秋之夜是我人生的一个转折，我以前的孤独和悲哀，一下子都转化为仇恨，恨那些夺去妈妈的生命、使她在中秋之夜都把我丢在幼儿园里的人。”

将军说：“一个星期后我去接你，发现你总是拿着一个小火柴盒儿，里面养着两只蜜蜂。阿姨怕你被蜇着，曾要拿走火柴盒儿，但你大哭大嚎不给她们，你的那个狠劲儿把她们都吓住了。”

林云说：“我告诉您，我要训练这两只蜜蜂，让它们去蜇敌人，就像他们用蜂蜇妈妈一样。我还得意地向您讲述了我的许多杀死敌人的想法，比如我知道猪很能吃，就想应该把很多很多的猪放到敌人住的地方，让猪吃光他们的粮食，把他们饿死；我还想出了一种小喇叭，把它放到敌人的房子外面，它就会在夜里自动发出很可怕的声音，吓死他们……我就这样不停地想着这类办法，这已经成了一种迷人的游戏，让我乐此不疲了。”

“我看到自己的女儿这样，真的很忧虑。”

“是啊，爸爸，当时听完我的话，您默默地看了我好一会儿，然后从公文包中拿出两张照片，两张一模一样的照片，只是有一张的一角烧焦了，另一张上面有些褐色的痕迹，后来知道那是血迹。照片上是一个三口之家，父母都是军官，但他们的军装与爸爸的很不一样，戴着当时爸爸还没有的肩章，那女孩儿岁数和我差不多，是个很漂亮的小孩儿，皮肤白里透红，像个细瓷似的，在北方生长的我从来没见过那么好的皮肤，她的头发那么黑那么长，一直拖到腰间，好可爱的。她的妈妈也很漂亮，爸爸十分英俊，真是让我羡慕的一家人。可您告诉我，这是两个敌军军官，都在我们的炮击中阵亡了，打扫战场时分别从两具尸体上找到这两张相同的照片，现在，中间的那个可爱的小女孩儿没有妈妈，也没有爸爸了。”

将军说：“我还对你说，那些杀死你妈妈的敌人并不是坏人，他们那么做因为他们是军人，必须尽自己的职责，就像爸爸是军人，也要在战场上尽职责去杀死敌人一样。”

“我记得，爸爸，我当然记得。要知道，那是上世纪80年代，您对我的那种教育是很另类的，不被认可，如果传出去，足以毁掉您的军旅生涯。您想挖出我心中那颗仇恨的种子，不让它发芽，从这一点我就知道您是多么地爱我，我直到现在也很感激。”

“但是没有用了。”将军叹息着说。

“是的，当时我只是对那种叫职责的东西很好奇，它竟能使军人们互相厮杀而不记恨。但我不行，我还是恨他们，还是要让蜜蜂去蜇他们。”

“我听了你的话很难受，一个孩子由失去母爱的孤独和悲哀生出的仇恨是不容易抹平的，能消除这种仇恨的，只有母爱本身。”

“您意识到了这点，有一阵儿，有一个阿姨常来家里，她对我很好，我们也很合得来。可不知为什么，她最终也没能成为我的新妈妈。”

将军再一次叹息，“小云，当时我多为你想想就好了。”

“后来，我慢慢适应了没有妈妈的生活，心中那幼稚的仇恨也随着时间消退，但那种有趣的游戏却从来没有停止过，种种幻想中的武器伴随着我的成长。但武器真正成为我生活中的一部分,还是从那个暑假开始的。那是我小学二年级的暑假,您要去南方参加组建海军陆战队的工作,看到我得知这消息后很失望,就把我也带去了。部队的位置很偏僻,我周围没有别的孩子,在您工作忙的时候,都是您的那些下级和同事们陪我玩儿,他们都是些野战部队的军官,大多没带过孩子。他们给我最多的玩具就是子弹壳儿,各种大小的都有,我拿它们当哨吹。有一次,我看到一个叔叔从弹夹中退出一颗子弹,就闹着要。那叔叔说这不是给小孩儿玩的,小孩儿只能玩不带头儿的。我说那你就把它的头儿拔掉再给我!他说那就和我以前给过你的那些弹壳一样了,我可以再给你更多的。我说不行,我就要这个拔了头儿的!”

“小云,你就是这样,看准一个目标就绝不撒手。”

“那叔叔被我弄得没办法了,说好吧,但这不好拔,我给你打掉算了。他将子弹压回弹夹,提着冲锋枪来到外面冲天开了一枪,指着蹦到地上的弹壳说,喏,拿去吧。我却没有捡它,瞪圆了眼睛问弹头儿去哪儿了?叔叔说飞上天了,很高很高。我说啪一下后面那声‘勾——’是不是它飞的声音?叔叔说是呀,云云真聪明,说完他又冲天打了一枪,我再次听到了子弹穿过空气的呼啸声,叔叔说它飞得很快,能穿透薄钢板呢!我摸着冲锋枪温热的枪管,过去游戏中幻想出来的种种武器顿时变得那么软弱无力,眼前这个现实的武器有了不可抗拒的吸引力。”

将军说:“那些军旅中粗线条的汉子们看到一个喜欢枪的小女孩儿都觉得很可爱,就继续用枪使你高兴。那时部队上的弹药管理远没有现在这么严,很多退伍兵都能带走几十发子弹,所以他们有足够的子弹让你玩儿。最后竟发展到让你开枪,开始还帮你扶着枪,后来全由你自己拿枪打着玩儿了。我知道了也没在意,那个暑假结束时,你都能自己把冲锋枪支到地上打连发了。”

“那时我抱着枪,感受着它击发时的颤动,像其他的小女孩儿抱着一个会唱歌的洋娃娃。后来,我又在训练场上看到了轻重机枪的射击,那声音在我听来不刺耳,倒像一种让我快乐的歌唱……到了假期结束时,我在手榴弹爆炸和无后坐力炮射击时都不捂耳朵了。”

“以后的假期,我也常带你到一线部队上去,这主要是想多些时间和你在一起,同时我也觉得,部队虽不是孩子待的地方,但毕竟是个比较单纯的环境,所以你待在那里也没什么害处,但我真的想错了。”

“在这些假期中,我又接触了更多的武器,基层的军官和战士都喜欢让我玩那些东西。他们觉得那些东西是他们的骄傲,依照他们童年的记忆,武器也是一个孩子最好的玩具,在别的孩子只能摆弄玩具枪时,我能够玩真家伙是种幸运,教孩子开枪也是他们的一种享受,只要多注意些安全就行。”

“是啊,我记得那是陆战队组建初期,实弹训练很频繁,除了亲自操作轻武器外,你还见到了更多的重型装备的实弹射击,像坦克、重炮和军舰什么的,在那座海边的山头上,你曾看到过军舰上的重炮对岸轰击,见到过轰炸机向海上目标投下一排排炸弹……”

“爸爸,最令我铭心刻骨的,是第一次见到火焰喷射器,我激动地看着那条呼啸的火龙在海滩上撒出一片小小的火海。陆战队的一位中校对我说:云云,你知道战场上最可怕的是什么?不是枪不是炮,是这东西,在南疆战场上,我的一个战友被它的尾巴舔了一下,结果他身上的皮一碰就掉下来,活着还真他妈不如死了,就在野战医院,他趁人不注意用手枪自我了结了。当时我就想到最后在医院见到的妈妈,她全身的皮肤也都溃烂了,她的手指肿胀发黑,连用手枪自我了断都不可能……这经历可能会使一些人一生远离武器,却也会使另一些人迷上它,我属于后者,恐怖的机器潜藏着一种力量,正是这种力量像毒品一样迷住了我。”

“小云,武器对你的影响我以前也有所察觉,但没太在意。直到那次海滩靶场上的射击训练,项目是班用机枪对海上近岸目标的射击。这个项目难度很大,因为海上目标起伏不定,轻机枪在海滩上射击时,支架又容易在沙中陷下去,结果战士们的成绩都不理想。那个上尉连长喊道:你们这帮孬货,现在让你们看看,你们连个女娃娃都不如!来,云云,让这帮废物开开眼!”

“于是我趴在沙滩上打光了两盘子弹,成绩都是优秀。”

“当时,我看着喷火的机枪在你那双白嫩的小手中稳稳地振动,那是一双十二岁小女孩儿的手啊,我还看到枪膛的残气吹起你那小额头上的刘海,我看到你的大眼睛映着枪口的火光,还有你目光中的那种狂喜和兴奋……小云啊,我当时吓坏了,真的吓坏了,我不知道自己的女儿是怎么变成这样的。”

“您当时拉起我就走,就在陆战队员们的欢呼声中把我拉走了,你愤怒地告诉在场的所有人:以后不许让我的女儿摸枪!爸爸,我第一次见您生那么大气。以后,您再也没有带我到部队上去,在家里,您抽出很多的时间来和我在一起,即使影响了工作也在所不惜。你带我涉猎音乐、艺术和文学,开始只是清新怡人的那些,后来就更经典更深入了。”

“我想培养你一个女孩儿正常的美感,把你的感觉从那种可怕的倾向中校正过来。”

“您做到了，爸爸，而且也只有您能做到，在当时，您周围的同事们绝对没人能有那种能力，您渊博的学识一直是我最敬佩的，而对我花的这些心血，我的感激已经不可能用语言说清了。但爸爸，您在我的心中种下美的花朵，却没看看土壤是什么，这些土壤已经很难更换了。是的，随着我的成长，我对音乐、文学和艺术之美的认识和敏感已超过了大多数同龄人，而这种能力对我最大的意义，就是让我在更深的层次上感受到武器之美，我意识到，那些能让大多数人陶冶性情的美是软弱无力的，真正的美要有内在的力量来支撑，它是通过像恐惧和残酷这类更有穿透力的感觉来展现自己的，你能够从它获得力量，也可能死在它上面，武器将这种美体现得最为淋漓尽致。从此，我对武器的迷恋便上升到美学和哲学高度，这大概是我上高中的时候，而这一升华，别伤心爸爸，确实是您帮我完成的。”

“可，小云，你又是如何走到这一步的？就算武器使你冷酷，也不应该变得如此疯狂？”

“爸爸，我上高中后，我们两个在一起的时间越来越少，后来上军校，我们接触的机会就更少了，这期间发生的一些事情您并不知道。比如一件与妈妈有关的事，我从未告诉过您。”

“与妈妈有关？这时她已经去世十多年了。”

“是的，那件事对我的影响很深。”

于是，在戈壁的寒风中，在布满流云的天空与它的巨镜映像之间，同林将军一起，许大校和丁仪听到了一个可怕的故事。

“您可能知道，在南疆战场上杀死妈妈的那种蜂，并不是当地的物种，它生活在纬度高得多的地区。这就很奇怪了：在前线的热带雨林中，蜂类资源是十分丰富的,为什么要用遥远的北方的蜂类来做武器呢?再说,那是一种很普通的蜂类,不会成群追着人蜇,更没有如此大的毒性。这类攻击事件后来又在前线出现过几次,造成了一些伤亡,但战争很快结束了,这事也就没有引起太大的注意。

"在我读硕士的时候,常上简氏军事年鉴网站上的一个武器论坛。三年前,我在上面结识了一位俄罗斯女士,她没有透露有关自己更多的信息,但从谈吐来看她绝非业余武器爱好者,应是一位很有资历的专家。她的专业是生物工程,与我相距甚远,但她对新概念武器总体理论的看法很深刻,我们很谈得来,并建立了长期的联系,时常在网上一聊就是几个小时。两个月后,她告诉我说已参加了一个国际组织的一支考察队,赴中南半岛,考察越南战争时期美军的化学武器对该地区生态造成的长期影响,约我同去。当时正值假期,我就去了。在河内见面时,我发现她同我想象的不一样:她四十多岁,身材瘦削,没有俄罗斯女性的那种粗壮,有一种年龄掩盖不住的美,很深沉的那种,同她在一起你能感到一种温暖和舒适。我们随考察团一起开始了艰苦的考察,到美军喷洒过落叶剂的漫长的胡志明小道上,到发现过化学武器踪迹的老挝丛林中。我发现她是个很敬业的人,并且总是带着一种使命感和献身精神在工作,她唯一的毛病就是酗酒,一喝起来就不要命。我们很快建立了友谊,她在几次喝醉之后,断断续续把自己的经历告诉了我。

"从她那里我得知,苏联早在上世纪60年代初就建立了新概念武器研究机构,叫'总参谋部装备长期规划委员会',她和她丈夫就在这个机构的生化分部工作。我很想从她那里知道这个机构都做了哪些工作,这才发现她即使在酒醉中头脑也很清醒,对那些事情只字不提,一看就是一个在军方的秘密研究机构待过很长时间的人。后来我问多了，她总算给我透露了一项：这个机构曾对大量所谓具有特异功能的人进行研究，试验让他们发现大洋深处的北约核潜艇。但这事早就不是秘密，在严肃的研究领域已成为笑柄。不过由此可知这个机构的思想是相当活跃的，这与3141基地僵化的思维方式形成鲜明对比。

“冷战结束后，这个研究机构被解散了，加上当时军队的境况很差，以前的研究人员纷纷脱下军装，到社会上去谋生，但立刻发现这很难，西方的一些类似机构趁机用优厚的条件网罗人才。她丈夫立即退伍了，他离开军队后，立刻接到杜邦公司的高薪招聘，对方许诺，如果她愿意来，也能得到同样的待遇，交换条件是新概念武器研究的资料。他们因此爆发了激烈的争论，她向他表白自己并不是一个完全脱离现实的人，她也想摆脱目前的贫困，也想有舒适的住房和带泳池的别墅，也想每年去斯堪的纳维亚度假，也想让唯一的女儿受到良好的教育；特别是作为一个科学家，对方提供的优越的研究条件更令她向往。如果她是一名民用项目研究人员或者是一名一般的军用项目研究者，都会毫不犹豫地过去的。但他们所研究的一些东西已经不是那些可以在学术上公开交流的纯概念上的武器了，它们现在已接近实用，在技术上十分超前，在军事上具有潜在的巨大威力，可以决定下世纪各国军事力量的对比，她绝不能看到自己花费大半生心血研制的东西有一天被用来对付祖国。丈夫说她太可笑。祖国在哪儿？他的祖籍是乌克兰，而她的祖籍是白俄罗斯，她心目中的那个祖国已分成好几个国家，这些国家中有些相互之间已几乎成了敌国。最后她丈夫还是走了，女儿也跟着父亲走了，她以后的生活就充满了孤独。

“于是,我对她的亲近感又深了一层。我告诉她妈妈在我六岁时就在战争中牺牲了,以后,我就一直同记忆中的母亲一同生活,直到不久前,妈妈在我的脑海中还是那么年轻。当我意识到岁月的流逝时,就开始在脑海中描绘妈妈年长的形象,但总也想象不出来;当我看到她时,这个形象突然清晰了,我相信,如果妈妈活到现在,一定像她。听了我这话,她抱着我大哭起来,哭着告诉我,六年前,她女儿和男友吸毒过量,被发现双双死在内华达的高级住宅中。

“分别以后,我们相互间就多了一份牵挂。在我为了球状闪电的事与陈博士去西伯利亚,路过莫斯科时,就去看了她。她见到我的惊喜你是可以想象的,她仍是孤身一人住在一间冰冷的老年公寓里,酒喝得更多了,似乎整天都处于一种半醉状态中。见到我后她不停地说:我让你看一样东西、我让你看一样东西……她搬开一堆旧报纸,下面藏着一个外形很不寻常的密封容器。她告诉我,这是超低温液氮贮存罐,她那微薄退休金的很大一部分都花在定期补充罐里的液氮上了。她家里放着这么一个东西让我十分吃惊,问她里面贮存着什么,她说那是她二十多年的心血结晶。

“她告诉我,在上世纪70年代初,苏联的新概念武器研究机构曾进行过一项全球范围的调查,调查的内容是收集零散的新概念武器的想法和实践。首先是想法,收集的范围十分广泛,专业情报机构自不必说,很多因公出国的人员都顺便带有这类任务。这种活动有时到了可笑的地步——机构里一些部门的研究人员反复观看007系列电影,想从007带的那些神奇的小玩意儿上捕捉西方新概念武器的蛛丝马迹。另一方面则是收集在世界上正在进行的局部战争中新概念武器的实践,当时首选的当然是越南战争。像越南民间那些带竹签的陷阱之类的东西，它们在战场上的使用效果都被仔细观察过。而她所在的部门首先注意到的是，一些南方游击队用蜂类作为武器。他们最初是从一些新闻报道上得知这事的，为此，她专程赴越南考察。当时美国正打算放弃越南，西贡政权已摇摇欲坠，越共在南方的游击战已演化成规模越来越大的正规战，她要调查的这类奇特的作战方式自然不存在了。但她还是接触了许多游击队员，详细了解了这种武器在战场上的效果，结果发现新闻报道夸大其词，她访问过的所有使用过蜂类武器的游击队都证实，这种武器几乎没有任何杀伤效果，如果说它真有什么作用，那完全是心理上的，它使美军士兵更加感到他们进入的这片国土之陌生之怪异。

“但她却由此深受启发。回国后，他们开始用基因技术改造蜂类，这可能是基因技术在世界上最早的应用了。但头几年毫无建树，因为当时世界分子生物学还处于很原始的状态，更由于苏联在早些年对基因科学在政治上的压制，使国内在这方面的技术与世界先进水平又有差距。直到80年代初，他们才取得了决定性的突破：培育出了毒性和攻击性极强的蜂类。国防部长亚佐夫元帅亲自观看了他们的攻击试验，在试验中，一只攻击蜂就蜇死了一头公牛。这给元帅留下了深刻印象，主持项目的她因此获得了红星勋章。这个项目被投入了大量资金，对可用于实战的攻击蜂进行了进一步的研究。首先是在识别上取得突破，新培育出的蜂对某些化学物质极其敏感，只要我方人员身上涂有微量的这种识别剂，就能避免误伤；其次就是攻击蜂的毒性，除了先前那种毒性极强立刻致死的种类外，还培育了另一种类型，毒性同样强，但致死延期五至十天，这样可加重敌方的负担……这个液氮存贮罐里就存放着十万个攻击蜂的胚胎细胞。”

说到这里，林云长出了一口气，声音有些颤抖，“你可以想象我听到这些时的感觉，我当时两眼发黑，几乎要晕过去。但我还是心怀侥幸地问她，这种东西是否曾用于实战？其实我早已预料到答案。她没有注意到我的表情，更加起劲地说：在当时，由于柬埔寨战争和与中国的边境冲突，越南人没完没了地向苏联要武器，让苏共政治局烦了，对他们的要求只是应付。当时苏共总书记向来访的越军将领保证，要向越南提供最先进的武器系统，其实指的就是攻击蜂。当时派她带着首批十万只攻击蜂去越南，越南人见到他们朝思暮想的先进武器系统就是一窝蜂时，其恼火是可以想象的，他们说苏联对站在最前线浴血奋战的同志进行无耻的欺骗。当时苏联的最高领导人确实想敷衍他们，但从她个人来说，不认为他们受骗了。越南人当时并不了解这东西的威力，不过他们确实把这批攻击蜂投入战场了，并且抽调了基伊得[1]的一支特种部队来干这事。投入战场之前，她对这支部队进行了一周的培训，然后就同他们上前线了。我战战兢兢地问是哪个前线，柬埔寨吗？我这时还怀着一丝可怜的希望。她回答说：不是柬埔寨，越南军队在那个战场上是占绝对优势的；是北线，去对付你们。我恐惧地瞪着她问道：你、你去过中越边境？她说是的。她当然不能到最前边去，她到了谅山，每次看着那些精瘦的小伙子们把识别剂涂到领子上，五人一组，带上一到两千只攻击蜂奔向了前线……

“这时她终于发现了我的失态，问：你怎么了？我们自始至终进行的都是试验性攻击，到战争结束时也没消灭你们几个人。她说得很轻松，

①越南军事情报机关。

好像在谈一场球赛。如果作为军人和军人之间的谈话,我确实失态了,就是谈到珍宝岛,我们也应该是很从容的。但我不想把妈妈的死告诉她,我在她吃惊的目光中跑了出去,她追上来抱住我,求我告诉她她哪儿错了,但我挣脱了她,独自一个人在寒冷的大街上漫无目的地乱转,那夜下着大雪,我一时觉得这世界是那么面目狰狞。后来,一辆在街上收容醉汉的警车把我送回了饭店……

"回国后,我收到了她的一封电子邮件,内容是这样的:云,我不知道在什么地方伤害了你,你走后我好几天彻夜不眠,始终想不出来,但我可以肯定,这和我的蜂类武器有关。如果你只是一个普通的女孩子,我绝不会向你透露一丝一毫这类事情,但你和我一样,也是一名研制新概念武器的军人,我们有着共同的追求,所以我才把这一切告诉你。你哭着走掉的那天夜里,我心如刀绞,回到住处后,我打开了那个液氮贮存器的盖子,看着蒸发的液氮的白色雾色在空中飘散。由于机构解散时的混乱,上百万个攻击蜂的胚胎细胞因管理不善而死亡了,你看到的这个存贮罐中存放着目前世界上仅存的攻击蜂的胚胎细胞。当时我真想就这么坐一夜,让液氮蒸发完,这样即使在俄罗斯寒冷的冬天,那些细胞也会很快坏死。我是在毁灭我二十年的心血,在毁灭我青春时代的梦想,这都是因为那个比我的女儿更可爱的中国姑娘恨这些东西。随着白色氮雾的消散,我的本来就很冷的家里更冷了,这寒冷让我清醒过来,我突然明白,这存贮罐中的东西并不属于我个人,研制它的投资有几十亿卢布,那是苏联人民挤出来的血汗,想到这里,我又紧紧地盖上了贮存器的盖子。以后我将用生命保护着它,并最后把它交给该给的人。

"云啊,我们两个女人,为了理想和信仰,为了祖国,走上了这条本不该女人走的人迹罕至的路,在这路上我走得比你长,所以对它的凶险知道得更多一些。自然界中的各种力量,包括人们认为最轻柔最无害的那些力量,都可能变成毁灭生命的武器,而这些武器中有一些之残酷之恐怖,你不亲眼看到是无法想象的。但我,一个你认为像你妈妈的女人还是要告诉你,我们的路没有错,我对自己的一生无怨无悔,希望你到我这个年纪时也能这样。孩子,我已搬到一个你不知道的地方,以后也不会再和你联系了,在告别之前,我不送你空洞的祝福,祝福对一个军人来说毫无意义,我只给你一个警告:那些可怕的东西,可能有一天会落到你的同胞和亲人的头上,落到你怀中婴儿娇嫩的肌肤上,而防止这事发生的最好办法,就是抢在敌人或潜在的敌人前面把它造出来!孩子,这就是我所能给你的祝福了。"

就这样,林云袒露了她一直隐藏很深的精神世界,当其他人都因震惊而沉默时,她显然感到了一种释然。这时,残阳西下,戈壁滩上的又一个黄昏到来了,晚霞从巨镜映出,给所有人的身上镀上了一层金辉。

"孩子,事情已经发生了,我们现在能做的,只是各自承担自己的责任了。"林将军缓缓地命令道,"现在把你的肩章和领徽摘下来吧,你现在是一个罪犯,不是军人了。"

这时,太阳从地平线上落下去,巨镜暗了下来,像林云的双眸,她此时的悲哀和绝望肯定如这夜色将临的戈壁滩一样无边无际。看着她,丁仪的耳边响起了她在张彬墓前说过的话——

"我是在军队中长大的,除了军队,我真的不知道自己能全身心地属于什么别的地方,和什么别的人。"

林云抬起右手,伸向左肩的少校肩章,她不像是要摘下它,而像去抚摸它。

丁仪注意到，她抬起的手拖着一条尾迹。

当林云的手抚过肩章时，似乎一切都静止了，这是她留给世界的最后形象，紧接着，她的身体开始变得透明，很快变成一个晶莹的影子，然后，量子态的林云消失了。

金黄色的树林里分出两条路，

可惜我们不能同时去涉足，

但我们却选择了，

人迹罕至的那一条，

这从此决定了

我们的一生。

……

胜　利

丁仪讲完时，外面天已大亮，战火中的城市迎来又一个早晨。

“你编得不错，如果是为了安慰我，你成功了。”我说。

“想想你刚听到的那些，我编得出来吗？”

“量子态的她被你们观察那么久竟不会坍缩？”

“其实，在第一次发现宏观量子态的存在时，我就一直在思考一个问题：一个量子态的有意识的个体，与普通的无意识量子有一个极其重要的区别，在描述前者的波函数中，我们忽略了一个至关重要的参数，具体说是忽略了一个观察者。”

“观察者？谁？”

“它自己，与普通量子粒子不同，有意识的量子态个体能够进行自我观察。”

“是这样，那么这种自我观察能起什么作用呢？”

“你看到了，它能抵消其他的观察者，维持量子态不坍缩。”

“那么，这种自我观察是如何进行的呢？”

“那无疑是一种极其复杂的过程，恐怕我们无法想象。”

“那么她还会那样回来吗？”我满怀希望地问出了这个最关键的问题。

“可能不会了。与宏聚变能量发生共振的实体，在共振完成后的一段时间内，其存在态的概率要大于毁灭态，这就是我们能够在聚变时看到那些概率云的缘故。但随着时间的推移，量子态将发生衰减，最后毁灭态将远大于存在态。”

“哦——”我从内心深处发出这个声音。

“但存在态不管概率有多小，总还是存在的。”

“就像希望。”我说，努力使自己从精神的虚弱中挣脱出来。

“是的，就像希望。”丁仪说。

仿佛是回答丁仪的话，窗外传来一阵喧闹声。我走到窗前向楼下看去，发现外面已经有很多人，人们还在不断地从楼中跑出来，他们三五成群地在激动地说着什么，最令我惊奇的是他们的表情，每个人脸上都映着灿烂的笑容，仿佛太阳已经提前升起了，自战争爆发以来，我是第一次看到这种笑容，它居然同时出现在这么多人的脸上。

“我们下去吧。”丁仪说着，拎起了桌上的那半瓶红星二锅头。

“拿酒干什么？”

“下去后可能是需要酒的，当然，万一我猜错了，你也不要笑话我。”

我们刚走出楼门，人群中有一个人就向我们跑过来，是高波，我问怎么回事。

“战争结束了！”他高喊道。

“啊，我们投降了？”

“我们胜利了！敌军联盟已经瓦解，纷纷宣布单方面停火，并开始撤军，胜利了！”

“你在做梦吧。”我的目光从高波转移到丁仪脸上，后者好像并不吃惊。

“你才是做梦呢，大家整夜都在关注谈判进展。你在干什么？睡大觉？”高波说完，兴高采烈地加入更大的一群人中去了。

“你预料到了？”我问丁仪。

“我没有那种远见，但林云的父亲预见到了，在林云消失后，他就对我们说宏聚变可能要结束战争。”

“为什么呀？”

“其实很简单：当这场芯片大毁灭灾难的真相对外界披露时，全世界都被吓呆了。”

我笑着摇摇头，“怎么可能呢？我们拥有的热核武器都没有吓住谁。”

“这与热核武器不同，有一种可能性你没有想到。”

我迷茫地看着丁仪。

“你想象一下，如果我们把所有的核弹都在自己的国土上引爆，会发生什么事?”

“只有白痴才会这么做。”

“但假设我们有许多能够摧毁芯片的弦,比如说上百个吧,也相继使它们在本土上发生宏聚变,这样做也是白痴吗?”

经丁仪的点拨,我很快恍然大悟,明白了他所说的那种可能性是什么。假设现在在相同的位置上又发生了第二次相同的宏聚变,由于第一次聚变已经摧毁了周围地区的芯片,第二次聚变的能量不能被衰减,它将越过第一次被摧毁的地区,摧毁这个区域之外的更大范围内的芯片,直到被所遇到的芯片完全衰减。依此类推,在同一位置不断地进行这样的宏聚变,聚变能量将传遍世界,那时,甚至地球对它都是透明的。也许只需要不到十对这一类型的弦,就能把全世界暂时拉回到农业时代!

摧毁芯片的宏聚变可以使地球这块大硬盘被格式化,越先进的国家受到的打击就越大。而在向信息时代的恢复过程中,将出现一个不确定的全新的世界格局。

明白了这点,我知道自己没在梦中,战争真的结束了。我身上的一根弦似乎被抽掉了,两腿一软跌坐在地上,我就这么呆呆地坐着,直到太阳升起,在今天第一缕阳光那似有似无的温暖中,我捂着脸哭了起来。

在我的周围,欢乐的浪潮一浪高过一浪,我流着泪站起来,丁仪早混在狂欢的人群中不知去向,但立刻有人与我拥抱,之后我也去和别人拥抱,在这个伟大的早晨,我数不清与多少人拥抱过。当喜悦的眩晕稍稍减轻后,我感觉现在正与自己拥抱的是一位女性,我们放开对方后无意中互相打量了一眼,立刻都愣住了。

我们认识,她就是许多年前在深夜的大学图书馆里说我很有目的性并问我在找什么的那位漂亮女生，我想了半天才想起她的名字：戴琳。

量子玫瑰

两个月后，我和戴琳结婚了。

战后，人们的生活方式变得传统了许多，单身的人纷纷组成家庭，丁克家庭也纷纷有了孩子。战争使人们对过去习以为常的东西珍惜了许多。

在缓慢的经济复苏中，日子过得很艰难，但也很温馨。我从未向戴琳谈起过毕业后的经历，她也从不向我谈这些，显然，在这段逝去的时光中，我们都有着难以回首的过去。战争告诉我们，真正值得关注的是现在和将来。一年后，我们有了一个孩子。

这期间，唯一打扰这平淡而忙碌的生活的是一个美国人的来访，他自我介绍叫诺顿·帕克，天文学家，并说我应该知道他。当他提起SETI@home项目的时候，我恍然大悟，立刻想起他是当年SETI寻找外星文明项目的主任。我和林云曾侵入过他们的分布式计算服务器，将自己的球状闪电数学模型偷梁换柱地放上去。那段经历现在已恍若隔世。现在，球状闪电的早期研究过程已为世人所知，他找到我应该不困难。

"好像还有一位姑娘？"

"她不在人世了。"

"死于战争？"

"……算是吧。"

“该死的战争……我来是想向您介绍一下自己主持的一项球状闪电应用项目。”

现在,球状闪电的秘密已经公开,收集宏电子和将其激发为球状闪电已几乎变成工业化的操作,对球状闪电的民用研究也在飞速发展,它有着许多不可思议的应用,包括用来烧掉病人身体内的癌细胞而不伤及其他组织,但帕克说他们的项目有着超越现实的意义。

“我们正在寻找和观察球状闪电的这样一种现象:当没有观察者时,它们仍保持坍缩状态而非量子态。”

我不以为然,“这种现象我们也发现过几次,但到最后总能找出一个或多个不易发现的观察者。给我印象最深的是在一个靶场,后来发现那个使球状闪电处于坍缩状态的观察者是太空中的侦察卫星。”

帕克说:“正因为如此,我们选择了一些能够绝对屏蔽所有观察者的场所进行试验,比如废弃的深矿井。我们把井中的人和观测设备全部撤出,里面应该不会存在任何观察者了。我们让球状闪电加速设备在其中自动运行,进行打靶试验,然后通过观察其弹着点确定试验时球状闪电是否处于坍缩态。”

“试验结果呢?”

“目前共在三十五个矿井中进行了试验,大部分的结果是正常的,但其中有两次试验,球状闪电在没有观察者的矿井中始终保持坍缩状态。”

“那么,您认为这个结果就能终结量子力学?”

“呵,不不,量子力学没错,但您忘了我的专业,我们只是用球状闪电来寻找外星人。”

“啊?”

“在矿井试验中,人类观察者不存在,人类制造的观测设备形成的观察者也不存在,而球状闪电仍处于坍缩态,这只能说明,存在着一个人类之上的观察者。”

我立刻产生了兴趣,“这应该是一个强有力的观察者,它们的观察能够穿透地层!”

“这是唯一合理的解释。”

“那两个试验能重复吗?”

“现在不能了,但最初多次试验都产生坍缩态结果,这整整持续了三天,之后就恢复到正常的量子态结果了。”

“这也能够解释:那个超级观察者觉察到我们对它的觉察了。”

“也许是这样,所以我们现在正在计划更大规模的试验,找出更多的这类现象进行研究。”

“帕克博士,您的研究确实意义重大,如果真的能证明存在一个超级观察者在观察着我们的世界,那人类的行为就检点多了……真的,人类社会也很像是处于不确定的量子态,一个超级观察者能令它坍缩回理智状态。”

“如果早些发现那个超级观察者,这场战争也许就能避免了。”

为了帕克的研究,我到丁仪那里去了一次,发现他竟和一个情人住在一起,那女孩儿是个因战争而失业的舞蹈演员,显然是头脑很简单的那种,真不知他们是怎么搞到一块儿的,看来丁仪也学会享受物理学之外的生活了。像他这号人当然不会找结婚这类麻烦,好在那女孩儿也没有这方面的打算。我去时丁仪不在家,只有那个女孩儿在那套三居室中，里面不再像以前那样空荡荡的了，除了演算稿外还添了许多孩子气的装饰品。那女孩儿一听说我是丁仪的朋友，就向我打听他是否还有别的情人。

“物理学算是一个吧，有那东西在，谁在他心里都不可能是第一位的。”我坦率地说。

“我不在乎物理学，我是说他有没有别的女人。”

“我想没有，他脑袋中的东西够多了，不可能腾出地方放两个人。”

“可我听说，他在战时与一位年轻的女军官关系不错。”

“哦，他们只是同事和朋友。再说，那位少校已经不在了。”

“这我知道，可你知道吗，他每天都看那位少校的照片，还要擦一擦。”

本来心不在焉的我吃了一惊，“林云的照片？”

“哦，那她叫林云了，她好像是个教师什么的，军队里也有教师吗？”

女孩儿这话更让我震惊，我坚决要求看看那照片，女孩儿领我来到书房，拉开书架的抽屉，拿出了一个镶着银边的精致相框，她神秘地对我说：“就是这个，他每天晚上睡前都偷偷地看看，擦擦。有一次我对他说你摆到写字台上吧，我不在意，可他还是没有摆出来，还是每天偷偷地看和擦。”

我接过相框，底面朝上拿在手中，半闭着双眼平抑着自己的心跳，女孩儿一定在吃惊地看着我，我猛地翻过相框，定睛看去，立刻明白了女孩儿为什么认为林云是教师了。

她与一群孩子在一起。

她站在孩子们中间，仍穿着整洁的少校军装，脸上浮现着灿烂的笑容，从未有过的美丽动人。再看她周围的孩子们，我立刻认出是核电厂事件中与恐怖分子一起被球状闪电毁灭的那群孩子，他们同样笑得很甜，显然都处于快乐之中。我特别注意到林云一手紧紧搂着的一个小女孩儿，那是一个漂亮可爱的孩子，笑得双眼眯成了一条缝，但吸引我注意力的是那个孩子的左手。

她没有左手。

林云和孩子们是在一片修剪得很好的绿草坪上，上面有几只白色的小动物。在她们的后面，我看到了那幢熟悉的建筑，就是那间由大库房改建的宏电子激发实验室，我们就是在那里听到过量子态的羊叫声。但在照片上，库房宽大的外墙上画着色彩鲜艳的卡通动物，还有气球鲜花什么的，在这绚丽的色彩中，整座建筑像一个巨大的玩具。

林云从照片中动人地微笑着看我，从她那清澈的目光中，我读出了许多她生前没有的东西：一种幸福的归宿感，一种来自心灵深处的宁静，让我想到了一个遥远的被遗忘的幽静港湾中，停泊着一片小小的孤帆。

我将照片轻轻放回抽屉，转身走到阳台上，不想让丁仪的情人看到我眼中的泪。

以后，丁仪从未与我谈过照片的事，连林云他也没有提起过，我也没有问，这是他心灵深处的秘密，而我，也很快有了自己的秘密。

这是一个深秋之夜，我伏案工作到午夜两点，一抬头，看到了写字台上的那个紫水晶花瓶。花瓶是我结婚时丁仪送的，很漂亮，但瓶里的不知是什么时候插进去的两束花早已枯萎，我将那花拿出来扔进纸篓，苦笑着想：生活的负担越来越重，不知到什么时候，我们才有闲心在花瓶中再插上鲜花。

然后我靠在椅子上闭起双眼，就这么什么也不想地坐着。每天的深夜我都这么坐一会，这是一天中最宁静的时刻，整个世界上仿佛只有我一个人还醒着。

我闻到了一阵清香。

这是一种去除了所有甜分的香，有一种令人舒适的微苦，令我联想到暴雨后初晴阳光中的青草地，想到了万里晴空中的最后一抹淡云，想到了幽深空谷中转瞬即逝的铃声……只是这时它更加缥缈，当我注意到它的存在时它就消失了，但当我将注意力从嗅觉上转移开来时它又出现了。

喜欢这香水吗？

啊……哦，部队上不是不让用香水吗？

有时也可以。

“是你吗？”我轻声问，没有睁开眼睛。

没有回音。

“我知道是你。”我又说，还是闭着眼睛。

仍然没有回音，万籁俱静。

我猛地睁开双眼，就在书桌上的紫水晶花瓶上，出现了一朵蓝色的玫瑰，但玫瑰在我看到它的瞬间就消失了，只剩空花瓶静静地立在那里。但那朵玫瑰的每一个细节都印在我的脑海中，它充满了生机，透出一种冰雪的灵气。

我闭上眼睛又睁开，玫瑰没有再出现，但我知道它就在那里，就插在紫水晶花瓶上。

“你在给谁打电话？”妻从床上支起身，睡眼蒙眬地问。

“没什么，睡吧。”我淡淡地说，起身小心翼翼地拿起花瓶，小心翼翼地灌上半瓶清水，小心翼翼地将它放回到写字台上，然后在它面前一直坐到天明。

妻子看到了花瓶中的水，下班时就捎回了一束鲜花，她正要将花往花瓶上插时被我制止了。

“别，上面有花。”

妻子奇怪地看看我。

“是一朵蓝色的玫瑰。”

“哦，那可是最贵的品种。”妻子笑着说，显然以为我在开玩笑，伸手拿起花瓶又往里插花。我夺过花瓶，轻轻地放回到写字台上，然后从妻手中夺过她的花，扔进了纸篓，“我说过里面有花嘛，你怎么回事啊！”

妻子呆呆地看了我一会儿，说：“我知道，你在内心深处有自己的一块天地，我也有，毕竟这么多年了……你可以保留它，但不该把它带到我们的生活里来！”

“那瓶里真的有花，一朵蓝色的玫瑰。”我用低了许多的声音喃喃地说。

妻子捂着脸哭着跑开了。

就这样，花瓶中的这朵看不见的玫瑰在我和戴琳之间造成了裂痕。

“你一定要告诉我，那朵想象中的玫瑰是想象中的谁插上的，否则我没法忍受！”妻子多次这样说。

“不是想象，花瓶上真的有一束玫瑰，蓝色的。”我每次都这样回答。

终于，我们之间的裂痕快到无法弥补的地步时，是孩子拯救了我们的婚姻。这天早晨，孩子起床后打着哈欠说：“妈妈，写字台上的那个紫花瓶中插着一朵玫瑰呢，蓝色的，好看呢！可你一看它就没了。”

妻子恐慌地看着我，我们第一次为这事争执时孩子并不在场，以后的争吵也从来没有当着孩子的面，所以，他不可能预先知道蓝色玫瑰的事。

又过了两天，妻子在夜里写论文时伏在写字台上睡着了，当她醒来后也推醒了我，她的目光中又充满了那种恐慌，“我刚才一醒来，就闻到了一股……玫瑰花香，就从那个花瓶上发出来的！可我仔细闻时那香味又消失了，真的，我不会弄错的，确实是玫瑰花香，我不骗你！”

“我知道你没骗我，那里真的有一朵玫瑰嘛，蓝色的玫瑰。”我说。

以后，妻子再也没有提起过这事，任那个花瓶放在那里，有时，她还会小心地擦擦它，擦的时候一直竖着，像是怕里面的玫瑰掉下来，她还几次为瓶里添上蒸发掉的水。

我以后再也没有看到蓝色玫瑰，但知道它在那里就够了。有时夜深人静，我就将水晶花瓶移到窗前，然后背对着它站着，这时我往往能闻到缥缈的花香，就知道它肯定已经在那里了，心灵的眼睛能看清它的每一个细节。我用心来抚摸着它的每一个花瓣，看它在来自窗外的夜风中微微摇曳……它是一朵我只能用心来看的花。

不过，我还是希望在此生再用自己的眼睛看到一次蓝色玫瑰，据丁仪说，从量子力学的角度来讲，人的死亡过程就是由一个强观察者变为弱观察者再变为非观察者的过程，当我变成弱观察者时，玫瑰的概率云向毁灭态的坍缩速度就会慢一些，我就有希望看到它。

当我走到人生的尽头，当我在弥留之际最后一次睁开眼睛，那时我所有的知性和记忆都消失在过去的深渊中，又回到童年纯真的感觉和梦幻之中，那就是量子玫瑰向我微笑的时候。

后　记

这是个雷雨之夜，当那蓝色的电光闪起时，窗外的雨珠在一瞬间看得清清楚楚。暴雨是从傍晚开始的，自那以后闪电和雷声越来越密。在一道炫目的闪电后，它在一棵大树下出现了，在空中幽幽地飘着，橘红色的光芒照出了周围的雨丝，在飘浮中，它好像还在发出埙一样的声音，约十几秒后，它消失了……

这不是科幻小说，是1981年夏季作者在河北邯郸市的一次大雷雨中的亲眼所见，地点是中华路南头，当时那里还比较僻静，向前走就是大片农田了。

就是在同一年，阿瑟·克拉克的《2001：太空漫游》和《与拉玛相会》在国内出版了，这是国内较早翻译的凡尔纳和威尔斯作品之外的科幻名著。

在这两件事上我都很幸运，因为大约只有百分之一的人声称自己见过球状闪电（这个统计数字来自国内气象学刊上的一篇论文，我怀疑比例太高了),而在中国看这两本书的人,可能还不到万分之一。

这两本书确立了我的科幻理念,至今没变。在看到它们之前,我从凡尔纳的小说中感觉到,科幻的主旨在于预言某种可能在未来实现的大机器,但克拉克使我改变了看法,他告诉我,科幻的真正魅力在于创造一个想象中的事物(《2001:太空漫游》中的独石)或世界(《与拉玛相会》中的飞船),这种想象的创造物,在过去和现在都不存在,在未来也不太可能存在;从另一个角度说,当科幻小说家把它们想象出来后,它们就存在了,不需要进一步的证实和承诺。相反,如果这些想象的创造物碰巧真的变成现实,它们的魅力反而减小了。对于克拉克,他最吸引科幻读者的创造物是独石和拉玛飞船,而有可能变为现实的太空电梯给人的印象就没有那么深,已经变为现实的通信卫星吸引力就更小了。

与主流文学留给人们性格鲜明的人物画廊一样,西方科幻小说也留下了大量的想象世界:除了克拉克的拉玛飞船外,还有阿西莫夫广阔的银河帝国和用三定律构造出来的精确的机器人世界、赫伯特错综复杂的沙丘帝国、奥尔迪斯的温室雨林、克莱门特那些用物理定律构造出来的世界,以及从自然科学和历史角度看都不可能存在的巴比伦塔等。这些想象世界构造得那么精确鲜活,以至于读者时常问自己它们是不是在另一个时空中真的存在。

反观中国科幻,最大缺憾就是没有留下这样的想象世界,中国的科幻作者创造自己世界的欲望并不强,他们满足于在别人已经创造出来的世界中演绎自己的故事,我们的科幻小说中那些世界都是熟悉的,只剩下故事了。

创造一个在所有细节上都栩栩如生的想象世界是十分困难的,需要深刻的思想，需要在宏观和微观上都强劲有力、游刃有余的想象力，需要从虚无中创世纪的造物主的气魄，而后面两项，恰恰是我们的文化所缺乏的。但如果我们一时还无力创造整个世界，是否能退而求其次，先创造其中的一个东西呢？这就是我写这部小说的目的。

球状闪电至今还是一个科学之谜，但现在已经能在实验室中产生它（虽然平均七千次实验才能产生一个），而彻底揭开这个谜也指日可待，到那时有一点可以肯定：你会发现球状闪电完全不是小说中描述的那种东西。搞清球状闪电真的是什么，不是科幻的事，也不是科幻能做到的，我们所能做到的，只是描述自己的想象，创造一个科幻形象，与主流文学不同，这个形象不是人。

自从目击球状闪电之后，近二十年来，我不由自主地对它产生了多种想象，这部小说描述了这些想象中的一种，不是我觉得最接近真实的那一种，而是最有趣最浪漫的那一种。它只是一个想象的造物：一个充盈着能量的弯曲的空间，一个似有似无的空泡，一个足球大小的电子。小说中的世界是灰色的现实世界，是我们熟悉的灰色的天空和云，灰色的山水和大海，灰色的人和生活，但就在这灰色的现实世界之中，不为人注意地飘浮着这么一个超现实的小东西，仿佛梦之乡溢出的一粒灰尘，暗示着宇宙的博大和神秘，暗示着这宇宙中可能存在的与我们的现实完全不同的其他世界……